**Für die**
**ehrenwerten Herren**
**von der Mainzer Handkäsmafia**



Helau. Was habt ihr denn da wieder für eine Scheiße gebaut? Ihr Hutsimpel habt euch zu Geschäftsführern und Aufsichtsräten der „Meenzer Wohnklaugesellschaft" ernannt. Das ist ja wie der Bock, der sich zum Gärtner macht.

Zuerst habt ihr irrsinnige Protztempel gebaut, die niemand will und keiner bezahlen kann. Dann habt ihr hirnrissige „Finanzderivate" gekauft, Spesen bei blödsinnigen „Geschäftsreisen" auf Capri verjubelt und mit der Firmenkreditkarte fleißig privat eingekauft. Habt ihr auch feuchtfröhliche „Arbeitsessen" in der „Bar zur Hölle" gefeiert?

Jedenfalls müssen Wohnklau-Mieter und Steuerzahler jetzt 100 Jahre lang die 800 Millionen Schulden bezahlen, die ihr verbockt habt. Beeindruckende Leistung! Da hätte man auch Karl Napp als Geschäftsführer nehmen können.

Aber dann behauptet ihr auch noch saufrech, dass die „Finanzkrise" daran schuld sei. Die Finanzkrise! Diese Behauptung ist so dummdreist, dass man auf gut Meenzerisch fragen muss: „Seid ihr jetzt ganz depp?"

Mal im Ernst: Wenn es die Mainzer Handkäsmafia nicht gäbe, dann müsste man sie erfinden und Romane darüber schreiben. Aber das würde ja keiner glauben. Was diese Dollbohrer seit Jahrzehnten treiben, ist noch irrsinniger als die wahre Geschichte des Bernsteinzimmers.

Diese Widmung ist genauso frei erfunden wie der ganze Roman, der zur literarischen Gattung Kokolores gehört. Ähnlichkeiten mit lebenden Personen, tatsächlichen Ereignissen und real existierenden Wohnbaugesellschaften sind zufällig.

## Das Mainzer Bernsteinzimmer?

1717 schenkte der preußische König dem Zar von Russland das Bernsteinzimmer. 1941 überfielen die Deutschen Russland, klauten in Leningrad das Bernsteinzimmer und brachten es nach Königsberg. 1945 eroberten die Sowjets Königsberg. Seitdem ist das Bernsteinzimmer verschollen. Seit 1945 suchen Russen und Deutsche, Journalisten, Schatzgräber und Spinner aus der ganzen Welt das Ding. Erfolglos. Sogar der sowjetische Geheimdienst KGB und die ostdeutsche Stasi suchten vergeblich.

Seriöse Historiker behaupten: Im Chaos der Eroberung Königsbergs verbrannte das Bernsteinzimmer. Diese Theorie ist realitätsnah, aber uninteressant für Geheimdienstler, Schatzsucher, Verschwörungsfanatiker, Journalisten und Romanschreiber.

Außerdem tauchten nicht nur 1994 in London, sondern auch 1997 in Bremen und Berlin Originalteile des Bernsteinzimmers auf. War das Bernsteinzimmer also doch nicht verbrannt? Oder nur Teile davon? Wo ist der Rest geblieben?

Sicher ist: Zum Schutz vor Bombenangriffen brachten die Deutschen viele Kunstschätze in unterirdische Verstecke. Beim Kampf um Königsberg wurde die Stadt zerstört. Dann wurden die Trümmer planiert, und darauf wurde Kaliningrad gebaut. Das Bernsteinzimmer oder Teile davon könnten also in verschütteten Kellern in Kaliningrad oder Umgebung liegen.

Möglich ist auch, dass das Bernsteinzimmer oder Teile davon kurz vor der Eroberung Königsbergs heimlich nach Westen geschafft wurden. Dann könnte das Ding in einem alten sächsischen Bergwerk liegen. Oder woanders. Im Chaos der letzten Kriegsmonate und danach verschwanden viele Kunstschätze. Manche tauchten erst Jahrzehnte später wieder auf, zum Beispiel der Quedlinburger Domschatz.

Teile des Bernsteinzimmers könnten also genauso gut in Mainz gelandet sein. Warum nicht in Mainz? Die ganze Stadt ist unterkellert mit alten Hohlräumen und Festungsgängen.

## Das literarische Personal

**Karl Napp:** Mainzer Hutsimpel, Hausmeister und Privatdetektiv. Sucht das Bernsteinzimmer in der Gaustraße

**Erna Napp:** Karls Frau, schlauer als er

**Annemie Napp:** Karls Mutter, Expertin für Geschichte „korz vorm Kriesch, im Kriesch, korz nachem Kriesch“

**Die Ostpreußin:** lebt seit 1945 unter falschem Namen

**Die Leiche im Keller der Meenzer Wohnklaugesellschaft:** liegt seit 1945 zubetoniert in der Gaustraße

**Arschkrätzje:** Mainzer Goldschmied. Erobert als Soldat 1941 in Leningrad das Bernsteinzimmer. Später hochdekorierter Fassenachtsfunktionär und Hinterngrapscher, was dasselbe ist

**Das Arschloch von Mainz:** Sohn von Arschkrätzje, Chef der **Meenzer Wohnklaugesellschaft:** soll Sozialwohnungen bauen, baut aber nur Scheiße, weil die Wohnklau eine Tochterfirma der Mainzer Handkäsmafia ist

**Brezelmüller:** Pate der Handkäsmafia

**Hohlblockfriedel:** Bauunternehmer, bekommt immer Aufträge von der Wohnklau, weil er zur Mafia gehört

**Grieser und Nobby:** Lokalpolitiker. Lungern im Aufsichtsrat der Wohnklau herum, weil sie zur Mafia gehören

**Kommissar Mittelstädt und sein dicker Assistent:** bilden zusammen die Mainzer SOKO Bernsteinzimmer

**Rosie:** nette Puff- und Großmutter, Chefin der Bar „Chez Cherie“, betreut liebevoll Geheimdienstler, Journalisten und Dollbohrer

**Kuido Gnobb:** TV-Nervensäge aus der irren Anstalt auf dem Mainzer Lerchenberg

**Burt Keck:** Rheinland-Pfälzischer Landesfürst. Nutzt das Bernsteinzimmer, um vom Nürburgring abzulenken

**Fluido Gestergelle:** Außenminister, bläst die Backen auf, weil seine Umfragewerte sinken

**Pudding:** russischer Präsident, will das Bernsteinzimmer haben, schickt deshalb seinen Geheimdienst nach Mainz.

**Die Kanzlerin:** ruft das BKA, um das Bernsteinzimmer zu finden

## Leningrad, Anfang September 1941

„Isch kann nit mehr!", stöhnte der Goldschmied Raub aus Mainz.

„Reiß dich am Riemen!", zischte der Schiffschaukelbremser Kaiser aus Königsberg.

Raub packte den Gewehrriemen, hängte seine Knarre auf die andere Schulter und stolperte weiter nach Osten. Mit jedem Kilometer wurden Gewehr und Gepäck schwerer, schmerzte der Rücken schlimmer. Verdreckt und verlaust schleppte er sich schwitzend über die verstaubte Straße. Die wunden Füße in den klobigen Stiefeln waren voll eitriger Blasen und schmerzender Druckstellen. An den Innenseiten der Oberschenkel bildeten sich Furunkel, weil die Haut wundgescheuert war.

Es war einer der vielen Tage, an denen sie vierzig Kilometer laufen mussten. Tausende schwere Stiefel schlurften über den Sandweg und wirbelten Staub auf. Der Staub brannte in den Augen, machte die Lippen rissig, trocknete die Kehlen aus. Schweiß tropfte von der Stirn, grub kleine Kanäle in die staubgrauen Gesichter. Wenn Motorräder die Kolonne überholten, husteten und keuchten die Soldaten im aufgewirbelten Dreck. Obwohl Anfang September, war es tagsüber immer noch sauheiß. Die Luft stand still, die Sonne brannte, und viele fielen einfach um. Kreislaufkollaps.

„Dess iss doch alles fer de Arsch!", keuchte Raub und sah nach vorne. Vor sich sah er zwei Ärsche übereinander. Unten ein Pferdearsch und darüber der dicke Hintern seines Hauptmanns. Der Offizier ritt auf einem geklauten russischen Gaul. Hinter ihm trotteten seine müden Männer.

„Haaalt!", rief der Hauptmann. „Pause!"

Der Hauptmann hörte hinter sich das Klappern von Stahlhelmen, Gasmaskenbehältern und Gewehren, dann war Ruhe. Immer, wenn Pause befohlen wurde, dann ließen sich die erschöpften Männer einfach hinfallen und schliefen am Straßenrand sofort ein.

So ging das seit Wochen. Manchmal kamen ihnen auch Sowjets entgegen. Es waren Gefangene, die in langen Kolonnen nach Westen getrieben wurden. Wenn die vor Erschöpfung umfielen, wurden sie getreten und mit Gewehrkolben geschlagen, bis sie wieder aufstanden. Wenn sie nicht aufstanden, wurden sie erschossen. Waren eh nur Untermenschen.

„Was ist das da vorne?“, fragte der Hauptmann.

„Das ist Zarskoje Selo, das berühmte ehemalige Sommerschloss der russischen Zaren“, erklärte der schlaue Oberleutnant.

„Soso“, sagte der Hauptmann. Der Hauptmann konnte den Oberleutnant nicht leiden. Der Oberleutnant war ein Geschichtslehrer in Uniform, der ununterbrochen schlaue Vorträge hielt.

Zum Beispiel jetzt: „Nach der Oktoberrevolution 1917 haben die Bolschewisten den Zaren erschossen und aus dem Schloss ein Museum gemacht, das berühmt für seine Kunstschätze ist. Unter anderem ist hier das erotische Geheimkabinett der Zarin Katherina und das weltberühmte Bernsteinzimmer ...“

„Mir scheißegal!“, blaffte der Hauptmann. Er interessierte sich nicht für Kunstgeschichte. Das einzige, was ihn interessierte, war die Aussicht, heute nacht in diesem Schloss zu schlafen, vielleicht etwas Wertvolles zu klauen, auf jeden Fall zu Hause damit anzugeben, dass er ein Schloss der russischen Zaren erobert hatte. „Oberleutnant! Halten Sie keine schlauen Vorträge! Schnappen Sie den dritten Zug und erkunden Sie, ob das Schloss verteidigt wird!“

Der Oberleutnant scheuchte die Männer vom dritten Zug hoch.

Der Goldschmied Raub aus Mainz und der Schaustellergehilfe Kaiser aus Königsberg setzten die Stahlhelme über ihre verschwitzten Köpfe, nahmen die Gewehre in Anschlag, bildeten mit den anderen eine Schützenkette und gingen auf das Schloss zu. Wie immer in solchen Fällen gingen sie leicht geduckt, mit einem flauen Gefühl im Magen.

Wenn man Angst hat, getroffen zu werden, geht man automatisch langsamer und zieht den Kopf ein. Man schielt nach links und rechts und geht nur dann vorwärts, wenn man sieht, dass der Nebenmann auch vorwärts geht. Man will nicht zurückbleiben, aber man will auch nicht vorangehen. Man geht halt mit, obwohl man nicht will. So funktioniert militärischer Gruppenzwang.

Das flaue Gefühl war unnötig. Das riesige Schloss war unverteidigt. Die Soldaten latschten über breite Treppen, durch Flure und Säle. An den Wänden hingen riesige Gemälde in vergoldeten Rahmen. Die Decken waren mit Stuck verziert. Die Soldaten trampelten mit dreckigen Stiefeln über teure Teppiche, vorbei an kostbaren Möbeln, über sich protzige Kronleuchter.

„Komm sofort her!“, rief Kaiser. „Das musst du dir ansehen!“

Raub kam in einen Saal und staunte. Alle Wände und Möbel waren mit Schweinereien verziert. Überall leuchteten nackte Figuren. Man sah nur Brüste, Ärsche, Geschlechtsteile, bumsende Menschenfiguren in silbernen und goldeten Farben.

„Wass fer ä Sauerei!“, stammelte Raub begeistert. „Nix als wie Bibbese, Schneckscher unn Tittscher!“

Sie standen im berühmten erotischen Geheimkabinett, wo Zarin Katharina die Große ihre unzähligen Liebhaber antanzen ließ.

„Sieh dir das an!“, rief Kaiser aus einem anderen Raum.

Raub folgte dem Ruf seines Kumpels. Jetzt stand der Ostpreuße in einem riesigen Saal, der golden leuchtete. Die Wände bestanden aus Einlegearbeiten, aus geschnitzten und geschliffenen Bernsteinstücken. Ein gigantisches, golden leuchtendes Mosaik. Über vier Meter hoch, unterbrochen von riesigen Spiegeln. Was für eine Pracht!

„Dess iss dess berühmte Bernschteinzimmer!“, sagte Raub ehrfürchtig, weil er im Zivilberuf Goldschmied war.

Der Schiffschaukelbremser Kaiser zuckte mit den Schultern, zog sein Seitengewehr aus der Scheide und brach kleine Bernsteinbrocken aus den Vertäfelungen.

„Was machsten da?“, fragte Raub.

„Souvenirs mitnehmen“, sagte Kaiser und steckte die Teile ein.

Andere Soldaten brachen Schubladen auf, durchwühlten Schränke, klauten Silberbesteck. Manche zerschlitzten aus purer Zerstörungslust Gemälde. Einige schnitten Bilder aus den Rahmen, rollten sie zusammen und steckten sie ein.

Raub brach zwei geschnitzte Bernsteinköpfe aus der Wand, schickte sie mit der Feldpost nach Mainz und schrieb einen Brief dazu.

*„Liebe Mama.*

*Mir geht es gut und ich bin gesund. Gestern haben wir ein russisches Zarenschloss erobert. Dabei habe ich dieses Zeug gerettet. Für die verlausten Saurussen ist das sowieso zu schad. Versteck den Kram im Keller hinter der Kommode, wo der alte Gang ist. Sag niemanden etwas davon. Auch nicht Papa. Babba geht immer ins Weinhaus Bluhm und in den Kappelhof und kann sein Maul nicht halten, wenn er die Heef hat. Das Zeug kann nämlich viel wert sein, wenn der Krieg vorbei ist. Dein Fritz."*

Raub war schließlich Goldschmied. Er hatte die Absicht, nach dem Krieg eine eigene Werkstatt zu eröffnen. Da konnte es nicht schaden, jetzt schon Material zu sammeln. Und wenn es nichts kostete, dann umso besser. „Was mer hat, dess hat mer" sagte er auf gut Meenzerisch.

Leningrad wurde nicht erobert, aber 29 Monate lang belagert und beschossen. Dabei starben hunderttausende russische Zivilisten durch Bomben und Granaten, sie verhungerten und erfroren, sie starben an Lungenentzündung, Fleckfieber, Mangelkrankheiten, Erschöpfung. Allein im Winter 1941/42 starben so viele, dass sie wegen dem gefrorenen Bodens nicht begraben werden konnten. Sie blieben bis zum Frühjahr einfach in den Straßen und Ruinen liegen. Stellenweise kam es zu Fällen von Kannibalismus.

Raub und Kaiser waren bei der Belagerung Leningrads nicht dabei. Im Oktober 1941 wurde ihre Einheit zur Heeresgruppe Mitte verlegt. Der Goldschmied und der Schiffschaukelbremser sollten jetzt Moskau erobern.

## Von Leningrad nach Königsberg

Die Sowjets hatten es nicht geschafft, ihre Kunstschätze in Zarskoje Selo vor den Deutschen zu retten. Und jetzt lag das Schloss in der Kampfzone. Die Front zwischen Deutschen und Sowjets verlief nur ein paar hundert Meter entfernt.

Es dauerte Tage, bis das Zarenschloss unter Schutz gestellt wurde. Es war ein Kunsthistoriker in Uniform, der die Schätze vor Plünderung und Zerstörung retten wollte. Rittmeister Dr. Ernstotto Graf zu Solms-Laubach hieß er. Im Zivilberuf Museumsdirektor in Frankfurt, gehörte er jetzt zu den „Sammeloffizieren" der Wehrmacht, die den Auftrag hatten, „Waffen und Gerät des Gegners sicherzustellen".

Solms besorgte sich die Rückendeckung des zuständigen Generals von Küchler und ging ans Werk. Er ließ das Bernsteinzimmer fotografieren und zerlegen, packte die Teile numeriert in Kisten und schickte sie zusammen mit anderen Kunstschätzen aus Zarskoje Selo heim ins Reich. Einerseits war das Diebstahl, andererseits aber die einzige Möglichkeit, das Bernsteinzimmer vor Plünderung und Zerstörung durch deutsche Soldaten zu retten. Außerdem: Wenn in staatlichem Auftrag geklaut wird, dann gilt das als legitime Form der Erwerbung von Kunstschätzen.

Nach Absprache mit Dr. Gall, dem „Direktor der staatlichen Schlösser und Gärten", also einem ganz hohen Tier der deutschen Museumsbürokratie, landeten die Kisten in der ostpreußischen Hauptstadt Königsberg. Nach Meinung der Deutschen war damit etwas zurückgekehrt, was ihnen sowieso gehörte. Erstens hatten Königsberger Bernsteinschnitzer das Ding hergestellt, zweitens hatte ein preußischer König das ganze Zeug vor 224 Jahren einem russischen Zaren geschenkt.

Jedenfalls gab es in Königsberg einen Bernsteinexperten, den Kunsthistoriker Rohde, Chef des Schlossmuseums. Rohde zerbrach sich den Kopf darüber, wie er das Bernsteinzimmer fachgerecht präsentieren konnte.

## Dezember 1941, Ostfront, Heeresgruppe Mitte, 9. Armee

„Isch kann nit mehr!“, stöhnte Raub. Er hatte keine Kraft mehr, um durch den kniehohen Schnee nach Westen zu stapfen.

„Reiß dich am Riemen!“, zischte Kaiser.

Aber Raub konnte sich nicht mehr am Riemen reißen. Mit vor Kälte tauben Fingern riss er den Gewehrriemen von der Schulter und fiel mit seiner Waffe in den Schnee.

„Steh auf!“, schrie Kaiser. „Ich trag dein Gewehr!“

Es war 30 Grad unter Null. Raub wusste, dass er einschlafen und im Schnee erfrieren würde, wenn er liegen blieb. Es war ihm egal. Er konnte nicht mehr. Er war so erschöpft, dass er noch nicht einmal die Läuse spürte, die ihn Tag und Nacht quälten. „Sackratten“, nannte man die kleinen Tiere, die in die menschliche Schamgegend krochen, weil es dort wärmer als auf dem Kopf war.

„Isch kann nit mehr!“, heulte Raub.

Raub und Kaiser sahen nicht mehr wie Soldaten aus, sondern eher wie zerlumpte Gespenster. Gespenster auf der Flucht. Im Oktober waren sie von Leningrad nach Süden verlegt worden, um Moskau zu erobern. Moskau ließ sich nicht erobern, aber der russische Winter kam. Motoren versagten, Pferde verreckten, der Nachschub brach zusammen. Und es gab keine Winterkleidung. Da gab der Führer persönlich den Befehl heraus, wonach „sich die Truppe rücksichtslos mit Bekleidung der bolschewistischen Zivilbevölkerung und gefangener Soldaten zu versorgen hat“.

Das taten die deutschen Soldaten. Sie zogen russische Zivilisten und gefangene Soldaten aus, um zu überleben. Sie stopften sich Zeitungen und Fußlappen in die Stiefel. Sie zogen Hosen und Röcke über die Uniformen. Sie wickelten sich Decken und Betttücher um die Schultern. Sie vermummten ihre Köpfe mit Tischdecken, Lumpen und bunten Kopftüchern, manchmal so dick, dass die Stahlhelme nicht mehr darüberpassten.

Dann kam die sowjetische Gegenoffensive. Jetzt waren sie auf der Flucht nach Westen. Unterwegs verbrannten sie Dörfer, damit die Sowjets keine warmen Dächer über dem Kopf hatten. Auch deshalb starben viele russischen Zivilisten. Die Deutschen klauten ihr Essen, nahmen ihre Klamotten, verbrannten ihre Hütten. Je mehr tote Zivilisten und brennende Dörfer die sowjetischen Soldaten sahen, desto weniger waren sie bereit, Gefangene zu machen.

„Lass misch, isch will nit mehr", jammerte Raub.

Kaiser trat seinem Freund in den Hintern und schlug ihm solange ins vermummte Gesicht, bis er heulend aufstand und weiterstolperte. Kaiser stapfte den Weg durch den knietiefen Schnee frei. Er warf Raubs Gewehr weg und behielt nur den Riemen. Den Riemen schlang er um Raubs Hals und zog ihn hinter sich her, bis sie wieder die deutschen Linien erreichten.

Drei Tage später gerieten sie in Granatwerferfeuer. Raub war so müde und abgestumpft, dass er sich nicht sofort in Deckung warf. Kaiser riss ihn noch zu Boden, aber es war zu spät. Ein Geschoss explodierte und viele kleine, messerscharfe Metallsplitter bohrten sich in ihre Körper. Sie wurden auf Schlitten gelegt und bis zu einer Eisenbahnlinie gezogen. Weil sie dort stundenlang im Freien herumlagen, kamen noch Erfrierungen dazu.

Kaisers Hand umklammerte die kleinen Bernsteinbrocken in der Hosentasche. Es waren seine Glücksbringer. Er trug sie immer bei sich. Kaiser spürte, wie tödliche Kälte in seinen blutenden Körper kroch. Er war der Moment, wo die Kälte allmählich alle Schmerzen linderte und jeden Lebenswillen erstickte. Kaiser hielt mit der linken Hand die Glücksbringer, und mit der rechten Hand schlug er seinem Freund ins Gesicht. So hielt er beide wach.

„Nicht einschlafen!", zischte Kaiser.

Ewig ging das so, bis sie endlich in einen Zug geladen wurden. Dann kamen grobe Sanitäter, die dreckige Verbände wechselten und Morphiumspritzen verteilten. Auch Kaiser bekam eine Spritze. Während er vor sich hin dämmerte und der Zug im Schneckentempo über die schneeverwehten Schienen ratterte, dachte er nach.

Vor drei Monaten hatten Kaiser und Raub das Bernsteinzimmer erobert. Aus einem Wehrmachtspropagandablatt hatte Raub vor Wochen vorgelesen, „dass deutsche Soldaten das Bernsteinzimmer unter Einsatz ihres Lebens vor der Zerstörung durch bolschewistische Horden gerettet“ hätten. Darüber hatten sie beide gelacht.

Raub brabbelte im Halbschlaf etwas von „Handkäs“.

„Schlaf jetzt!“, befahl Kaiser. „Wir kommen ins Lazarett.“

Der Goldschmied aus Mainz und der Schiffschaukelbremser aus Königsberg waren Militärfreunde. Im Zivilleben hätten sie sich nie kennengelernt. Ohne Kaiser hätte das behütete Einzelkind Raub nicht überlebt. Kaiser besaß den zähen Willen und den Überlebensinstinkt des Gassenjungen. Im Gegenzug half ihm der Mainzer Briefe an seine Frau Rose in Königsberg zu schreiben. Kaiser konnte nur mit Mühe lesen und schreiben, weil er eher selten zur Schule gegangen war. Dafür hatte er andere Qualitäten. Mit vierzehn von Zuhause abgehauen, um beim Zirkus und auf Jahrmärkten zu arbeiten, hatte er viele Dinge gelernt, die man in der Schule nicht lernen kann. Er konnte mit Tieren umgehen, Messer werfen, und mit einem Stück Draht Maschinen reparieren. Er brauchte keine Landkarte und keinen Kompass, um sich zu orientieren. Kaiser schleppte seinen Freund Raub alleine bis zu den eigenen Linien zurück. Alle anderen vom dritten Zug galten seit Dezember 1941 als vermisst und tauchten nie wieder unter den Lebenden auf.

## Königsberg, 29. Dezember 1941

Um 23 Uhr saß der Kunsthistoriker Rohde immer noch in seinem Büro. Er überlegte, wie er das Bernsteinzimmer im Königsberger Schlossmuseum unterbringen sollte. Und das erotische Geheimkabinett der Zarin. Und die anderen geklauten Kunstschätze aus dem Osten. Dazu musste er das Museum umräumen. Dazu brauchte er Geld, Handwerker, Restauratoren. Vor allem war er empört über den Zustand der angelieferten Kunstschätze. Sie waren oft beschädigt und meistens teilweise geplündert.

„Eine Schande ist das!“, zischte Rohde.

Rohde wusste nicht, über was er sich mehr aufregen sollte. Darüber, dass deutsche Soldaten Kunstschätze zerstörten, oder darüber, dass nationalsozialistische Bonzen Ansprüche anmeldeten. Kaum landete ein namhaftes Gemälde in Königsberg, schon kam ein „Kunstaufkäufer“ im Auftrag Hermann Görings und forderte das Bild als „Leihgabe“ für seinen Herrn.

Als Rohde sein Büro verließ, lief er einem Mann in die Arme, der sich gerade im Schlosshof die Beine vertrat. Paul Feierabend hieß der Mann, Pächter der Museumsgaststätte „Zum Henker“. Rohde ging auf ein Bier in die Kneipe. Dort tobte gerade eine Sauforgie unter dem Kommando des ostpreußischen Gau-leiters Koch, gleichzeitig des Führers Statthalter in Polen.

„Rohde!“, dröhnte Kochs Stimme durch die Kneipe. „Wann kann ich endlich das erotische Geheimkabinett der Zarin sehen? Und das Bernsteinzimmer!“

„Sobald Sie mir genug Geld und Personal zuteilen.“

„Genehmigt“, sagte der Gauleiter und bestellte noch eine Runde. Rohde ging wieder, weil ihm Kochs grölender Haufe zuwider war.

Am nächsten Tag kam ein Polizist ins Museum. Das herrische Auftreten des Polizisten stand in merkwürdigem Gegensatz zu seinem gemütlichen hessischen Akzent. „Ei Guude. De Scheff hat gesaacht, du brauchst Geld unn Personal. Was brauchste dann genau unn wie viel?“

„Wo kommen sie denn her?“, fragte Rohde.

„Aus Wiesbade“, sagte der Polizist. „Isch hab misch zum Koch versetzte lasse, damit isch dene Polacke Ordnung beibring!“

Rohde sagte dazu nichts. Er wusste, dass Koch und seine Männer im besetzten Polen wie die Tiere hausten. Aber jetzt bekam er das Personal und die Mittel, um das Bernsteinzimmer fachgerecht im Königsberger Schloss auszustellen.

## Bordeaux 1943: Leben wie Gott in Frankreich

„Isch kann nit mehr" , jammerte Raub.

„Halts Maul!", befahl Kaiser. „Sauf weiter!"

Raub setzte die Flasche Bordeaux an den Hals und wollte trinken, aber es ging nichts mehr hinein. Da stand der besoffene Feldwebel auf und brüllte: „Musick!" Dann fiel er wieder in den Sessel.

„Tei Göll!" murmelte eine Französin, ging zum Grammophon und legte zum fünfzigsten Mal das Lied von Lilli Marleen auf, das schon neunundvierzigmal an diesem Abend gespielt worden war.

„Und jetzt alle", brüllte der Feldwebel.

Da sangen sie zum fünfzigsten Mal an diesem Abend: „Vor der Kaserne, vor dem großen Tor ..."

Alle sangen mit, alle waren betrunken: Die französischen Frauen und die deutschen Landser. Den Besatzern machte das Spaß. Den Frauen weniger. Sie machten mit, um zu überleben, um ihre Kinder zu ernähren, um irgendwie über die Runden zu kommen.

Raub fühlte Brechreiz. Er stapfte nach draußen, um Frischluft zu schnappen. Kaiser kam mit, um eine Zigarette zu rauchen.

„Dessissdochnitzufasse!", lallte Raub.

„Was ist denn nicht zu fassen ?", fragte Kaiser.

„Ei, wie mir hier lebe", sagte Raub und schüttelte den Kopf.

Kaiser lachte böse. Er dachte an den Dezember 1941 zurück, als sie halb verblutet und fast erfroren ins Lazarett eingeliefert wurden. Man operierte ihnen viele Metallsplitter aus dem Fleisch, einige blieben einfach drin. Als die Wunden nach vier Monaten verheilt waren, galten sie als geheilt. Zum Abschied aus dem Lazarett bekamen Raub und Kaiser jeweils zwei Orden an die Brust geheftet. Einmal den „Gefrierfleischorden". Den bekam jeder, der sechs Wochen an der Ostfront ohne Winterkleidung überlebt hatte. Und sie bekamen das Verwundetenabzeichen in Silber.

In ihren Soldbüchern stand jetzt, dass sie wegen Erfrierungen und Verwundungen weder „frontdiensttauglich", noch „ostkampfverwendungsfähig" waren. Aber das war noch lange kein Grund, um sie ins Zivilleben zu entlassen. Die Wehrmacht hatte Personalmangel. Also bekamen sie einen Marschbefehl und wurden in einen Zug nach Frankreich gesetzt. In Bordeaux stiegen sie aus dem Zug und meldeten sich bei ihrer neuen Einheit, dem Nachschubbataillon der 242. Infantriedivision. Diese Truppe hatte den schönsten Auftrag, den die Wehrmacht zu vergeben hatte; sie bewachte den Atlantikstrand zwischen Biarritz und Bordeaux.

Die Division bestand vorwiegend aus über Vierzigjährigen, sogenannten „Landesschützen“. Dazu kamen „Genesende“ wie Raub und Kaiser. Es gab auch ein „Magenkrankenbataillon“, gebildet aus Soldaten, die kein Kommissbrot vertrugen, sondern nur Schonkost. Ein anderes Bataillon bestand aus Deutschen der „Volksliste III“. Das waren Polen, die man einfach zu Deutschen erklärt hatte, um sie in Uniform stecken zu können. Es gab auch russische „Hilfswillige“, das waren sowjetische Gefangene, die sich zur Wehrmacht gemeldet hatten, um nicht zu verhungern. Die „Hiwis“ wurden dann auch schlechter verpflegt und von ihren deutschen Kameraden wie „Saurussen“ behandelt. Ausgerüstet war der ganze Haufen mit Beutewaffen aus französischen Beständen.

„Willkommen in Frankreich“, sagte ihr neuer Vorgesetzter zur Begrüßung. Es war ein dicker Feldwebel mit kleinen Schweinsaugen in einem großen, roten Gesicht. Dabei saß er hinter einem Schreibtisch, fraß frisches Weißbrot und löffelte schwarze Beeren aus einer Dose. Das sei „Kaviar“ behauptete er. Er bot ihnen auch etwas zu trinken an: Champagner.

Raub und Kaiser taten sich sofort mit ihrem korrupten Feldwebel zusammen. Sie machten zu dritt „Geschäfte“. Der Feldwebel hatte früher im Delikatessenhandel gearbeitet und gehörte jetzt zu der Sorte Mensch, die beim Barras richtig aufblühen. Ziemlich schnell lebten Raub und Kaiser wie im Paradies, wie Gott in Frankreich.

Für clevere Versorgungssoldaten war das besetzte Frankreich ein riesiger Schwarzmarkt. Man tauschte Lebensmittel aus Wehrmachtsbeständen gegen sexuelle Dienstleistungen. Man tauschte Bordeaux gegen russischen Kaviar, polnische Gänseleber gegen Champagner. Die vorgesetzten Offiziere duldeten das, weil sie beteiligt wurden. Raub, Kaiser und der Feldwebel besorgten ihnen

Cognac und Antiquitäten, Spitzenunterwäsche für die französische Freundin, Damenhandschuhe für die Gattin zu Hause.

Die drei kamen auch schnell mit französischen Hehlern und Dieben ins Geschäft, von denen sie Wertsachen und Schmuck kauften. Raub kaufte Goldschmiedewerkzeug und schickte es nach Mainz in die Gaustraße zu seiner Mutter. Er hatte immer noch die Idee, sich nach dem Krieg selbstständig zu machen. Aber eigentlich war das nicht wichtig. Wenn es nach Raub und Kaiser gegangen wäre, hätte dieser Krieg ewig dauern können. Die Angehörigen staunten ehrfürchtig, wenn sie Päckchen aus Bordeaux bekamen.

„Vun mir aus", lallte Raub, „kann der scheene Kriesch noch dreissisch Jahr dauern!"

„Mein ich auch", sagte Kaiser. Zur Belustigung aller tanzte er jetzt nackt einen Kasatschock. „Ka-lin-ka!", rief Kaiser.

„Ka-lin-ka!", riefen alle Besoffenen und klatschten im Takt.

Am nächsten Tag saßen Raub und Kaiser verkatert im Zug. Erstes Reiseziel: Mainz. Raub hatte die grandiose Idee, ihren Urlaub nicht in Bordeaux zu verjubeln, sondern gemeinsam die Lieben zu Hause zu besuchen: Heimaturlaub.

### Heimaturlaub in Mainz: Zwei Helden im Kappelhof

Beladen wie die Packesel mit Päckchen und Geschenken stampften sie Straßenbahnschienen entlang, die Gaustraße hoch.

„Hier bin isch dehääm", schnaufte Raub glücklich, stellte Kaiser seinen Eltern vor und fing sofort an, große Pläne zu machen.

Vater und Mutter Raub wussten nicht, was sie sagen sollten. Sie waren echte Mainzer Sparbrötchen und bibberten jede Nacht, dass ihnen keine Fliegerbombe auf den Kopf fiel. Derweil stiefelte ihr Sohn großkotzig durchs Wohnzimmer und erklärte: „Hier robb isch nachem Kriesch die Wand raus. Da mach ä groß Monder enoi!"

„Was ist denn ein Monder?", fragte Kaiser.

„Dess issen Schaufenster", erklärte Raub und babbelte weiter.

Kaiser fing an, sich unwohl zu fühlen. Nach dem Essen zeigte ihm Raub den Keller seines Elternhauses. Der Keller bestand aus zwei seltsam verwinkelten Räumen, einem alten Brunnen und einem Schrank an der Wand. Raub rückte den Schrank weg. Dahinter war ein Gang, in dem er sein französisches Goldschmiedewerkzeug, die geklauten Teile des Bernsteinzimmers und sonstige Dinge aufhob.

„Hier verschteckele mir schon seit Urzeite alles, was es Finanzamt nix angeht", erläuterte Raub.

„Schön", sagte Kaiser, der in zugigen Dach- und feuchten Kellerwohnungen aufgewachsen war. Genau genommen konnte er sich gar nicht mehr daran erinnern, wie oft er und seine Mutter in Königsberg umgezogen waren, weil sie die Miete nicht bezahlen konnte oder vor ihren prügelnden Liebhabern floh.

„Unn jetzt mache mir ääner druff!", verkündete Raub.

Es war witzisch. Wegen Fliegervoralarm saßen sie ewig im Keller unter einer Beize und sangen betrunken: „Siehste nit die Wutz im Gaarde, wie se an die Ladde brunzt!"

Raub: „Isch hab en Harte, so lang wie die Gaugass!"

„Was heißt das?", fragte Kaiser.

„Dass mir jetzt in de Kappelhof gehe!", johlte Raub.

„Was ist denn der Kappelhof?"

„Ei, dess iss unser goldisch Meenzer Puff", grölte Raub.

Im Zimmer merkte die Frau schnell, dass der Freier zuviel getrunken hatte. Sie zog ihm die Hose herunter und schubste ihn an, damit Raub sachte aufs Bett fiel, ohne mit seinen Wehrmachtsstiefeln die Bettdecke zu versauen. Aber kaum lag er in der Horizontalen, fing er an Karussell zu fahren. Alles drehte sich. „Isch kann nit mehr", sagte Raub hilflos zu der Frau.

„Dir helf isch gleisch!", drohte sie und griff an sein Gemächt.

„Hör uff", jammerte Raub. „Dess helft nix. Mir iss schlescht."

„Kotz mir bloss nit die Schtubb voll!", warnte sie und bugsierte den Betrunkenen zum Fenster. Raub stützte sich auf die Frau, bis er sich am Fensterrahmen festhalten konnte. Gierig sog er frische Luft in sich hinein, bis er sich besser fühlte.

„Wenn du genauso gut kämpfe wie berschte kannst", warnte die Frau besorgt, „dann verlier'n mir den Kriesch!"

Der Puff hieß Kappelhof, weil er in der Kappelhofstraße war. Das Haus gehörte der katholischen Kirche und war an Bordellbetreiber vermietet, damit die frommen Mainzer Kirchgänger direkt nach der Beichte „berschte" gehen konnten, um rechtzeitig danach zum Mittagessen wieder bei der Ehefrau zu sein.

„Dess iss mir noch nie bassiert!", jammerte Raub verwundert.

„Narhallamarsch!", sagte die Frau.

Draußen ging Raub zum nächsten Zimmer, klopfte laut an die Tür und rief: „Kaiser! Isch bin ferdisch! Brauchste noch lang?"

„Ich komm gleich!", zischte Kaiser wütend.

Am nächsten Tag setzten sich die beiden Helden in den Zug und fuhren weiter nach Königsberg.

## Ein Drama in Königsberg

Am Königsberger Bahnhof stand eine junge Frau mit einem großen Blumenstrauß. Kaiser küsste seine Frau und gab ihr ein großes Paket. Er hatte Parfüm und schicke französische Schuhe mitgebracht. Und Damenstrümpfe. Und Pralinen. Und ...

„Das ist alles für mich?", fragte Kaisers Frau verwundert.

Kaiser mietete Zimmer in einem dubiosen Hotel. Ein Doppelzimmer für sich und seine Frau, ein Einzelzimmer für Raub. Raub wunderte sich, sagte aber nichts. Die nächsten Tage zogen sie zu dritt durch Königsberg. Sie besichtigten auch das Bernsteinzimmer im Schlossmuseum. Raub und Kaiser feixten, als sie eine Wand sahen, in der zwei Mosaike fehlten.

„Dess Bernschtääzimmer habbe mir erobert!", prahlte Raub.

Kaiser lud alle drei in die Schlossgaststätte „Zum Henker" ein. Dort tafelten sie wie die Großen und wurden immer lauter. Und Kaiser bekam Krach mit seiner Frau, weil er beinahe einen Königsberger Stadtrat verprügelt hätte, der sich beschwerte, weil Kaiser zu laut war. Danach zogen sie zu dritt durch das schlechte

Viertel von Königsberg, besuchten Kaisers versoffene Mutter und feierten weiter. Das heißt, Kaiser feierte mit seinen Kumpels, und Rose schmollte, weil er sie wie eine Trophäe vorzeigte.

Mittags gab es richtig Ärger. Roses Eltern hatten sich dazu herabgelassen, den ungeliebten Schwiegersohn einzuladen. Raub hielt beim Essen die Luft an, Rose trat ihrem Mann unter dem Tisch auf die Füße. Auch Roses Zwillingsschwester konnte die Situation nicht entspannen. Als Roses Mutter eine saudumme Bemerkung über Kaisers Mutter machte, platze ihm der Kragen. Er warf den Esstisch durchs Zimmer und brüllte. Seine Schwiegereltern flohen ins Arbeitszimmer und verriegelten die Tür. Als Roses Mutter hysterisch schrie „Asoziale gehören ins KZ!", schlug Kaiser mit der Faust die Tür ein. Dann rannte er weg.

Er verschwand zwei Tage lang, um mit seinen Kumpels zu versacken. Raub versuchte derweil, die Frau seines Freundes ungelenk zu trösten. Er gab ihr seine Mainzer Adresse: „Meedsche, mach der nix draus, besuch misch nachem Kriesch im goldische Meenz."

Als die beiden Helden wieder weg waren, heulte Rose wie ein Schlosshund. Sie war die Tochter eines Obsthändlers. Aber sie hatte sich in diesen tätowierten Schiffschaukelbremser verliebt! Sie hatten sogar geheiratet, als er 1940 eingezogen wurde!

Seitdem hatte Rose ihren Mann drei Mal gesehen. Drei Mal in vier Jahren. Jedes Mal wurde er fremder. Besonders widerlich war es gewesen, als sie im Hotel mit ihm schlief. Als hätte sie einen Fremden umarmt. Ekelhaft.

Rose arbeitete als Schreibkraft bei der Reichsbahn, lebte aber bei ihren Eltern, die ihr täglich Vorwürfe wegen ihres Mannes machten. Jetzt, nach diesem Auftritt, umso schlimmer. Rose ging zu ihrem Vorgesetzten: „Ich will versetzt werden."

„Wohin?"

„Mir egal. Hauptsache weit weg von hier."

Um dem täglichen Drama zu entkommen, ließ sie sich ans andere Ende des Reichs versetzen, nach Aachen. Dummerweise war das eine der meistbombardierten Städte Deutschlands. Zivilisten lebten dort gefährlicher als Soldaten in Bordeaux.

## Königsberg 1944

Bis zum Sommer 1944 war das Bernsteinzimmer im Königsberger Schlossmuseum relativ sicher. Im Gegensatz zum Westen Deutschlands blieb Ostpreußen lange von ernsthaften Bombenangriffen verschont, und die Ostfront war immer noch weit weg. Deshalb sammelten sich in Königsberg noch mehr Kunstschätze, die in Leningrad, Kiew, Minsk und sonstwo geklaut worden waren.

Am 22. Juni 1944 aber startete die Rote Armee eine Offensive und stieß 400 Kilometer nach Westen vor. Museumsdirektor Rohde nahm eine Landkarte in die Hand und stellte fest, dass die Sowjets jetzt 100 Kilometer östlich der ostpreußischen Grenze standen.

Wegen dieser bedrohlichen Lage ordnete man die Evakuierung der Königsberger Kunstsammlungen nach Kassel an. Rohde fiel ein Stein vom Herzen. Am 28. Juni 1944 ließ er das Bernsteinzimmer auf Lastwagen laden. Das sah aber zufällig ein zackiger Staatsanwalt namens Szelinski und alarmierte seinen Vorgesetzen, Gauleiter Koch. Der befahl, sofort die Evakuierung der Kunstschätze zu stoppen. Sollten die Ostpreußen denken, dass die Russen bis Königsberg kämen? Niemals! Rohde musste das Bernsteinzimmer zurück ins Schloss schleppen lassen.

Und jetzt kamen auch die Bombenangriffe. Im August starben über 1000 Königsberger, zehntausende wurden obdachlos. Bei diesen Luftangriffen brannte auch das Königsberger Schloss. Rohde war außer sich vor Wut und Verzweiflung. Ein großer Teil der geraubten Kunstschätze aus Zarskoje Selo war zerstört, darunter auch das erotische Geheimkabinett der Zarin. Aber vom Bernsteinzimmer verbrannten nur „sechs Sockelplatten", wie Rohde am 2. September nach Berlin meldete. Er ließ das Bernsteinzimmer aus dem teilweise zerstörten Südflügel in den Nordflügel des Schlosses schleppen.

Rohde war kein Nazi und schon lange der Überzeugung, dass Deutschland den Krieg verlieren würde. Aber er war Kunsthistoriker. Sein Albtraum war, dass alle seine Schätze, deutsche wie russische, bei einem Bombenangriff oder durch plündernde Soldaten zerstört würden.

Rohde suchte jetzt geeignete Lagermöglichkeiten auf dem Land. Das war schwierig. Empfindliche Kunstschätze konnte man nicht einfach in feuchte Keller und zugige Dachböden verfrachten, dort gingen sie kaputt. Rohde schrieb Schlossbesitzer an und bat sie, geeignete Räume für seine Sammlungen anzubieten. Immerhin gelang es ihm, ein paar wertvolle Gemälde im geheizten Esszimmer derer von Schwerin unterzubringen. Dort löffelten die Schwerins ihre Suppe und diskutierten, ob man den „entarteten" Otto Dix neben den anerkannten Lovis Corinth stellen durfte.

Außerdem verlagerte Rohde kunsthistorischen Kram von den oberen Stockwerken in Erdgeschosse und Keller des Königsberger Schlosses. Das Bernsteinzimmer wurde in Kisten verpackt und im Erdgeschoss des Südflügels abgestellt. Aber auch diese Räume waren weder bombensicher, noch boten sie Schutz vor plündernden Soldaten. Deshalb beschriftete Rohde die Kisten auf Russisch. „Achtung! Hier befinden sich große historische Werte. Öffnen nur im Beisein eines Kulturoffiziers!"

Ansonsten bemühte er sich weiterhin - unter Umgehung des Gauleiters Koch-, die Genehmigung zur Evakuierung seiner Kunstschätze nach Westen zu erreichen. Dort war aber gerade die Front in Frankreich zusammengebrochen.

## „Schade. Jetzt iss der scheene Kriesch vorbei!"

„Alles aufgeladen?", fragte der dicke Feldwebel.

Raub nickte traurig. Kaiser quetschte sich mit in das winzige Fahrerhaus, und sie fuhren los. Das schöne Leben in Frankreich war vorbei. Im Juni waren die Alliierten in der Normandie gelandet, Mitte August landeten sie in Südfrankreich, jetzt zogen die besiegten Wehrmachtskolonnen nach Osten.

Der Feldwebel hatte den Lastwagen organisiert. Es war ein altersschwacher und „requirierter", also geklauter, französischer

LKW. Die Ladung bestand aus den kostbarsten Gütern, die sie in zwei Jahren zusammengerafft hatten. Ein Vermögen aus Cognac, Rotwein, Champagner, Kaviar und Gänseleberpastete; offiziell als Wehrmachtsgut deklariert.

Um sie herum gingen die meisten Soldaten zu Fuß, fuhren auf beschlagnahmten Fahrrädern oder zuckelten mit Pferdefuhrwerken nach Osten. Aber die Amerikaner saßen ihnen im Nacken. Was als Rückzug begonnen hatte, wurde immer mehr zur Flucht.

„Schade. Jetzt iss der scheene Kriesch vorbei“, jammerte Raub.

Kaiser sagte nichts. Wie immer, wenn er nachdachte, knetete er in seiner Hand die Bernsteinbrocken, die er immer bei sich trug.

Bei Dijon gab der ausgeleierte Lastwagen seinen Geist auf. Um die Kolonne nicht aufzuhalten, wurde er einfach in den Straßengraben geschoben. Um einen Teil ihrer Schätze zu retten, hielt Kaiser einem französischen Bauern das Gewehr vor die Nase und klaute ein Pferdefuhrwerk. Hastig luden sie einen Teil Ladung auf den Karren. Der Feldwebel zündete den Laster an, damit keine Plünderer reich wurden. Dann zogen sie weiter.

Viele deutsche Soldaten hatten keine Lust mehr. Sie hätten sich gerne von den Amerikanern gefangen nehmen lassen, aber das war gefährlich. Die Feldpolizei machte mit Deserteuren kurzen Prozess, und um sie herum schlichen französische Partisanen. Die machten bisweilen langen Prozess mit gefangenen Deutschen. Nachts schossen nervöse Wachtposten wegen jedem Geräusch und trafen manchmal eigene Leute, die nur ins Gebüsch pinkeln wollten. Die französischen Zivilisten gingen den Landsern aus dem Weg. Mit Grund. Das Mindeste, was die taten, war klauen und plündern. Stellenweise brach das, was man militärische Ordnung nennt, zusammen.

In einem Dorf hinter Dijon staute sich nachts die Kolonne. Sie standen neben einer Kirche, die immer wieder vom grellen Mündungsfeuer einer Haubitze angeleuchtet wurde, die mit ohrenbetäubendem Lärm in den Nachthimmel schoss. Die Zugmaschine für das Geschütz hatte keinen Sprit mehr. Deshalb schossen die deutschen Kanoniere alle Granaten sinnlos und blind Richtung Amerikaner, bevor sie ihr Geschütz zerstörten.

„Kommt emol mit ", sagte Raub. Er hatte eine Taschenlampe.

Kaiser und der Feldwebel folgten ihm zur Dorfkirche. Das Tor war offen, das Gotteshaus menschenleer. Raub und Kaiser nahmen eine Kirchenbank und rannten gegen eine kleine Tür. Es war die Tür zur Sakristei. Dahinter stand die ganze Pracht der katholischen Kirche. Alte vergoldete Silberkelche, Monstranzen, ...

„Des iss en Vermöösche!", staunte der Goldschmied Raub.

„Du bist der Fachmann", sagte Kaiser, stopfte alles in einen großen Militärsack und warf ihn auf den Pferdekarren.

Die katholische Kirche ging ihre eigenen Wege. Als sich die deutsche Niederlage abzeichnete, fing sie an, Kirchenschätze aus dem Dijoner Diözesanmuseum in kleine Dorfkirchen zu verlagern. Dahinter stand die Angst, dass plündernde Truppen ein ganzes Museum auf einen Schlag mitgehen ließen.

Die nächsten Tage ging alles gut. Der Sack sah von außen aus, als wäre er mit Klamotten vollgestopft. Sie sagten niemand etwas davon. Es fiel auch nicht auf. Wer nervlich und körperlich in der Lage war, der schleppte eben mit, was er mitschleppen konnte.

„Hier geht alles die Bachgass runner", maulte Raub und nuckelte an einer Flasche Cognac. „Mir misse gucke, dass mir des Kirsche-silber in Sischerheit bringe. Was mer hat, dess hat mer."

Kaiser sagte nichts. Er saß auf dem Kutschbock und machte sich Gedanken. Laut Wehrmachtsbericht standen die Russen nicht mehr weit von der ostpreußischen Grenze weg. Und er dachte an seine Frau, die in Aachen lebte. Sie schrieb ihm immer seltener Briefe.

Der Feldwebel jammerte. „Alles weg. Mein Kaviar! Mein Chateau Lafitte. Mein Konjack, ..."

„Halt's Maul mit deinem Konjack", zischte Kaiser und sah in die Luft. Kaiser hatte ein ungutes Gefühl. Er blinzelte dauernd in die Sonne, und hielt nach Fliegern Ausschau.

Hinter ihm, auf dem Fuhrwerk, lagen der dicke Feldwebel und der betrunkene Raub. Beide trauerten der schönsten Zeit in ihrem

Leben nach. Vor allem der Feldwebel, der jetzt melancholisch seiner französischen Freundin nachweinte.

Raub: „Am Beste wär's, wenn mir dess Kirchesilber mit de Feldpost nach Meenz schicke täte. Da wär's gut uffgehobe."

„Meinst du, dass in diesem Chaos die Feldpost funktioniert?", fragte Kaiser genervt.

„Muss pissen", sagte der Feldwebel. Er wälzte sich von dem Fuhrwerk herunter und pinkelte an einen Baum.

„Flieger!", brüllte Kaiser, sprang vom Kutschbock herunter und warf sich in den Straßengraben.

„Shit!", fluchte US-Luftwaffenleutnant Carl Mayer und steuerte sein Flugzeug Richtung Brücke, obwohl er links und rechts von seiner Maschine Granaten explodieren sah.

Mayer war 24 Jahre alt, und alle nannten ihn „Kraut", weil er deutsche Eltern hatte, die 1930 in die USA ausgewandert waren.

Mayer sollte eine Brücke in die Luft zu jagen, um den deutschen Kolonnen den Rückzug zu versperren. Aber die Brücke wurde mit Flakgeschützen verteidigt. Mayer lenkte sein Flugzeug trotzdem auf das Ziel. Eine Maschine neben ihm explodierte in einem grellen Feuerball. Mayers Flugzeug wackelte, wurde durchgeschüttelt vom Luftdruck explodierender Granaten, Splitter schossen durch die dünne Aluminiumhaut. Weil das Flugzeug so wackelte, sausten seine Bomben an der Brücke vorbei. Mayer brach den Angriff ab und flog zurück. Da sah er unten die Ameisenkolonne, die sich Richtung Brücke bewegte. Die Ameisen waren Menschen, Pferde, Fahrzeuge.

„Attack!", brüllte Mayer, zog die Maschine nach unten, raste über die Kolonne hinweg und drückte dabei auf Knöpfe. Damit löste er schwere Maschinengewehre aus, deren Geschosse Menschen, Pferde und Wagen zerfetzend in die Kolonne rasten. Und er klinkte Bomben aus, von deren Explosionsdruck Lastwagen wie Spielzeuge von der Straße geschleudert wurden.

„Yeah!", brüllte Mayer und nahm Rache für seine getöteten Kameraden. Er genoss den Blick auf die Leuchtspurgeschosse, die in die hilflose Kolonne jagten. Das Ganze dauerte nur Sekunden. The Kraut Mayer flog zurück, landete, betrank sich, bekam einen Weinkrampf, schlief schlecht, fraß Aufputschpillen und flog am nächsten Tag wieder los. Das war seit zwei Jahren sein Job.

Einzelne Flieger waren tückisch. Wenn sie tief gegen den Wind flogen, Hügel und Wälder Geräusche verschlucken, hörte man sie erst, wenn es zu spät war. Hier war es zu spät.

Kaiser und der dicke Feldwebel brüllten, aber Raub kam nicht rechtzeitig hoch, um sich in Deckung zu werfen. Der Gaul brach getroffen zusammen, wieherte und schlug im Todeskampf immer wieder den Kopf auf das Straßenpflaster.

„Do hot mer son Lump von Ami de Fuss abgeschosse!“, brüllte Raub. Dann wurde er weiß im Gesicht und ganz still. Der Feldwebel erschoss den Gaul. Raub begann jetzt unkontrolliert zu zucken. Kaiser band seinen Oberschenkel ab, während ein anderer den zuckenden Oberkörper festhielt.

„Ich bring den Sack zu deinen Eltern nach Mainz“, versprach Kaiser. „Und nach dem Krieg teilen wir zu dritt!“

Raub wimmerte und wurde von Sanitätern weggetragen.

Kaiser schulterte den Sack voll Kirchensilber. Der Feldwebel packte Flaschen in seinen Rucksack und säbelte ein großes Stück Fleisch aus dem dampfenden, toten Pferd. „Ich muss noch eine Verlustmeldung über den LKW schreiben.“

„Du blödes Arschloch“, sagte Kaiser und stapfte los.

Stunden später aßen sie halbroh gebratenes Pferdefleisch und tranken dazu sauteuren Armagnac aus der Flasche. Dann liefen sie weiter. Immer, wenn amerikanische Flieger auftauchten, sprangen sie wie die Hasen ins Gebüsch. Tagelang ging das so, bis sie auf einen überfüllten Zug aufspringen konnten, der dauernd umgeleitet wurde, weil die Bahnlinien bombardiert wurden. Nach einer Kreuz - und quer - Fahrt fuhr der Zug über den Rhein. Dort lungerten sie in einer Karlsruher Kaserne herum. Hinter dem Rhein funktionierte wieder der deutsche Militärbetrieb. Aber im geregelten Kasernenleben war es schwer, das Kirchensilber zu verbergen.

„Wir haben einen Marschbefehl“, sagte der Feldwebel. „Wir gehören jetzt zum Nachschub der 556. Volksgrenadierdivision.“

„Volksgrenadierdivision? Was ist denn das für ein Quatsch?“

„Woher soll ich das wissen?“, fragte der Feldwebel.

Am nächsten Tag fuhren sie mit dem Zug nach Koblenz. Kaiser deutete auf den Sack: „Hier funktioniert auch die Post.“

Feldwebel: „Ich weiß. Aber ich weiß nicht, ob Raub noch lebt.“

*Du Schlaumeier willst nicht teilen*, dachte Kaiser.

Als der Zug in Mainz eine halbe Stunde Aufenthalt hatte, raste Kaiser vom Bahnhof zu Raubs Eltern, gab das Kirchensilber ab, und verkündete die Hiobsbotschaft über ihren Sohn. Mutter Raub brach heulend zusammen. Kaiser rannte wieder zurück zum Zug.

In Koblenz, in der Gneisenau-Kaserne, lernten Kaiser und der Feldwebel etwas Neues: den „Deutschen Gruß im Vorbeigehen“.

Seit neuestem sollte man sich nicht mehr mit den Fingern an den Kopf greifen, sondern Vorgesetzte mit dem stramm ausgestreckten Arm grüßen. Kaiser ließ den Quatsch über sich ergehen und schrieb mit ungelenken Buchstaben zum ersten Mal seit langem eine Postkarte an seine Frau nach Aachen. Sie antwortete nicht.

## Aachen

„Guten Morgen Fräulein Rose“, grüßte er und fing an, wie ein geiles Frettchen zu sabbern. Er hatte sogar den Ehering abgezogen.

*Nicht schon wieder*, dachte Rose Kaiser. Auf ihrem Schreibtisch stand ein Blumenstrauß, daneben lagen zwei Kinokarten. Seit Tagen hatte Rose einen Schatten. Er saß neben ihr in der Kantine, er quetschte sich bei Fliegeralarm neben sie, er sabbelte ihr die Ohren voll und linste ihr in den Ausschnitt.

Rose kippte ihm das Blumenwasser über den Kopf: „Volksgenosse Müller! Die Blumen und die Kinokarte schenke ich heute Abend Ihrer Frau, ich weiß ja, wo Sie wohnen.“

Die Zeit bei der Reichsbahn in Aachen war die schönste in Roses langem Leben. Daran änderten auch die ständige Todesangst und der Schlafmangel wegen Bombenangriffen nichts. Rose war zum ersten Mal der Fuchtel ihrer Eltern entronnen. Niemand machte ihr mehr Vorwürfe wegen ihres „asozialen“ Ehemanns. Niemand machte ihr Vorwürfe, wenn sie nächtelang im Schein einer kleinen Karbidlampe Bücher las. Niemand meckerte, wenn sie allein ins Cafe, Museum oder Theater ging, sofern alle drei nicht zerbombt waren. Und niemand meckerte, wenn sie rauchte. Rose wohnte in einem Wohnheim für ledige Reichsbahnmitarbeiterinnen, lernte Freunde kennen und versuchte ihren Ehemann zu vergessen. Der einzige Mensch, den sie wirklich vermisste, war ihre Zwillingsschwester in Königsberg.

Als die Amerikaner Anfang Oktober 1944 Aachen mit Artillerie beschossen und der Bahnverkehr eingestellt werden musste, wurde sie nach Köln versetzt. Dort fing sie an, Briefe zu schreiben. Aber nicht an ihren Mann.

## „Ei, do hot mer son Lump von Ami de Fuß abgeschosse!“

Die OP-Schwester löste den zerfetzten Stiefel von dem zertrümmerten Unterschenkel. Ein blutverklebter Fleischbrei mit zersplitterten Knochen und zerissenen Sehnen. „Wenn wir ein paarmal flicken“, sagte sie, „dann bleibt der Fuß steif, aber dran.“

„Keine Zeit!“, bellte der übermüdete Militärarzt, sägte das Bein unterhalb des Knies ab und nahm sich den nächsten vor.

Raub wurde zusammen mit anderen Elendsgestalten auf einen Lastwagen verfrachtet und nach Westen gefahren. Der rumpelnde LKW blieb oft stehen. Der Fahrer musste dauernd Brennholz sammeln, weil sein Gefährt von einem Holzvergasermotor angetrieben wurde. In einem Lazarett feierte Raub seinen 23. Geburtstag. Jetzt war er endgültig untauglich. Im November 1944 wurde er aus der Wehrmacht entlassen und nach Hause geschickt. Raub konnte sich nicht entscheiden. Sollte er froh sein, dass er überlebt hatte, oder sollte er depressiv werden, weil er nur noch einen Fuß hatte?

Einmal tat sein Beinstumpf so weh, dass er aus lauter Wut die Krücke an einer Hauswand zerschlug. Es dauerte lange, bis er mit seiner Holzprothese beim Treppensteigen nicht mehr stolperte. Wenn ihn jemand fragte, wie das passiert sei, sagte er: „Ei, do hot mer son Lump von Ami de Fuß abgeschosse.“

Meistens saß er im Keller, bastelte mit seinem französischen Goldschmiedewerkzeug Schmuck und versuchte ihn zu verkaufen. Wozu sonst hatte er einen Sack voll wertvollem Rohmaterial? Er machte „Puschje“, wie die Mainzer sagen. Und er redete sich ein, dass er Glück gehabt habe. Mit einem Fuß konnte er als Goldschmied arbeiten. Mit nur einer Hand nicht!

Aber was ihm wirklich Lebensmut gab, waren Briefe. Er und eine Frau schrieben sich Briefe. Raub hatte das vage Gefühl, in seine Brieffreundin verliebt zu sein.

**The Kraut** Mayer brüllte und schrie. Seine brennende Maschine stürzte ab. Er er war eingeschlossen im Cockpit, er würgte und ... wurde schweißgebadet wach.

Mayer hatte geträumt. Vor jedem Flug quälten ihn Panikanfälle, danach Alpträume. Im Oktober 1944 hatte er ein paar Tage Pause, weil seine angeschossene Maschine repariert wurde. Er trank, bis er kotzen musste, schlief unruhig und stellte sich vor den Spiegel. Ein junger Mann mit Ringen unter den Augen und zitternden Händen.

Die Jagdbomberbesatzungen flogen viel, schliefen wenig und hatten hohe Verluste. Um das Grauen zu ertragen, tranken sie. Und sie frassen bunte Pillen. Die Pillen vertrieben die Müdigkeit und die Angst. Vor allem machten sie aggressiv. Manchmal so aggressiv, dass sie auf alles schossen, was sich bewegte, zum Beispiel Bauern bei der Feldarbeit. Mayer war kein Killer und wollte auch nicht dazu werden. Deshalb ging er zu einem befreundeten Militärpsychologen und zeigte seine zitternden Hände. „Ich kann das nicht mehr ertragen“, sagte Mayer.

Mit einem Attest in der Tasche ließ er sich zur Militärverwaltung abkommandieren. In diesen Tagen eroberten die Amerikaner die erste deutsche Großstadt: Aachen. Jetzt suchten sie deutschsprachige Soldaten, um eine Verwaltung aufzubauen. Mayer sprach nicht nur deutsch, er konnte auch deutsch lesen und schreiben. Die Verwaltungsarbeit war ebenso deprimierend wie empörend. Einerseits hatte er Mitleid mit den ausgemergelten Deutschen. Andererseits wollte er sie an die Wand klatschen, wenn sie ihm erzählten, dass sie nur aus Zwang in der Partei gewesen wären und dort das Schlimmste verhindert hätten.

Wichtiger war etwas anderes: Im zertrümmerten Aachen war die Lebensmittelversorgung zusammengebrochen. In den Ruinen hausten Deutsche, die verzweifelt „Souvenirs“ gegen Essen eintauschten: altes Familiensilber und Schmuck, nagelneue Kriegsorden und Autogramme von Nazigrößen. Auch Teile von Museumsbeständen wurden gegen Lebensmittel getauscht. GIs, die Ahnung hatten, konnten für ein paar Büchsen Corned-Beef ein Gemälde kaufen, das in den USA 500 Dollar wert war.

Mayer hatte nicht nur Ahnung, sondern auch Verbindungen. Sein Vater betrieb in New York ein Antiquitätengeschäft. Mayer nutzte die Infrastruktur der amerikanischen Streitkräfte. Er musste nur die richtigen Männer an den richtigen Dienststellen schmieren. Im November 1944 verschiffte er die erste Ladung Möbel und Gemälde. Das Verschiffen der Ware ging relativ problemlos, weil Nachschubschiffe für die Allierten vollbeladen von den USA zu den Kanalhäfen fuhren und leer zurück. Deutsche U-Boote wurden inzwischen schneller versenkt, als sie Frachter torpedieren konnten. In New York verkaufte sein Vater den Kram für ein Irrsinnsgeld und schickte ein Telegramm mit der Überschrift: „I want more!“

„Wow“, staunte Mayer. Sein Vater hatte geschrieben, dass US-Sammler nicht nur Biedermeiermöbel und Barockgemälde, sondern auch Kuckucksuhren wollten und dafür wahnsinnige Preise zahlten.

„Bring mir Kuckucksuhren!“, sagte Mayer zu dem vierzehnjährigen HJ-Buben, der für ihn mit einem Bollerwagen durch die Trümmer zuckelte, um Antiquitäten anzuschaffen.

„Kuckucksuhren?“ lachte der Junge in breitem Aachener Dialekt. „Wat iss dat denn?“

Mayer fluchte. Kuckucksuhren gab es zu Tausenden im Schwarzwald, aber der Schwarzwald war fest in deutscher Hand. Überhaupt war ganz Deutschland ein riesiges Antiquitätenlager. Aber die Angloamerikaner hatten gerade einmal Aachen erobert. Warum blieben die allierten Truppen an der Westgrenze des Reiches praktisch stehen? Als die Deutschen im Dezember in den Ardennen sogar amerikanische Truppen zurückdrängten, hatte Mayer die Befürchtung, dass die Rote Armee schneller am Rhein wäre als er.

## Königsberg, Oktober 1944 bis Januar 1945

Im Oktober 1944 stießen sowjetische Truppen zum ersten Mal über die ostpreußische Grenze vor. Jetzt stand die Rote Armee 100 Kilometer vor Königsberg. Hinter den Soldaten marschierten sowjetische Kunsthistoriker in Uniform. In ihrem Gepäck hatten sie lange Listen. Auf diesen Listen standen 76 Millionen Bücher, 87 Millionen Akten und 564723 Kunstobjekte aus 427 Museen, die unter deutscher Besatzung verschwunden waren. Die „Kunstoffiziere" sollten diese Dinge aufspüren, und in die Sowjetunion zurückschicken. Auf diesen Listen stand auch das Bernsteinzimmer. Außerdem sollten sie alle erreichbaren Kunstschätze im Faschistenland klauen, weil das wenigstens ein schwacher Trost war für alles, was die Deutschen im Osten angerichtet hatten.

Aber vor den Kulturoffizieren marschierten Soldaten, die rein gar nichts mit der Rettung von Kunstwerken zu tun hatten. Auf ihrem Vormarsch nach Westen hatten sie brennende Dörfer, zerstörte Städte und hungernde Zivilisten gesehen. Tote Männer, Frauen, Kinder, die von Deutschen unter dem Vorwand der Partisanenbekämpfung erschossen, erhängt, erschlagen, verbrannt worden waren. Als diese sowjetischen Soldaten deutschen Boden betraten, wollten sie nur eines: Rache!

Wer sollte in dieser Situation noch an das Bernsteinzimmer denken? Niemand, außer dem Kunsthistoriker Rohde. Unter Umgehung des Gauleiters Koch erhielt er im November 1944 endlich die Genehmigung, „Kunstschätze aus den frontnahen Gebieten nach Westen zu evakuieren."

Rohde ging auf Dienstreise und inspizierte Schlösser. Im Dezember besichtigte er die Burg Kriebstein und das Schloss Wechselburg bei Rochlitz in Sachsen. Rohde befand, dass beide geeignete Räumlichkeiten hatten, um das Bernsteinzimmer zu lagern. Bis er alle Genehmigungen hatte und den Transport organisieren konnte, wurde es aber Januar. Als er das Bernsteinzimmer endlich zum Bahnhof transportieren wollte, war es zu spät. Die Rote Armee war schneller.

## Urlaub auf dem Bauernhof

„Was machen wir morgen?", fragte Kaiser gähnend.

„Dasselbe wie heute", meinte der Feldwebel.

Kaiser dachte nach. Was hatte er heute getan? Ach ja, er hatte ein bisschen Holz gehackt und mit den Kindern des Bauern, bei dem sie einquartiert waren, einen Schneemann gebaut. Wenn er genauer nachdachte, dann taten sie seit Wochen so gut wie gar nichts. *Komischer Krieg*, dachte Kaiser. Weiter oben, nördlich von Echternach, tobten furchtbare Kämpfe, aber hier war es ruhig.

Von August bis September 1944 rasten amerikanische und britische Truppen von Frankreich Richtung Rhein. Im Herbst geriet der Vormarsch aber ins Stolpern. Die Alliierten hatten Nachschubprobleme, das Wetter behinderte ihre Luftwaffe, es regnete viel und wurde früher dunkel. So bekamen die Deutschen Zeit, um Truppen zu verschieben, Angriffe aufzuhalten, Stellungen auszubauen, neue Einheiten aufzustellen, in den Ardennen und im Elsass Gegenangriffe vorzubereiten. Außerdem verkündeten sie die Wehrpflicht für alle Männer von 16 bis 60 Jahren und nannten diese Einheiten „Volkssturm". Überhaupt waren die Deutschen weltweit führend im Erfinden von militärischen Bezeichnungen, die sich furchterregend anhörten. Sie bauten keine Schnellfeuergewehre, sondern „Sturmgewehre", keine Geschütze auf Selbstfahrlafetten, sondern

„Sturmgeschütze". Sie hatten sogar „Luftwaffensturmdivisionen" erfunden, das waren Luftwaffensoldaten, die mit dem Fahrrad gegen den Feind stürmen sollten, weil es nicht mehr genug Flugbenzin gab. Und sie stellten „Volksgrenadierdivisionen" auf. Das waren Einheiten mit reduzierter Sollstärke. Die Vielzahl neuer Einheiten sollte den Gegner verwirren und die Einbildung eigener Stärke vergrößern.

Im September waren amerikanische Truppen bis kurz vor Trier vorgestoßen. Ende Januar 1945 waren sie immer noch da. Ihnen gegenüber standen lustlose Einheiten wie die 556. Volksgrenadierdivision. Dahinter war das Nachschubbataillon, das wenig zu tun hatte, weil es bei militärischem Stillstand wenig Nachschub zu verschieben gab. Dienstlich hatte der Feldwebel ein Motorrad mit Beiwagen ergattert, weil er nicht zu Fuß gehen wollte, um seine kleinen Geschäfte zu erledigen. Er tauschte Wehrmachtsgut gegen Moselwein, Schnaps und Schinken. Ansonsten trauerte er der schönen Zeit in Bordeaux hinterher. Immer wieder starrte er auf das Foto seiner feschen französischen Freundin. Ihr Foto war in seinem Portemonnaie, gleich neben dem seiner hausbackenen deutschen Ehefrau. Keine Sekunde lang dachte er an das Schicksal seiner Freundin, die wahrscheinlich von ihren Nachbarn kahlgeschoren und angespuckt wurde. Aber je länger die schöne Zeit in Frankreich vorbei war, desto häufiger schrieb er wieder Briefe an Frau und Kinder.

Kaiser dachte eher an das Kirchensilber, das sie bei Dijon erbeutet hatten. Das Silber war bei Raubs in Mainz. Und Mainz war nicht mehr weit weg von der Westfront.

„Was macht eigentlich deine Frau?", fragte der Dicke.

„Die ist letzten Oktober von Aachen nach Köln versetzt worden", knurrte Kaiser, *und schreibt mir nicht mehr*, dachte er weiter.

„Wie weit ist Mainz von hier weg?"

„180 Kilometer", sagte der Feldwebel. Er wusste das genau, weil es da ein Depot gab, von dem aus Ersatzteile geliefert wurden.

Kaiser fing an, zu rechnen. Diese Strecke konnte er in vier Tagen zu Fuß gehen. Mit dem Motorrad, selbst wenn man nur nachts auf Schleichwegen fuhr, war man in wenigen Stunden dort.

„Ich geh mal fressen“, verkündete der Dicke.

Kaiser hatte keinen Hunger. Er blieb in dem altertümlichen Doppelbett liegen, das er sich mit dem Dicken teilte und in dem mutmaßlich schon Generationen gezeugt und gestorben waren.

Jeden Abend aßen die beiden mit der Bauernfamilie. Der Bauer machte das mit, weil ihn die Nachschubsoldaten mit nützlichen Dingen aus Wehrmachtsbeständen versorgten. Und Kaiser half aus Langeweile sogar bei der Arbeit auf dem Bauernhof.

Nach dem Abendessen trank der Feldwebel mit dem Bauern Schnaps. Als die Kinder im Bett waren, hörten sie am Radio leise den britischen „Feindsender“ in deutscher Sprache. Das war zwar verboten, aber den deutschen Meldungen war nicht zu trauen. Glaubte man denen, dann stand der Endsieg unmittelbar bevor.

„Oh, Mannomann“, nölte der Feldwebel, als er sich mit einer Schnapsfahne neben Kaiser ins Bett wälzte. „Die Russen haben halb Ostpreußen überrannt und Königsberg eingeschlossen!“

Kaiser grübelte. Er dachte an seine Freunde und seine Mutter in Königsberg. „Wenn der Laden hier zusammenbricht“, entschied Kaiser, „dann schnappen wir das Motorrad, hauen ab nach Mainz und verstecken uns dort, bis der Krieg vorbei ist.“

„Das ist Fahnenflucht“, jammerte der Feldwebel ängstlich.

„In Mainz ist unser Kirchensilber“, beharrte Kaiser.

Da besorgte der Feldwebel ein Formular. Die deutsche Militärbürokratie hatte für alles und jeden Furz vorgedruckte Formulare. Am Tag X, so war der Plan, würden Kaiser und der Feldwebel mit dem Motorrad nach Mainz rasen, um ein Ersatzteil für die Visiereinrichtung eines Geschützes aus dem Depot zu holen. Für diesen Tag hortete der Feldwebel einen Kanister Benzin und übte die Unterschrift seines Vorgesetzten. Kaiser übte Motorradfahren.

Feldwebel: „Du hast doch gar keinen Führerschein.“

Obergefreiter: „Der Führer ist ein armes Schwein, denn er hat keinen Führerschein.“

## Ein Kunsthistoriker gibt auf

Am 27. Janauar 1945 hatten sowjetische Truppen die Ostsee bei Elbing erreicht. Gleichzeitig schnitt die Rote Armee den Weg nach Norden ab, die Landverbindung zum Ostseehafen Pillau, wo deutsche Truppen einen Brückenkopf hielten. Königsberg war jetzt fast eingeschlossen. Der einzige Fluchtweg führte über das zugefrorene Frische Haff. Tausende nahmen diesen Weg. Mit Pferdefuhrwerken und zu Fuß, Handkarren und Schlitten hinter sich herziehend, Alte, Kranke, Hochschwangere, Kinder mitschleppend. Unterwegs erfroren viele, starben an Entkräftung, wurden von sowjetischen Fliegern beschossen. Besonders tückisch war es, wenn frischer Schnee eine dünne Eisschicht bedeckte, die sich über Nacht gebildet hatte, nachdem Bomben vorher Löcher ins Eis geschlagen hatten. Da versanken ganze Familien in der Ostsee.

Zehntausende - auch Roses Eltern und ihre Zwillingsschwester - hatten nicht den Mut, zu fliehen. Sie hielten es für sicherer, in Königsberg auszuharren. Manche glaubten auch der deutschen Propaganda und hofften auf die Kriegswende durch den Einsatz angeblicher Wunderwaffen. Einige tanzten auf dem Vulkan. Paul Feierabend, der Wirt der Schlossgaststätte „Zum Henker", fing an, alle teuren Flaschen in seinem Weinkeller auszusaufen. Andere resignierten.

Der Kunsthistoriker Rohde sah Königsberg im Inferno untergehen, und mit seiner Stadt auch sein Lebenswerk. Er hatte es nicht geschafft, seine Kunstschätze zu retten. Er gab auf. Schon länger an einer Nervenkrankheit leidend, meldete er sich krank und legte sich zu Hause ins Bett. Er wollte nichts mehr sehen, nichts mehr hören, nichts mehr wissen. Er wollte nicht das Elend der Flüchtlinge in den Königsberger Straßen sehen, er wollte nicht das zerbombte Schloss sehen, nicht an die verbrannten Kunstwerke denken und nicht an das Schicksal der noch vorhandenen. Er wollte auch nicht zum Volkssturm. Er wollte ganz einfach überhaupt nicht mehr. Er wollte noch nicht einmal fliehen, als sich ihm die Chance bot.

## Berlin, 28. Januar 1945

„Linge!“, schnarrte die Stimme des Führers durch den Führerbunker unter der Reichskanzlei.

„Jawoll, mein Führer?“

„Linge, brrängen Sie mirr Tee!“

Der Leibdiener Linge brachte dem Führer Tee.

Die Stimmung des Führers war schlecht. An der Westfront war seine Ardennenoffensive gescheitert. Seine Elsassoffensive war auch gescheitert. Jetzt schlugen die Amerikaner zurück. Das war aber gar nichts im Vergleich zur Lage im Osten. Am 12./13. Januar 1945 hatte die Rote Armee eine Großoffensive gestartet und überrannte jetzt Ostdeutschland. „Däse Verrsagerr!“, krächzte der Führer wütend, und meinte damit seine Generäle.

Der Führer war nicht nur schlecht gelaunt, sondern auch heiser. Das kam davon, weil er drei Stunden geredet und gebrüllt hatte. Drei Stunden lang hatte er seinen Generälen erklärt, wie sie die Russen zurückschlagen sollten. Die Sowjets waren nämlich bis zur Oder vorgestoßen und standen jetzt 80 Kilometer vor Berlin. Ein anderer Angriffskeil drohte ganz Ostpreußen abzuschneiden.

„Esch bän von Versagerrn umgeben!“, schnaubte Hitler wütend, und spülte ein paar Aufputschmittel mit Tee herunter. Der Führer war tablettensüchtig. Nachts geisterte er bis 5 Uhr morgens durch den Bunker, nahm Schlaftabletten, stand um 10 Uhr auf, nahm Aufputschmittel, tobte, brüllte und ...

„Pfffrrrt“, furzte der Führer, weil er auch schwere Verdauungsstörungen hatte. Das kam von Bewegungsmangel und falscher Ernährung; er war nämlich Vegetarier. Auf jeden Fall wurde durch seine Furzerei die schlechte Bunkerluft noch schlechter, weshalb er auch Kopfschmerzen hatte und dauernd Kopfschmerztabletten fraß. „Borrmann!“, rief der Führer. „Wo äst Borrmann?“

Martin Bormann, die graue Eminenz des Dritten Reiches, stürzte mit dem Notizblock zu seinem Chef und fragte atemlos: „Jawoll, mein Führer?“

Bormann hatte auch Kopfschmerzen. Er hatte nämlich gestern Abend mit General Burgsdorf Schnaps gesoffen. Deshalb hielt er jetzt die Luft an. Erstens damit der Antialkoholiker Hitler nicht die Schnapsfahne roch und zweitens, damit Bormann nicht Hitlers Fürze einatmen musste. Des Führers Fürze stanken gewaltig, und Bormann hatte Angst, dass er kotzen müsste.

„Borrmann! Der Russe schtäht vor Königsbärg!"

„Jawoll, mein Führer", nuschelte Bormann.

„Die Festung Königsbärrg wärrd bis zum letztän Blutstropfen verteidägt! Der Festungskommandant äst doch diesär General Dings, äh Dingsbums, äh ..."

„Lasch", half Bormann, „General Lasch."

„Genau", krähte der Führer und meckerte, weil ein deutscher Offizier so einen unmilitärischen Namen hatte. Deshalb hielt er einen langen Vortrag darüber, dass er nach dem Krieg einen Befehl herausgeben wolle, wonach solche Offiziere gefälligst andere Nachnamen annehmen sollten.

Bormann machte eifrig Notizen zu diesem genialen, zukunftsweisenden Gedankenblitz des Führers. Im Geiste formulierte er schon bürokratisch korrekte Regeln zur Namensänderung. „Lasch" müsste dann in „Zackig" geändert werden, „Schaf" in „Wolf" usw. Bormann beendete seine Überlegungen mit „z.W.n.K.", das war die Abkürzung für „Zur Wiedervorlage nach dem Krieg".

Da fiel dem Führer noch etwas ein. „Borrmann, wenn Königsbärg fällt, dann fällt den Bolschewisten auch das Bärnsteinzimmär in die Hände! Diesen propagandistischen Erfolg werde ich Stalin niemals gönnen. Nämals! Sorgen Sie dafür, dass das Ding aus Königsbärg evakuiert oder vernichtät wird. Haben Sie mäsch verschtandän, Borrmann!?"

„Jawoll, mein Führer!", nuschelte Bormann, sprang auf und ließ eine Funkverbindung zum ostpreußischen Gauleiter Erich Koch herstellen.

## Ostpreußen, 28. Januar 1945

„Das Bernsteinzimmer", schnaubte der ostpreußische Gauleiter Koch, als ihn ein Untergebener auf Bormanns mündlichen Befehl ansprach, „interessiert mich im Moment einen Scheißdreck!"

Koch war gerade damit beschäftigt, alte Männer, junge Buben, und Frauen jeden Alters einen „Panzergraben" ausheben zu lassen. „Der ostpreußische Bauer und seine Familie", brüllte Koch in ein Mikrofon, „krallt sich in die ostpreußische Erde und verteidigt seine Heimat bis zu letzten Atemzug!!"

Neben Koch stand aber ein Mann in Polizeiuniform, der aufmerksam zuhörte, als er das Wort „Bernsteinzimmer" hörte. Der Polizist hatte unter Erich Koch im besetzten Polen und in der Ukraine gedient. Er hatte Koch dabei geholfen, über 300000 Menschen zu ermorden. Und er wusste, dass sich Koch dabei ein Vermögen in Form von Kunstschätzen zusammengeräubert hatte. Einen Teil dieses Vermögens hatte der Polizist im Auftrag seines Chefs im Januar nach Westen, nach Weimar, gebracht. Außerdem wusste er, dass sich Koch noch ein anderes Hintertürchen aufhielt. In Pillau standen zwei Eisbrecher, die „Ostpreußen" und die „Pegel". Beide Schiffe hätten Tausenden Menschen die Flucht aus Ostpreußen ermöglicht. Aber sie waren nur da, um Erich Kochs persönlichen Fluchtweg nach Westen offen zu halten.

Der Polizist wusste also, was er tat, als er sich heimlich Befehlsformulare besorgte, Erich Kochs Unterschrift fälschte, General Laschs dazu, Bormanns obendrein und die krakelige Schrift des Führers als Krönung. Und er informierte sich im Königsberger Schloss, wo welche Kunstschätze lagerten.

Vor allem hatte er von Koch erfahren, dass die Wehrmacht das Unternehmen „Westwind" vorbereitete. Das war der militärische Deckname für den Versuch, Königsberg freizukämpfen.

„Ruhää!“, brüllte einer, aber sie hörten nicht auf, zu lachen.

Rose Kaiser erzählte den beiden Kindern eine Geschichte. Dabei ahmte sie den kaschubischen Akzent ihrer Großmutter nach. Die Kinder gluckten, prusteten, gickelten vor Lachen.

„Dat iss ne Frechheit! Ich will poofen!“

In Köln gab es keine vernünftige Unterkunft. Rose wurde mit ausgebombten Familien in einer Notbaracke einquartiert. 36 Menschen in einem Raum. Sie hauste zwischen plärrenden Kindern, übernächtigten Müttern und zeternden Großeltern. Der wärmende Gestank von Kinderkacke und ungewaschenen Körpern ersetzte die Heizung. Zimmerwände ersetzte man durch Klamotten, Windeln und Betttücher, die an Leinen aufgehängt quer durch den Raum baumelten. Wenn jemand nachts pinkeln musste und nicht aufpasste, riss er die Wäsche herunter, was jedes Mal zu einem großen Tohuwabohu führte. Rose schlief im obersten Stock eines eisernen Dreietagenbettes, meistens mit zwei Kindern im Arm, die unten keinen Platz mehr hatten. Nachts röchelten, schnarchten, rülpsten, furzten alle. Wenn die Sirenen heulten, rasten alle in den Luftschutzkeller. An regelmäßigen Schlaf war in diesem Zirkus nicht zu denken. Manchmal war Rose auf der Arbeit so müde, dass sie am Schreibtisch einschlief. Nach der Arbeit stand sie stundenlang in der Schlange. Wenn sie vorne ankam, musste sie immer öfter feststellen, dass es trotz Lebensmittelbezugsschein immer weniger gab. Und meistens hatten die Kinder in der Baracke so große hungrige Augen, dass sie Essen verschenkte.

„Dat iss ne rischtije Scheißläben“, meinte die Kölnerin aus der zweiten Bettenetage, die froh war, dass sich Rose um zwei von ihren fünf Kindern kümmerte.

Anfang Dezember hatte Rose in ihrem Notizbuch geblättert und eine Adresse gefunden, die sie 1943 notiert hatte. Sie schrieb einen Brief. Er schrieb zurück. Seitdem schrieben sie sich regelmäßig. Im Januar besuchte sie ihn ein Wochenende. Zurück in der Baracke, hatte Rose das Gefühl, verliebt zu sein.

## Königsberg, 19. Februar 1945

Seit Ende Januar herrschte in Königsberg ein unbeschreibliches Chaos. Die zerbombte Stadt war vollgestopft mit verstörten Zivilisten und versprengten Wehrmachtseinheiten, die vor den Sowjets in die Stadt geflohen waren. Kommandiert wurden diese Menschen von einem Wirrwarr aus Partei und Militär, wobei niemand wusste, wessen Befehlen er eigentlich Folge leisten sollte.

Auf der einen Seite gab es Gauleiter Erich Koch, der gleichzeitig auch „Reichsverteidigungskommissar des Wehrkreises I" war. Als solcher stellte er seit Oktober 1944 den Volkssturm auf und verbot die rechtzeitige Evakuierung der Zivilisten, weshalb Hunderttausende umkommen sollten, weil sie zu spät vor den Sowjets flohen. Koch ließ „Feiglinge" und „Defätisten" hinrichten, und versuchte Ostpreußen auf eigene Faust zu verteidigen, wobei es häufig zu Konflikten mit dem Militär kam. Wenn er sich nach Königsberg einfliegen ließ, tobte und brüllte er Durchhaltebefehle.

Auf der anderen Seite gab es General Lasch, der zum „Festungskommandanten" von Königsberg ernannt wurde, um die Stadt „bis zum letzen Blutstropfen" zu verteidigen. Um das Maß an Verwirrung vollzumachen, kamen auch noch Befehle von der Heeresgruppe Nord oder gar direkt aus dem Führerbunker, wobei keiner mit dem anderen sprach.

Am 19. Februar schaffte es die Wehrmacht kurzfristig, wieder Verbindung zu Königsberg herzustellen. Einerseits kämpften sich Truppen von Norden nach Königsberg vor, andererseits von Westen. Und aus Königsberg stießen ihnen Einheiten entgegen. So entstanden zwei unsichere Korridore, Hoffnung für alle, die den Mut hatten, aus Königsberg zu fliehen.

„Jetzt odder gar net mehr!", dachte der Polizist.

## Der Weg nach Westen

„Die Kiste ufflade“, befahl der Mann in Polizeiuniform. Er stand im Hof des Königsberger Schlosses.

Männer schleppten Kisten aus den Schlosskellern heraus und wuchteten sie auf Lastwagen. Die Kisten waren russisch beschriftet, was keiner lesen konnte. Den Fahrern wurde gesagt, dass sie wichtige Papiere wegfahren sollten. Es war ihnen egal. Hauptsache, weg von hier. In Wahrheit blieben einerseits sperrige Teile des Bernsteinzimmers da, andererseits wurden Kisten mit sonstigem Kunstkrempel aufgeladen. Es war halt ein eiliges Durcheinander. Da kam ein Museumsmensch angerannt: „Was machen Sie hier?“

„Kiste ufflade“, sagte der Polizist.

„Da muss ich erst meinen Chef, Herrn Rhode fragen!“

„De Rhode lieht krank im Bett!“, knurrte der Polizist.

„Dann muss ich mich erst rückversichern. Können Sie sich ausweisen?“

Da hob der Polizist seine Maschinenpistole, und hielt die Waffe an die Stirn des Kunsthistorikers: „Dess iss moi Ausweis!“

„Aber ...“, sagte der Kunsthistoriker zu Tode erschrocken.

„Wann de jetzt ganz brav bist“, sagte der Polizist, „dann nehm isch aach noch doi Fraa unn doi Kind mit!“

Fünf Minuten später kletterten der Kunsthistoriker, seine Frau und die zwölfjährige Tochter auf einen Lastwagen.

Die Lastwagen formierten sich zur Kolonne und fuhren mit abgedunkeltem Licht nach Westen. Es war Nacht. Man hörte Artilleriefeuer. Russische Geschütze beschossen Königsberg, Stalinorgeln heulten, Maschinengewehre hämmerten.

„Fümf Kilomeder“, schätzte der Polizist. „Die Russe sinn höchstens fümf Kilomeder weg!“

Er sagte „fümf“, statt „fünf“, weil er ein Hesse war. Er kam aus der Nähe von Wiesbaden. „Nix als wie weg!“, murmelte der Hesse und befahl: „Kolonne marsch!“

Hinter sich ließ er eine belagerte Stadt voller Angst, vollgestopft mit 100000 Zivilisten, verteidigt von 35000 Männern zwischen 16 und 60, kommandiert von Wahnsinnigen.

Der Hesse hängte sich mit seinen vier Lastwagen an die beiden Divisionen, die am 19. Februar aus Königsberg nach Westen ausbrachen. Tausende Verzweifelte zogen mit. Dutzende davon ließ der Hesse auf seinen Lastwagen mitfahren. Verwundete Soldaten, verstörte Alte, hochschwangere Frauen und heulende Kinder saßen auf den Holzkisten, ohne zu wissen, worauf sie saßen.

Der Weg nach Westen führte durch den Weltuntergang. Er ging durch panische Zivilisten, kopflose Soldaten, überforderte Offiziere und Tiefflieger, die auf Flüchtlingstrecks schossen. Unterwegs kamen sie durch brennende, ausgeplünderte Dörfer. In den Straßen lagen massakrierte Zivilisten, nackte, verstümmelte Frauenleichen. Das waren Orte, in denen die Rote Armee gewütet hatte, und die jetzt kurzzeitig zurückerobert wurden.

Auch deshalb klappte der Ausbruch. Die Soldaten der Roten Armee waren völlig außer Kontrolle geraten. Zeitweise waren sie mehr mit plündern, vergewaltigen und massakrieren beschäftigt als mit kämpfen. Sowjetische Soldaten wie Alexander Solschenizyn, die Zivilisten schützen wollten, wurden wegen „Mitleid mit dem faschistischen Feind“ verhaftet und nach Sibirien deportiert.

Und es gab in diesen Tagen keine feste Fronten. Da stießen sowjetische Soldaten nach vorne und wunderten sich, wenn von hinten deutsche Soldaten kamen. Deutsche Soldaten schossen auf Angreifer, bis sie merkten, dass es eigene Leute waren, die zurück zu den eigenen Linien wollten. Oft beschossen Artilleristen eigene Truppen, bombardierten Flieger die eigenen Kolonnen. Der Königsberger Kunsthistoriker trat beim Pinkeln auf eine Mine, die deutsche Pioniere gelegt hatten, um den Vormarsch der Sowjets aufzuhalten. Er verblutete vor seiner Frau und seiner Tochter.

„Weider!“, befahl der Hesse, froh, einen Mitwisser weniger zu haben. Mit seinen Papieren fuhr er durch das Chaos. Mit diesen Papieren kam er durch jede Straßensperre.

„Weiterfahren!“, brüllte der Militärpolizist mit dem Metallschild um den Hals, deshalb auch „Kettenhund“ genannt. Aber gehfähige Soldaten, die sich aus Verzweiflung an die Laster gehängt hatten, wurden von den Kettenhunden abgeführt und an „Frontsammelstellen“ wieder nach Osten geschickt. Es gab sogar Militärpolizisten, die mit der Faust auf blutdurchtränkte Verbände boxten, um „Drückeberger“ herauszufiltern. An einer Straßensperre zerrten sie alle verwundeten Soldaten heraus, um sie einem „Hauptverbandsplatz“ zuzuführern. An der nächsten Sperre wurden alle Zivilisten von den Lastwagen heruntergeholt und zu einer „Flüchtlingssammelstelle“ geschickt.

Bei Stettin fuhr der Hesse über die Oder und dann nach Süden an Berlin vorbei, Richtung Sachsen. Der selbst ausgestellte Befehl lautete „bei absoluter Geheimhaltung und persönlicher Haftung die anvertraute Ladung in Sicherheit zu bringen.“ In Cottbus machte ein Lastwagen schlapp. Er zückte seine Papiere: „Isch brauch Benzin und en neue Lastwaache! Aber dalli! Odder soll isch in Berlin anrufe!?“, drohte der Hesse.

Bürgermeister und Polizeikommandant sprangen auf, als sie die dicken Stempel mit dem reichsdeutschen Adler und die Unterschriften auf den Papieren sahen.

Der Bürgermeister brüllte ins Telefon: „Sofort die Benzinreserve aus Parteibeständen anzapfen!“

Der Polizeichef brüllte ins Telefon: „Einen LKW aus dem Fuhrpark zur Verfügung stellen!“

Je öfter der Hesse solche Erfahrungen machte, desto mehr gefielen sie ihm. Er fing an, falsche Spuren zu legen. In Sachsen landete er in einer Bergwerksstadt. Großkotzig verlangte er die Vorbereitung eines stillgelegten Berkwerkstollens zur Sprengung. Dann schickte er den Sprengmeister weg und zündete nachts die Ladung. Und weiter ging's, 50 Kilometer entfernt dasselbe Spiel. Dann schlug er einen Haken, grobe Richtung Rhein-Main-Gebiet. Um nicht von Tieffliegern beschossen zu werden, fuhr er nur nachts. Niemand hinderte ihn. Im Chaos zusammenbrechender

Fronten gingen ganze Armeen verloren, irrten Millionen Flüchtlinge umher, brachen Nachrichtenverbindungen zusammen.

Mit seinen Papieren wedelnd, inspizierte er dreist alte Bergwerke und Brauereikeller, „um geeignete Lagerungsmöglichkeiten für wichtige Akten und Regierungsunterlagen zu erkunden, die vor dem Zugriff der Bolschewisten in Sicherheit zu bringen sind."

Anfang März 1945 war er im Westerwald, in der Umgebung von Koblenz. Für seine weiteren Pläne brauchte er auch hier ein größtmögliches Chaos. Da erfuhr er auf einer Polizeidienststelle aufregende Neuigkeiten. Die Amerikaner waren zur Offensive angetreten und marschierten von der Eifel immer schneller Richtung Rhein. Die deutsche Front brach zusammen. „Na endlisch!", murmelte der Hesse.

Als die Amerikaner Anfang März 1945 blitzartig nach Köln vorstießen, sollte Roses Bahnabteilung auf das rechte Rheinufer verlegt werden. Dort angekommen, wusste niemand, wohin. Die Vorgesetzten waren nicht mitgekommen. Wahrscheinlich versteckten sie sich in Köln und warteten einfach auf die Amerikaner. Nach einer schlaflosen Nacht in den Ruinen von Deutz hatte Rose die Faxen dick. Königsberg wurde von den Sowjets belagert, sie hatte keine Nachricht von ihrer Familie. Sie wusste nicht, ob ihre Eltern und ihre Zwillingsschwester geflohen waren oder nicht, ob sie lebten oder tot waren. Ihre Vorgesetzten waren sonstwo und hier brach alles zusammen. Da schnappte Rose ihren Koffer - mehr besass sie nicht - und schlug sich nach Süden durch.

Die allierten Bomberflotten waren inzwischen so groß, dass sie gar nicht mehr wussten, was sie bombardieren sollten. Deshalb bombardierten sie Städte, die sie schon x-mal bombardiert hatten.

Am 27.02.1945 brannte Raubs Haus in der Gaustraße bei einem Angriff aus. Dabei verbrannten auch seine Eltern. Sie waren vom Keller hochgerannt, um das brennende Dach zu löschen. Als Raub hinterherhumpelte, um sie zurückzuhalten, war es zu spät. Nach dem Brand zog man zwei zusammengeschrumpelte, grotesk verdrehte Brandleichen aus dem Schutt. Raub organisierte eine eilige Kriegsbeerdigung. Jetzt hatte er seinen rechten Fuß verloren, seine Eltern waren tot, und sein Haus war eine ausgebrannte Ruine. Raub zog in den Keller.

„Isch kann nit mehr“, murmelte er vor sich hin, aber niemand hörte ihm zu. Er hauste ein paar Tage alleine im Keller, bis jemand an die Tür klopfte. Es war seine Brieffreundin Rose Kaiser.

„Ich weiß nicht, wo ich hinsoll“, sagte sie, und da fielen sich beide in die Arme. Gemeinsam besorgten sie Zement, Sand und Rhein-kies. Sie mauerten zwei zugige Fenster zu und stellten einen Ofen in den Keller, den sie oben aus dem Schutt gezerrt hatten. Dann schliefen sie zum ersten Mal miteinander. Zwei Menschen, die sich ineinander verkrallten, weil sie sonst niemand mehr hatten.

Am 7. März eroberten die Amerikaner Köln, am 8. errichteten sie bei Remagen einen Brückenkopf über den Rhein. Am 18. März eroberten sie Koblenz, am 22.März Mainz, am 24. setzen sie bei Oppenheim über. Zehntausende Soldaten, bisweilen ganze Einheiten, ließen sich gefangen nehmen. Sie hatten keine Lust mehr.

Aber zwischen Wiesbaden und Koblenz übernahm ein zackiger Generalmajor von Höhne das Kommando, um das rechte Rheinufer zu verteidigen. Unterstützt wurde er dabei von den Resten der 6. SS-Gebirgsjägerdivision, die sich bei Boppard auf das ebsche Rheinufer gerettet hatten und am 22.März bei Kaub einen Angriff der Amerikaner über den Fluss abwehrten.

Ende März war auch dieser Spuk vorbei. Die Division zog sich kämpfend durch Rheingau und Taunus zurück. Im Schlepptau: der Hesse mit seinen vier LKWs. Inzwischen war es auch hier soweit, dass sich Soldaten absetzten, die Waffen wegwarfen, sich im Wald versteckten oder gefangen nehmen ließen.

Auf diesen Moment hatte der Hesse gewartet. Bei Naurod verließ er nachts die Landstraße und steuerte über einen Holperweg zu einem einsamen Bauernhof.

„Wer wohnt denn hier?“, fragte ein Fahrer.

„Moi Familie“, sagte der Hesse und klopfte ans Hoftor.

Sie arbeiteten die ganze Nacht. Mit Hilfe der Familie räumten sie die Scheune neben dem Saustall leer, stapelten die Kisten an die Wand, stellten Strohbündel und landwirtschaftliche Geräte davor.

„Und jetzt?“, fragte ein Fahrer.

„Jetzt lasse mir die Lastwaache verschwinde!“, befahl der Hesse.

Sie fuhren die Lastwagen zu einem alten Steinbruch im Wald.

„Mir laufe zurück unn warte, bis de Kriesch vorbei iss!“

Die Fahrer stimmten zu. Dass in den Kisten keine „Papiere“ waren, ahnten sie. Es war ihnen aber egal. Die Aussicht, auf dem Bauernhof mit Speck und Eiern das Kriegsende abzuwarten, gefiel ihnen gut. Das war besser als in der Gegend herumzufahren, bis sie von der amerikanischen Armee einkassiert wurden.

Aber für den Hessen waren die Fahrer lästige Mitwisser. Als sie loslaufen wollten, erschoss er sie von hinten mit seiner Maschinenpistole. Das machte ihm nichts aus, weil er in Polen und in der Ukraine Hunderte Menschen erschossen hatte. Er nahm den Toten die Papiere ab, schleppte sie in die Lastwagen, übergoss sie mit Sprit und zündete sie an. Einen der Fahrerpässe steckte er sich ein.

Dann lief der Hesse zu dem Bauernhof und versteckte sich.

„Wo sinn dann doi Fahrer?“, fragte die Mutter des Hessen.

„Die sinn abgehau“, sagte der Polizist, verbrannte seine Uniform, zog Zivilklamotten an und warf die Maschinenpistole in die Güllegrube.

Zwei Tage später war der Krieg in dieser Gegend vorbei. Amerikanische Soldaten klopften an das Hoftor und fragten, ob hier deutsche Soldaten versteckt seien. Der Vater des Hessen schüttelte den Kopf und schenkte ihnen eine Flasche Schnaps. Die GIs gingen weiter. Vier Tage später wurde die Bevölkerung aufgefordert, die Straßen vom Müll des deutschen Rückzugs zu säubern. Dabei fanden sich auch vier ausgebrannte Lastwagen mit drei verbrannten Leichen. Was waren drei Tote in diesen Tagen? Nichts. Die unbekannten Toten wurden auf einem Dorffriedhof in der Nähe begraben.

Ende März 1945 wurde Mayer zur Militärverwaltung ins frisch eroberte Wiesbaden versetzt. Als er auf dem Militärflugplatz Erbenheim landete, standen noch deutsche Jagdflugzeuge herum, die aus Benzinmangel stehengeblieben waren. Mayer wurde in der ehemaligen Pionierkaserne in Mainz-Kastel einquartiert und stürzte sich sofort ins Geschäft. Er mietete von einem Bauern im Kastel eine Scheune als Lager. Jetzt brauchte er vor allem deutsche Helfer als Zuträger, Ankäufer und Zwischenhändler.

Mayer sprach eine magere junge Frau an, die vor der Pionierkaserne Schmuck gegen Essen tauschte. Sie hauste in Mainz, im Keller eines ausgebrannten Hauses, zusammen mit einem einbeinigen Goldschmied. Er bastelte Schmuck, und sie verkaufte ihn, weil beide Hunger hatten. Mayer schloss einen Handschlagvertrag. Ab sofort sollten beide für ihn Antiquitäten ankaufen.

„Wie ist das passiert?“, fragte Mayer den Goldschmied.

„Do hot mer son Lump von Am ... äh Russ, de Fuß abgeschosse.“

Der Hesse wollte sich nicht lange auf dem Bauernhof verstecken. Die Gefahr, dass ihn Nazigegner bei den Amerikanern anzeigten und diese ihn an die Russen auslieferten, war zu groß. Er musste hier weg, aber dazu brauchte er einen besseren Pass. Er hatte zwar einen, ausgestellt auf einen Hans König, geboren 1903 in Allenstein, Ostpreußen, Kraftfahrer bei der Stadtverwaltung Königsberg. Aber das Passbild passte nicht. Und vor allem: Gab es einen Ostpreußen mit hessischem Akzent?

Zuerst kokelte er den Pass an, um das Passbild zu zerstören. Dann schnitt er sich das Zahnfleisch auf und streute Dreck hinein, damit sich die Wunde entzündete. Mitte April meldete er sich in Wiesbaden mit geschwollenem Gesicht bei einer Registrierungsstelle für „Displaced Persons“. Die Amerikaner waren überfordert. In den gerade eroberten Gebieten irrten Millionen Verzweifelte herum. Deutsche Flüchtlinge aus dem Osten, Ausgebombte, befreite Zwangsarbeiter aus ganz Europa. Alle diese Menschen sollten registriert und ernährt, die Zivilverwaltung sollte wieder in Gang gebracht, die zerstörte Infrastruktur wieder aufgebaut werden.

Daneben sollten die Amerikaner auch noch Nazis und Kriegsverbrecher herausfiltern, die in diesem Chaos untertauchten. Und der Krieg war noch nicht zu Ende.

„Was ist mit Ihrem Pass passiert?“

„Bei einem Bombenangriff beinahe verbrannt“, nuschelte der Hesse so undeutlich, dass man seinen Akzent nicht hören konnte.

„Was haben Sie denn?“

„Kieferentzündung“

So bekam er neue Papiere mit dem richtigen Passbild. Er meldete sich in Mainz, wo ihm eine Notunterkunft zugewiesen wurde.

In Mainz fing der Hesse an, sich umzuhören. Er suchte einen korrupten Besatzungsoffizier, dem er das Bernsteinzimmer verkaufen konnte, damit er sich aus Deutschland absetzen konnte. Dazu brauchte er aber Kontakte. Ende April hörte er von einem Goldschmied, der für Amerikaner Antiquitäten gegen Essen tauschte.

„Isch hab so alder Schmuck“, sagte der Hesse.

Raub: „Wann ischs verquandele kann, mache mer halbe-halbe.“

Da lief der Hesse 30 Kilometer von Mainz zu seinem Bauernhof. Dort brach er eine Kiste mit uraltem Schmuck auf. Sie stammte aus der Vor- und Frühgeschichtlichen Abteilung des Königsberger Schlossmuseums. Er brachte das Zeug in die Gaustraße.

Raub und seiner Freundin war klar, dass dieser angebliche Ostpreuße Dreck am Stecken haben musste. Aber er verscherbelte das Zeug an Mayer und gab dem Hessen dafür Essen.

Da sagte der falsche Hesse: „Isch hab noch ganz annere Sache!“

„Was hoste dann noch?“, fragte Raub.

Der Ostpreuße mit dem hessischen Akzent zeigte Fotos und ein paar goldgelbe Teile, die wie ein Puzzle zusammenpassten.

„Dess iss es Bernschteinzimmer!!“, sagte Raub wie elektrisiert.

Raub und seine Freundin hatten jetzt zwei Möglichkeiten. Sie konnten den Hessen anzeigen. Oder sie konnten versuchen, ein großes Geschäft zu machen. Sie entschieden sich für die zweite Möglichkeit, weil sie selbst eine Leiche im Keller hatten.

## Königsberg, Anfang Juni 1945

„Wo ist das Bernsteinzimmer?“, fragte Oberstleutnant Alexander Brjussow auf Russisch.

„Wo ist das Bernsteinzimmer!“, brüllte der Dolmetscher vom sowjetischen Geheimdienst NKWD auf Deutsch.

„Ich weiß es nicht“, sagte Rohde zitternd. „Seit meiner Krankmeldung im Februar habe ich das Schloss nicht mehr betreten, ich kann nur sagen, dass ...“

Rohde war krank, abgemagert, gezeichnet vom Hunger und dem Terror der letzten Wochen.

„Er lügt!“, sagte Brjussow auf Russisch, weil andere Deutsche andere Aussagen über das Bernsteinzimmer gemacht hatten.

Am 9. April 1945 hatte Königsberg kapituliert. Sofort stürzten die sowjetischen Soldaten in die Stadt, um zu plündern, zu vergewaltigen und zu massakrieren. Am 10. April steckten plündernde Soldaten das Königsberger Schloss in Brand, wobei ein Teil der Kunstsammlungen verbrannte. Andere Teile wurden gestohlen.

Am 31. Mai kam Oberstleutnant Brjussow nach Königsberg. Brjussow war im Zivilberuf Professor für Vor- und Frühgeschichte. Er hatte den Auftrag, von den Deutschen verschleppte sowjetische Kunstschätze aufzuspüren und zurückzubringen.

Nach dem Verhör schrieb Brjussow über Rohde: „... sieht greisenhaft aus ... seine rechte Hand zittert. Schlampig angezogen. Nicht vertrauenerweckend. Ich werde das Gefühl nicht los, dass er mehr weiß, als er sagt, und wenn er etwas sagt, so lügt er oft. Für meine Begriffe ist Rhode ein eingefleischter Faschist.“

Am 4. Juni begann Brjussow in den Trümmern des Königsberger Schlosses zu graben. Unter einer dicken Ascheschicht fand er „kupferne Türangeln aus Zarskoje Selo, abgebrannte Formstuckatur vom Bernsteinzimmer und ... Eisenplatten mit Schrauben, an denen Teile des Zimmers ... befestigt waren“.

Brjussow hielt es für wahrscheinlich, dass zumindest Teile des Zimmers bei der Plünderung des Schlosses zusammen mit anderen Kunstwerken verbrannt waren. Überzeugt war er davon nicht, als er im Juli 1945 das zertrümmerte Königsberg wieder verließ. Es war nicht klar, welche Bestände bis zum 10. April im Schloss gelagert waren. Außerdem sollte er nicht nur das Bernsteinzimmer suchen, sondern eine lange Liste verschwundener Kunstschätze abarbeiten, was oft unmöglich war, weil sie schon in der Sowjetunion zerstört worden waren. Besonders gerne hatte die Wehrmacht Offiziersquartiere mit gestohlenen russischen Kunstschätzen dekoriert und auf dem Rückzug einfach verbrannt.

Überhaupt war Brjussow gründlich deprimiert. Erstens glaubte er grundsätzlich keinem Deutschen. Er hielt alle für Nazis, weil er zuviel von dem gesehen hatte, was sie in der Sowjetunion angerichtet hatten. Zweitens stieß er bei seinen Nachforschungen dauernd auf mutwillige Zerstörung. Einmal hatte ihm die Militärverwaltung Lastwagen und Sprit verweigert, um wertvolle Gemälde aus dem Gutshof derer von Schwerin zu holen.

Als Brjussow später hinkam, war es zu spät. Die Gemälde waren bei der Plünderung des Schlosses verbrannt. Drittens gab es Reibereien mit anderen „Kulturoffizieren“, viertens plünderten die sowjetischen Soldaten immer noch. Manchmal stellte Brjussow einen Transport zur Rückführung in die Sowjetunion zusammen, der nur in Teilen ankam, weil er unterwegs gefleddert wurde. Es kam sogar vor, dass sowjetische Soldaten den Goldrand von Porzellantellern abschlugen, weil sie dachten, es handele sich um richtiges Edelmetall.

Nichtparteimitglied Rhode starb um die Jahreswende 1945/46 an „Hungertyphus“, also Unterernährung, und wurde in einem namenlosen Massengrab verscharrt. Das sagten Königsberger aus, die den Terror der sowjetischen Besatzung überlebten und 1948 nach Westen zwangsdeportiert wurden.

## Von der Legende zum Phantom

Im März 1946 kam eine neue sowjetische Delegation, um in den Trümmern von Königsberg zu wühlen. Anatoli Kutschumov fand in der Schlossruine wenige verbrannte Trümmerstücke des Bernsteinzimmers. Vor allem glaubte Kutschumov der Aussage von Paul Feierabend. Der ehemalige Wirt der Schlossgasttätte behauptete, dass Erich Koch bei seinem letzten Besuch in Königsberg befohlen habe, das Bernsteinzimmer wegzubringen.

Und seit 1950 suchte der Erste Parteisekretär von Kaliningrad, Wenjamin Krolewski, auf eigene Faust das Bernsteinzimmer.

Angeheizt wurde die Suche durch Spekulationen über den 1945 spurlos verschwundenen Massenmörder Erich Koch. Im Januar 1945 hatte Koch seine zusammengeraubten Kunstschätze heimlich nach Weimar bringen lassen. Anfang April, kurz bevor die Amerikaner Weimar eroberten, wurden von Unbekannten zwei Drittel dieser Sammlung abgeholt, um nie wieder aufzutauchen. 1949 tauchte Koch plötzlich wieder auf. Er hatte vier Jahre lang unter falschem Namen im Westen gelebt. An Polen ausgeliefert, wurde er wegen Mordes an 272000 Menschen zum Tode verurteilt. Weil ihn polnische Mithäftlinge halb tot schlugen, galt er als Schwerkranker, weshalb seine Strafe in lebenslange Haft umgewandelt wurde. Koch sollte erst 1986 im Gefängnis Barzcewo im Alter von 91 Jahren sterben.

1955 gab die Sowjetunion der DDR geraubte Kunstschätze zurück, 1958 weitere. Aber Hundertausende deutsche Kunstgegenstände blieben weiterhin in sowjetischen Museen und Archiven. Das deutsch-russische Misstrauen verhinderte einen korrekten Informationsfluss zwischen den Verbündeten DDR und Sowjetunion. Noch schlimmer war das Misstrauen zwischen der Sowjetunion und Westdeutschland. Im Zeichen des Kalten Krieges glaubte man in der Sowjetunion, dass in der BRD Massen russischer Kunstschätze versteckt seien. So versank auch das Bernsteinzimmer im Strudel des Ost-West-Konflikts.

1958 schrieb Wenjamin Krolewski eine Artikelserie über das Bernsteinzimmer. Es war eine Mischung aus Fakten und Fantasie, die in der Schlussfolgerung endete, dass finstere, antisowjetische Mächte das Bernsteinzimmer 1945 im Westen versteckt hätten. Diese Artikelserie wurde 1959 von der DDR-Zeitschrift „Freie Welt“ ins Deutsche übersetzt und veröffentlicht. Da meldete sich ein „Rudi Ringel“ aus Dresden. Er behauptete, sein verstorbener Vater habe ein geheimes SS-Kommando angeführt, das in Himmlers Auftrag das Bernsteinzimmer in den Westen bringen sollte. Wyst war zwar einfach ein Aufschneider, aber seine Variante sollte noch Jahrzehnte später weiterverbreitet werden.

1960 erschien in der sowjetischen Zeitung „Istwestja“ eine Serie über das Bernsteinzimmer, und im gleichen Jahr griff zum ersten Mal eine westdeutsche Zeitung, die „Frankfurter Allgemeine Zeitung“, den Fall auf. 1961 veröffentlichte Krolewski ein Buch über seine Nachforschungen, das in der Sowjetunion ein Bestseller wurde. Es half nichts, dass Alexander Brjussow gegen diesen Unfug protestierte. Das Bernsteinzimmer war inzwischen ein Selbstläufer. Journalisten schrieben Behauptungen ab, erfanden Unfug dazu und produzierten reißerische Artikel, was wiederum Kulturbürokraten, Politiker, Wichtigtuer, Schatzsucher, Spinner, Verschwörungsfanatiker und Geheimdienstler auf den Plan rief.

Seit 1960 war auch der Ostdeutsche Paul Enke dabei. Enke war Offizier im Ministerium für Staatssicherheit. Beruflich fahndete er nach DDR-Bürgern mit NS-Vergangenheit, in seiner Freizeit suchte er das Bernsteinzimmer. Viele Jahre lang nervte er seinen Chef Erich Mielke erfolglos, endlich eine Stasi-Suchaktion zu starten.

Auf westdeutscher Seite kümmerte sich ein Schatzsucher um das Bernsteinzimmer. Der gebürtige Königsberger hieß Georg Stein, lebte in Stelle bei Hamburg und verdiente sein Geld als Obstbauer, bis er 1965 vom Bernsteinzimmervirus infiziert wurde. Er sollte später unter tragischen Umständen bei der Suche sterben.

1967 gründete der stellvertretende sowjetische Minister für Kultur eine Kommission zur Auffindung des Bernsteinzimmers. Zu dieser Kommission gehörten auch KGB-Beamte.

1970 rauschte es richtig im deutsch-sowjetischen Blätterwald. Georg Stein hatte in Recklinghausen zwar nicht das Bernsteinzimmer, aber eine russische Ikonensammlung gefunden, die 1944 von deutschen Truppen nach Westen verschleppt worden war. Unter diplomatischen Verwicklungen zwischen der Sowjetunion, der russisch-orthodoxen Kirche und der Bundesregierung wurde der „Klosterschatz von Petschur" 1973 offiziell zurückgegeben. Auch dieser Fund stärkte die sowjetische Ansicht, dass in der BRD tonnenweise russische Kunstschätze versteckt seien.

1978 genehmigte Stasi-Chef Erich Mielke den streng geheimen „Operativvorgang Puschkin". Mit einem gigantischen Einsatz von Personal und Geld fahndete Paul Enke jahrelang nach dem Bernsteinzimmer. Allein die Suche im alten Stollen „Weiße Erde" bei Oberschlema in Sachsen kosteten 2,5 Millionen Ost-Mark und förderten nichts zutage, außer einer alten Spitzhacke und zwei vergammelten Gummistiefeln. Aber Stasi-Mann Paul Enke knüpfte konspirative Kontakte zum Westdeutschen Georg Stein.

Stein war inzwischen hoch verschuldet, weil er seine Obstbäume auf der Suche nach dem Bernsteinzimmer vernachlässigte. Außerdem wurde er wahnsinnig, weil er nichts fand. Nach einem missglückten Selbstmordversuch landete er 1987 in der Psychiatrie. Von dort entlassen, rief er in Ostberlin bei Enke an und forderte ein DDR-Visum. Man habe versucht, ihn umzubringen, weil er zuviel über das Bernsteinzimmer wisse. Enke, ganz korrekter Stasi-Bürokrat, bat ihn, einen formellen Antrag für die Übersiedlung in die DDR zu stellen. Stein verzweifelte, weil man ihn nicht ernst nahm, und brachte sich tatsächlich um.

Inzwischen geisterte das Bernsteinzimmer als ständiges Phantom durch die Presselandschaft. Nach dem Motto „Die Wahrheit über den Nazischatz im Toplitzsee" handelte es sich meistens um reißerische Artikel mit wenig Text, aber großen Überschriften und vielen Bildern. Spezialisten auf diesem Gebiet wurden die westdeutschen Illustrierten DER SCHTERN und DER SCHPIEGEL.

Der SCHTERN hatte schon Millionen für den Kauf der gefälschten Hitlertagebücher von Konrad Kujau verbraten, was ihn aber nicht hinderte, eine aufwendige Suche des Bernsteinzimmers zu bezahlen. Dabei wurde eine Spur verfolgt, wonach das Ding 1945 von US-Soldaten in die USA verschleppt worden sein könnte.

Einen neuen Schub bekam die Hysterie um das Bernsteinzimmer, als die Sowjetunion und die DDR zusammenbrachen. Plötzlich wurden im Osten Archive zugänglich, Westler konnten in und um Kaliningrad nachforschen. Als klar wurde, dass in den Museen und Archiven der ehemaligen Sowjetunion große Mengen 1945 geklauter Kunstgegenstände lagerten, begannen die deutsch-russischen Auseinandersetzungen um die Rückgabe von Beutekunst. Auf einer internationalen Konferenz in New York forderten deutsche Kulturbürokraten die Rückgabe des legendären „Schatz des Priamos". Da antwortete die russische Direktorin des Puschkin-Museums wütend: „Gebt uns erst das Bernsteinzimmer zurück!"

Jetzt versuchten auch Politiker, mit dem Phantom Schlagzeilen zu machen. DDR-Innenminister Diestel orakelte 1990 gegenüber dem „Hamburger Abendblatt", dass er Anhaltspunkte habe, zu wissen, wo das Bernsteinzimmer zu finden sein könnte. Der thüringische Kultusminister Fickel gründete eine „Bernsteinzimmer-Arbeitsgruppe" und vernichtete 70000 DM Steuergelder, um das Ding erfolglos in Weimar zu suchen. Der russische Präsident Boris Jelzin behauptete 1991, er wisse ganz genau, wo es sei, vergaß dann aber im Suff doch den genauen Ort.

Tatsächlich tauchte 1994 in London auf einer Kunstauktion ein Stückchen Bernsteinzimmer auf. Es konnte aber nicht geklärt werden, wie das Teil nach England gekommen war.

1997 versuchte ein Rentner aus Bremen auf dem illegalen Kunstmarkt ein kleines Steinmosaik zu verkaufen. Es handelte sich um ein Teil des Bernsteinzimmers, das sein Vater als Soldat 1941 in Leningrad geklaut hatte. Es wurde dem SCHTERN für zwei Millionen DM angeboten. Inzwischen landete die Nachricht über das Mosaik durch dubiose Mittelsmänner nicht nur bei der Polizei, sondern auch beim SCHPIEGEL. Chefredakteur Schtefan Auscht behauptete, dass die enorme Summe, die man für das Mosaik geboten habe, eine Art „Finderlohn“ gewesen sei, um es anschließend offiziell an Russland zurückzugeben.

Und wie zufällig lieferte im selben Jahr ein Anwalt im Auftrag seiner Mandantin beim SCHPIEGEL eine Kommode ab. Auch sie war ein Originalteil des Bernsteinzimmers. Die Frau hatte das Stück bei einem bayrischen Antiquitätenhändler gekauft. Der wiederum hatte das Teil 1978 für 20000 DM von der berüchtigten DDR-Firma „Kommerzielle Koordination Kunst und Antiquitäten“ gekauft. Das war eine Stasi-gesteuerte Staatsfirma, die mit dem Verkauf von Antiquitäten im Westen Devisen beschaffte. Es gelang sogar, den Tischler ausfindig zu machen, der im KoKo-Auftrag die Kommode aufgemöbelt hatte. Er konnte sich gut an die Kommode erinnern, weil der Vorvorbesitzer, ein DDR-Bürger, das alte Teil als Kaninchenstall zweckentfremdet hatte.

Bei diesem Medienrummel wollte die irre Anstalt auf dem Mainzer Lerchenberg nicht im Abseits stehen. Deshalb drehte der Fernsehjournalist Kuido Gnobb eine „Dokumentation“ über das Bernsteinzimmer. Es war wie immer, wenn Gnobb etwas drehte, das mit dem Zweiten Weltkrieg zu tun hatte. Die Zuschauer hörten zackige Marschmusik, dass der Bildschirm wackelte, und sahen alte Kriegsaufnahmen, bis der Fernseher schepperte. Zwischen explodierenden Granaten erzählte der Moderator ein Blech, dass es einem die Zehennägel nach oben bog. Diesen Unfug mussten alle Zuschauer mit ihren GEZ-Gebühren bezahlen.

Danach wurde es ein paar Jahre still um das Bernsteinzimmer. Inzwischen hatten russische Spezialisten in Sankt Petersburg das Bernsteinzimmer originalgetreu nachgebaut und am 31. Mai 2003 zur öffentlichen Besichtigung freigegeben.

Dann aber platzte eine Bombe. Mitten in der großen Wirtschaftskrise wurde in der Mainzer Gaustraße etwas gefunden, das nicht nur weltweit alle Medien elektrisierte, sondern auch deutsche und russische Politiker, die jetzt endlich etwas gefunden hatten, was von der katastrophalen Wirtschaftslage ablenkte.

## Der Tote im Keller der Mainzer Wohnklaugesellschaft

„Gleisch mach isch disch ferdisch!“, murmelte der Baggerfahrer voller Vorfreude und riss mit der Baggerschaufel die Kellerwand des alten Hauses ein. Nach alter Gewohnheit sprach er dabei mit sich selbst. Eine andere Gewohnheit war es, mit kindlicher Zerstörungsfreude einzelne Bauteile zu vernichten. „Disch mach isch platt!“, sagte der Baggerfahrer zu dem Brunnen.

Wie so viele alte Häuser in Mainz hatte auch das Haus in der Gaustraße einen Brunnen im Keller. Geschickt schaufelte der Baggerfahrer den Schutt weg, bis der Brunnen als gemauerter Turm freistand. Dann rammte er die Schaufel mit Karacho hinein. Der Brunnen brach zusammen, Sandsteine stürzten in die Schaufel.

„Sack Zement!“, fluchte der Baggerfahrer.

Über den Rand der Schaufel ragten nicht nur alte Steine, sondern auch ein verrostetes Stück Eisen. Der Baggerfahrer war ein alter Hase mit 35 Jahren Berufserfahrung. In diesen 35 Jahren hatte er erfolgreich 2000 Jahre Mainzer Geschichte zerstört. Römische Steinsärge, merowingische Gräber und spätmittelalterliche Keramik hatte er mit seinem Bagger zertrümmert. Die Krönung seiner Laufbahn war eine Fünfzentnerbombe gewesen, die auf der Schaufelkante lag und sich lange nicht entscheiden konnte, ob sie liegen bleiben, oder herunterfallen und explodieren sollte. Seitdem war er vorsichtig. Also stieg er ab, kletterte über den Schutt und fummelte vorsichtig an dem alten Eisen herum. Das Ding sah aus wie ein Gewehrlauf. Als er das Eisen aus dem Schutt zog, hatte er tatsächlich ein altes Schießeisen in der Hand. Er stellte den Bagger ab und rief den Polier.

„Schtepi!!“

Polier Stepanovic eilte herbei. Stepi sah das verrostete Gewehr mit vermoderten Holzteilen drumrum. Er wühlte im Schutt und fand einen Stahlhelm. Den stülpte er sich über die Mütze und salutierte militärisch. „Ist sich deitsches Stahlhelm aus Zweitäs Weltkrieg!“ , sagte Stepi, weil er solche Helme aus Filmen kannte.

Stepi nahm den Helm ab und dachte nach. Der Baggerfahrer auch. Zusammen gingen sie zum Brunnenschacht.

Der Brunnen war ungewöhnlich. Gut, er war aus Sandstein gemauert, das war nichts Ungewöhnliches. Dass er mit Beton versiegelt war, war auch nichts Ungewöhnliches. Viele alte Brunnen wurden mit Beton zugepfropft, als sie nicht mehr gebraucht wurden. Ungewöhnlich war aber, dass man vorher jemanden hineingeschmissen hatte. Sie räumten Steine beiseite. Kein Zweifel. Das Gewehr und der Stahlhelm gehörten zu den Knochen und Uniformresten im Brunnen. Da lag ein deutscher Soldat aus dem Zweiten Weltkrieg im Brunnen.

Baggerfahrer: „Schtepi! Wer issen da zuschtännisch? Boliziste odder Arschäoloche? Odder solle mer de Scheff anrufe?"

Chef, Polizei, oder Archäologen rufen? Das war eine gute Frage. Eine Zeitlang disputierten die beiden herum. Schließlich kamen sie zu dem Ergebnis, auf gar keinen Fall Archäologen zu rufen. Mainzer Baufirmen haben eine natürliche Abneigung gegen Archäologen, die monatelang Baustellen stilllegen können. Das ist ganz normal in einer Stadt mit 2000 Jahren Geschichte.

Auf gar keinen Fall wollte Stepi seinen Chef anrufen und fragen, wen er anrufen sollte. Der hätte ihm 100 Euro gegeben, damit er gar niemanden anrief, sondern Hindernisse wie den toten Soldaten verschwinden ließ. Der Chef der Baufirma hieß Hohlblockfriedel, gehörte zur Mainzer Handkäsmafia, und das Motto seiner Firma lautete: „Ob hoch odder dief, Hauptsach, es wird schief."

Hohlblockfriedel riss das alte Haus im Auftrag der berüchtigten „Meenzer Wohnklaugesellschaft" ab. Das war eine hundertprozentige Tochter der Mainzer Handkäsmafia. Und die Handkäsmafia war das größte Verbrechersyndikat von Rheinland-Pfalz.

Jedenfalls hatte sich Stepi über seinen Chef geärgert. Hohlblockfriedel drohte seit Neuestem mit Lohnkürzungen und unbezahlten Überstunden. Deshalb rief Stepi die Polizei, um seinen Chef wenigstens ein bisschen zu ärgern. Aber vorher jagte er noch die albanischen Schwarzarbeiter von der Baustelle.

## Der Kommissar und seine Männer

„Bolizei Meenz“, schnaufte Binger Hansi genervt ins Telefon. „Wass gibt’s dann schon widder?“

Binger Hansi hieß Binger Hansi, weil er aus Bingen kam. Er fühlte sich gestört, weil er gerade über einem Kreuzworträtsel brütete. Aber weil er auch krankhaft neugierig war, hörte er sich zuerst die ganze Geschichte an und verband den Anrufer erst danach zur Kripo.

„Nix als wie Schtress“, schmatzte der kauende Kriminalassistent ins Telefon, „unn dess aach noch am Freidaach!“ Dann legte er auf. „Scheff! In de Gaugass habbe se än alde Soldat mit Schtahlhelm unn Gewehr gefunne. Sinn mir da ibberhaupt zuschtännisch?“

„Warum nicht?“, entschied Kommissar Mittelstädt.

Für die Kripo war es eine schöne Abwechslung, mit toten Menschen zu tun haben, die schon so lange tot waren, dass es keine heulenden Angehörigen mehr gab. Es war wie Urlaub, nur interessanter. Deshalb kommandierte der Kommissar die Spurensicherung in die Gaustraße und befahl seinem Assistenten: „Harry, hol schon mal den Wagen!“

Brummelnd kutschierte der Assistent seinen Chef zur Baustelle. Da fiel dem Kommissar etwas ein: „Fahr zum Schambes!“

„Was willste dann beim Schambes?“, fragte der Assistent und hielt am Parkplatz Ecke Holzhof- und Augustinerstraße.

Der Kommissar gab keine Antwort, sondern ging in die Kneipe „Zum Schambes“. Er hatte Glück. An der Theke saß Schtolz. Ein Mann in einer grünen Armeejacke, im Mund ein Zigarillo, vor sich ein Bier, und auf dem Bierdeckel fünf Striche. Schtolz hatte anscheinend Urlaub.

„Ei Guude“, sagte Schtolz. „Trinkste eener mit?“

„Nein“, sagte der Kommissar. „Wir brauchen das Mainzer Sondereinsatzkommando für forensische Archäologie.“

Schtolz war der Beste, den es gab. Seit er als kleiner Bub eine römische Münze gefunden hatte, war er infiziert. Er arbeitete als Grabungstechniker beim Landesdenkmalamt und hatte einen legendären Ruf. Schtolz konnte im Dreck Spuren lesen. Kleinste Bodenvertiefungen, Verfärbungen, winzige Unregelmäßigkeiten, nichts entging ihm. Er wurde immer wieder an eine Bundesbehörde ausgeliehen. Zum Beispiel, wenn eine Leiche gesucht wurde, die irgendwo in einem Waldstück vergraben war und gefunden werden musste. Manche behaupteten sogar, Schtolz spüre, wo etwas liegen könnte.

„Was habt ihr dann gefunne?"

„Alte Knochen mit Gewehr", sagte der Kommissar und ließ sich mit Schtolz zur Baustelle fahren.

Hoch interessiert sahen die Kriminalen zu, wie die Spezialisten Knochen und Krempel aus dem modrigen Brunnenschlamm pulten. Ohne zu murren, überließen die Spurensicherungsmenschen Schtolz das Kommando.

„Des iss än alde deutsche Landser aussem Zwädde Weltkriesch", behauptete der Assistent, als er den Stahlhelm und das Gewehr sah.

„Ach was", sagte der Kommissar. „Anhand dieser Ausrüstung tippe ich eher auf einen römischen Legionär. Der war vor 1800 Jahren im Römerlager auf dem Kästrich stationiert. Dann ging er in Mainz einen saufen und wollte nix bezahlen, weil der Wein scheiße schmeckte. Deshalb hat ihn der Wirt totgeschlagen und in den Brunnen geworfen."

„Scheff, du nimmst misch nit ernst!", maulte der Assistent.

„Hihi", lachte die Polizeifotografin.

Sie saßen zu dritt in der Baggerschaufel. Kommissar, Assistent und die Fotografin. Danaben saßen Polier Stepi und der Baggerfahrer auf Getränkekisten. Beide tranken Bier. Sie waren noch Arbeiter vom guten alten Schlag: Von wegen kein Alkohol am Arbeitsplatz. Nicht mit diesen alten Hasen.

Die Spurensicherung, Spusi genannt, pulte derweil den alten Landser aus dem Brunnen und legte alle Reste sorgfältig auf eine Plane. Weil der Brunnenboden modrig feucht war, hatten sich nicht nur Knochen, sondern auch ganze Leder- und Uniformteile erhalten. Der rechte Unterschenkel zum Beispiel steckte in einem vergammelten Soldatenstiefel, von Fachleuten auch „Knobelbecher“ genannt.

Langsam, aber sicher legte die Spusi schlammfarbene Knochen zu einem Skelett zusammen und daneben die Teile seiner Ausrüstung. Zum Schluss sah man oben einen Totenkopf mit allen Zähnen und einem zertrümmerten Schädel. Neben den Halswirbeln lag ein kleines Metallschild, das an einer Kette befestigt war.

„Was ist das?“, fragte die Fotografin.

„Das ist die Hundemarke erklärte der Kommissar. „Eine Erkennungsmarke, die jeder Soldat um den Hals trägt. Auf dem Metallschild steht in doppelter Ausführung Name, Vornahme, Geburtsdatum und Personenkennziffer. Stirbt der Soldat, bricht man eine Hälfte der Hundemarke ab und begräbt den Toten mit der anderen Hälfte. Dann liegt der Tote in der Erde und hat seine Hundemarke um den Hals, damit man weiß, zu wem die Knochen gehören, wenn sie wieder ausgebuddelt werden. Und die Militärbürokratie hat die andere Hälfte der Hundemarke, um den Angehörigen zu melden, dass ihr Liebster tot ist.“

„Aha“, sagte die Fotografin.

„Hier aber ist die Hundemarke vollständig. Das bedeutet wahrscheinlich, dass der tote Soldat auch heute noch beim Suchdienst des roten Kreuzes als ‚vermisst‘ gemeldet ist.“

„Woher wissen sie das so genau?“, fragte die Fotografin.

„Weil der erste Ehemann meiner Mutter seit 1945 vermisst ist. Als ich 1952 geboren wurde, war immer noch nicht klar, ob meine Mama jetzt heiraten darf oder ihr Exmann doch noch aus russischer Kriegsgefangenschaft kommt und plötzlich an die Tür klopft. Das war ein Scheißleben für Mama und Papa, für mich und meine große Stiefschwester.“

Dazu sagte die Fotografin nichts. Sogar der Assistent hielt sein vorlautes Maul.

Am interessantesten war aber eine große, zylindrische Blechbüchse, deren Deckel man aufschrauben konnte.

„Was ist das?“

„Das ist ein Gasmaskenbehälter“, sagte der Spusi-Mensch und öffnete ihn vorsichtig. „Musste jeder Soldat immer dabei haben.“

„Da ist aber keine Gasmaske drin“, stellte die Fotografin fest.

„Nein“, lachte der Mann mit Bundeswehrerfahrung. „Nur Idioten schleppen dauernd ihre Gasmaske mit sich rum. Die meisten packen lieber was zu essen oder zu trinken hinein.“

In der Blechbüchse war eine Schnapsflasche, eingewickelt in eine halbverfaulte Zeitung, damit die Glasflasche in der Blechbüchse nicht verräterisch klapperte oder gar zu Bruch ging. Der Mann löste die verfaulte Zeitung vorsichtig von der Flasche und packte sie in einen luftdichten Behälter. Trotzdem brachen ihm die oberen zusammengeklebten Papierschichten einfach weg. Aber auf einer besser erhaltenen, dunkelbraun verfärbten Seite konnte er die Kopfzeile entziffern. „10. März 1945“ , stand da lesen.

In diesem Moment vollbrachte der Assistent eine kriminalistische Glanzleistung: „Dess bedeut wahrscheinds, dass der Soldat frühestens am 10. März 1945 geschtorbe iss.“

„Volltreffer“, sagte der Kommissar. „Es sei denn, jemand hat ihm nach seinem Tod eine Flasche Schnaps und eine alte Zeitung in die Büchse gelegt, um die Mainzer Kripo zu verwirren.“

Aber die Gasmaskenbüchse war eine Büchse der Pandora. Als der Spusimensch das Ding umdrehte, purzelten kleine Brocken heraus, die sich, wahrscheinlich durch die vergammelte Zeitung, dunkel verfärbt hatten.

Schtolz säuberte die Brocken vorsichtig mit einem Schwamm. Die Brocken waren nicht aus Metall und sie waren nicht aus Holz. Und je mehr er putzte, desto heller glänzten sie. Schließlich glänzten sie gelblich, geradezu goldfarben.

„Iss dess Gold?“ , fragte der Assistent.

„Dess iss Bernschtein“, sagte Schtolz.

Noch komischer wurde die Sache, als Schtolz die Brocken nebeneinander legte, um alle zusammen zu fotografieren. Da sah man, dass die Bernsteinbrocken wie ein Puzzle zusammenpassten.

„Das könnte vielleicht wertvoll sein“, sagte der Kommissar.

„Unn wie bekomme mir dess raus?“, fragte der Assistent.

Kommissar: „Indem du die Bernsteinteile zu den Experten vom RGZM bringst."
„RGZM?", fragte der Assistent. „Was issen dess?"
„Das ist das Römisch-Germanische Zentralmuseum in Mainz."
„Ach so", sagte der Assistent. „Im Schloss. In de gross Bleich. Da, wo immer die Fernsehfassenacht isst. Unn wo im Hof im Sommer de Biergarde iss."
„Sag bloss, du warst noch nie im RGZM?"
„Doch, in dem Biergarde im Hof, da war isch schunn öfters."
„Ich meine, ob Du schon jemals im Museum warst."
„Nää", sagte der Assistent. „Mit de Schul sollde mir mal hingehe. In de siebt Klass. Abber da hab isch geschwänzt. Isch indressier misch eher wenischer fer son alde Klumbatsch."
Schtolz lachte. Der Kommissar seufzte. Das RGZM hatte eine weltweit gerühmte Restaurationsabteilung. Und die Experten vom Museum arbeiteten bisweilen mit der Polizei zusammen, wenn es um gestohlene Kunstschätze oder Ähnliches ging.
„Bass acht", rief Schtolz. Er säuberte die Hundemarke des toten Soldaten und las vor: „Jacob Kaiser, geboren am 21.5.1921. Personenkennziffer ..."
„Was für eine arme Sau", sagte der Kommissar und notierte die Daten. „Mit Anfang Zwanzig einfach in einen Brunnen geworfen."
„So ääfach kann dess nit gewese soi!", widersprach der Baggerfahrer.
„Wieso?"
„Uff dem Brunne war Bedong! Der Borsch iss erst noigeschmisse worrn, unn dann hot jemand den Brunne mit Bedong zubedoniert!"
Da ließ sich der Kommissar vom Baggerfahrer eine runde, verrostete Eisenplatte zeigen, auf der Betonbrocken klebten. Diese Platte hatte die Brunnenöffnung abgedeckt. Und darüber war Beton gegossen worden, damit niemand die Eisenplatte hochheben und in den Brunnen schauen konnte.

## Mainz, Vinzenzkrankenhaus

„Isch kann nit mehr!“, stöhnte der alte Mann mit aufgerissenen Augen. Dann fiel er wieder zurück ins Bett, röchelte, schnappte nach Luft, schlief eine halbe Stunde, wurde wieder wach, hustete, brabbelte etwas, schlief wieder ein. Mit Lungenentzündung war er ins Krankenhaus eingeliefert worden. Jetzt starb er langsam. Aber er starb nicht ruhig. Irgendetwas quälte ihn.

„Den schmeiße mer in de Brunne!“, stöhnte der alte Mann. Dabei musste er husten, röchelte nach Luft, schwieg wieder.

Der Mainzer Privatdetektiv Karl Napp lag auf dem Bauch in seinem Bett daneben und hörte dem alten Mann beim Sterben zu.

Es war deprimierend. Karl war an den Hämorriden operiert worden. Das waren tierische Schmerzen beim Gehen, Scheißen, Lachen oder Husten. Aber es war unwürdig, deswegen zu jammern. So ungerecht war die Gesundheitsreform! Das ärgerte Karl am meisten. Wie sollte er seiner Frau Erna etwas vorjammern, wenn daneben jemand im Sterben lag?

„Kümmert sisch dann gar niemand um den alde Mann?“, fragte Erna Napp besorgt.

„Doch“ , sagte Karl beleidigt. „Isch unn die Krankeschwester!“

„Des iss doch kä Zuschtand!“, empörte sich Erna.

Da ging die Tür auf und die Oberschwester kam herein, um Karls Bettpfanne zu wechseln. „Was macht dann de Bobbes?“, fragte sie.

„Er dut weh“, zischte Karl.

„Es gibt Schlimmeres!“, sagte die Oberschwester, wechselte die Bettpfanne und ging wieder.

Erna hörte nicht auf Karls Gejammer und sah den alten Mann an. Er hatte eine Fußprothese. Er kam ihr bekannt vor. Obwohl er ein eingefallenes Gesicht hatte, weil man ihm das Gebiss herausgenommen hatte.

Erna: „Saach emol! Du Hutsimpel. Wääste nit, wer dess iss?“

„Woher soll isch wisse, wer des iss?“

„Ei deshalb“, sagte Erna und zeigte auf ihren Ehering. „Dess iss doch es Arschkrätzje!“

Karl fiel es wie Schuppen von den Augen. Neben ihm lag der Goldschmied Raub im Sterben. Der Mann, den die Mainzer „es Arschkrätzje" nannten, weil er als Fassenachtsfunktionär dafür bekannt war, allen jungen Kellnerinnen an den Arsch zu greifen. Und Arschkrätzje war der Goldschmied, der vor 35 Jahren die Eheringe für Karl und Erna Napp hergestellt hatte. Wie immer und alles in seinem Leben hatte Karl auch den Hochzeitsring zu spät in Auftrag gegeben. Deshalb hatte er das Ding am Abend vor der Hochzeit abgeholt. Nicht im Atelier des Goldschmieds, sondern in seinem Privathaus, in der Gaustraße.

„Den schmeiße mer in de Brunne", röchelte der alte Goldschmied und schlief wieder ein.

Karl: „Erna. Isch hab so Schmerze im Bobbes, dess kann isch dir gar nit saache. Isch hab so Ängst vorm Kacke, dess iss ..."

„Kall, bist du depp? Der alt Mann lieht im Schterbe, unn du babbelst mir wass vun Deine Hämoridde vor. Du Hutsimpel!"

„Hmm!", brummelte Karl beleidigt.

„Außerdem muss isch jetzt uff de Friedhof, es Tante Lensche gieße!", sagte Erna schlecht gelaunt, und ging auf den Friedhof.

Karl Napp war ein kleiner dicker Mann mit Halbglatze, der zuviel babbelte. Seine Frau meinte sogar, dass er zwar alles besser wisse, aber von gar nichts Ahnung hätte. Karl hatte Elektriker gelernt, wo er sich den Ehrentitel „Korzschlusskarl" erarbeitet hatte. Dann war er zur Polizei gegangen, wo man ihn wegen Alkohol im Dienst vorzeitig pensioniert hatte. Seitdem arbeitete er als Hausmeister in dem Haus, das seine Frau von „Tante Lensche" geerbt hatte. Aus Langeweile hatte er mit seinem Exkollegen Herbert Dickmilch ein Detektivbüro eröffnet.

Karls Telefon klingelte: „Napp?"

„Isch bin's", grölte Herbert fröhlich in den Hörer. „Lebste noch?"

„Was willste dann?"

„De Rudi will disch schpresche", lachte Dickmilch und ließ seinen Dackel Rudi in den Hörer bellen.

„Dollbohrer!", sagte Karl und legte auf.

## Mainz, Polizeipräsidium, Valenciaplatz

„Scheff! Die Antwort vom Rode Kreuz iss da!"

Kommissar Mittelstädt las die Meldung vom Suchdienst des Roten Kreuzes. Jacob Kaiser wurde am 21.5.1921 in Königsberg geboren, 1940 zur Wehrmacht eingezogen und galt seit März 1945 als vermisst. Zuletzt war er im Nachschubbataillon der 556. Volksgrenadierdivision gewesen, eingesetzt an der Westfront bei Trier.

*Aha*, dachte Mittelstädt. *Das ist alles, was von so einem Vermissten übrig bleibt. Eine dünne Karteikarte beim Roten Kreuz, die irgendwann digitalisiert wird. Jetzt, Jahrzehnte später, kann man sie aktualisieren. Auch so werden Arbeitsplätze gesichert. Mit der Verwaltung jahrzehntelanger Karteileichen. Das wäre eigentlich der richtige Arbeitsplatz für mich. Ich bin zu lange bei der Polizei. Ich kann keine lebenden Menschen mehr ertragen. Alle lügen und betrügen, notfalls sich selbst. Ich will lieber alleine in einem Büro sitzen und Karteileichen verwalten! Das ist eine ehrliche Arbeit.*

Er rief an. Irgendwann hatte er auch die richtige Sachbearbeiterin am Telefon. „Wie viele Vermisste aus dem Zweiten Weltkrieg führt denn das Rote Kreuz insgesamt?"

„1,3 Millionen", sagte die Sachbearbeiterin. „Jährlich bearbeiten wir rund 2000 Anfragen zu Vermissten."

„Und was passiert jetzt mit Jacob Kaiser?"

„Wir versuchen Angehörige ausfindig zu machen und sie zu benachrichtigen."

„Gab es schon mal Suchanfragen zu Jacob Kaiser?"

„Das kann ich Ihnen so schnell nicht sagen. Generell gilt: Wenn der Vermisste aus Ostpreußen stammt, ist alles schwieriger, weil seine engsten Verwandten auf der Flucht, unter Besatzung oder in Sibirien umkamen oder im ganzen Bundesgebiet verstreut leben und mittlerweile meistens gestorben sind."

„Danke", sagte Mittelstädt und legte auf.

„Scheff", rief der Assistent. „Isch mach jetzt Middaach!"

## Vinzenzkrankenhaus

„Schmeiß en in de Brunne!", röchelte der alte Mann. „Mer mache Bedong dribber, des merkt kääner!"

„Wen willste in de Brunne schmeiße?", fragte Karl Napp, aber der alte sterbende Mann gab keine Antwort.

Zehn Minuten später: „Den schmeiße mer in de Brunne. Unn dess Kirchesilber behalde mir fer uns!"

„Kirchesilber", fragte Karl. „Was fer Kirchesilber?"

Da ging die Tür auf und die Schwester kam herein: „Mach disch nackisch, gleisch kimmt die Visite!"

„Des aach noch", stöhnte Karl Napp gequält.

Und dann kam sie. Im Vollbesitz ihrer medizinischen Amtswürde rauschte die Chefärztin herein. Im Schlepptau dackelte eine Horde Medizinstudenten hinterher.

„Drehen Sie sich auf die Seite!", befahl die Chefin.

Karl drehte sich auf die Seite und streckte der Chefärztin seinen Hintern hin. Sie zog einen Gummihandschuh an, schmierte den Zeigefinger mit Vaseline ein und fing an, in Karls wundem Hintern herumzubohren. Die Studenten glotzten interessiert.

„Aua!", zuckte Karl. „Ui!"

„Reißen Sie sich am Riemen!", befahl die Ärztin.

Dabei brabbelte sie medizinische Geheimsprache.

„Was häääßt dann dess uff Deutsch?", fragte Karl gequält.

„Dass der Heilungsprozess zufriedenstellend verläuft", sagte die Ärztin und zog endlich den Finger aus dem Popo.

Karl hatte die Befürchtung, dass jetzt alle Studenten zwecks praxisnaher Ausbildung der Reihe nach in seinem Hintern herumbohren durften, aber er hatte Glück. Die Ärztin rauschte ab, die Studenten wie die folgsamen Lämmer hinterher.

„Uff!", stöhnte Karl erleichtert.

„Dess Bernschteinzimmer verklobbe mir!", stöhnte Raub abends. Dann bekam er keine Luft mehr. Nachts wurde er aus dem Zimmer gefahren. Es war klar, was das bedeutete.

## Valenciaplatz

Mittelstädt las den Bericht der Gerichtsmedizin. Laut Bericht starb der Soldat wahrscheinlich durch stumpfe Schlagwirkung auf den Schädel, der regelrecht zertrümmert wurde. Jedenfalls seien an den Knochen keine sonstigen Verletzungen festzustellen, die zum Tod hätten führen können.

Laut Mittelstädts vager Theorie wurde Kaiser der Schädel eingeschlagen, anschließend warf man ihn in den Brunnen und versiegelte den Brunnen mit Beton. Aber warum?

Am 22. März 1945 wurde Mainz von den Amerikanern erobert. Wenn Kaiser bei Kämpfen getötet worden wäre, dann hätte man ihn nicht in einen Brunnen geworfen und mit Beton versiegelt. So viel Mühe machte man sich damals nicht mit Toten. Man hätte ihn vielleicht tagelang liegen lassen, aber dann in irgendeinem Grab verscharrt. Und 80 Prozent aller Häuser in der Innenstadt waren damals zertrümmert oder ausgebrannt oder beides. Jeder Quadratmeter Keller war kostbarer Wohnraum. Wer, egal, wie dreckig es ihm geht, will mit einer Leiche im Keller leben?

Kaiser konnte auch nicht als Deserteur vor dem 22. März hingerichtet worden sein. Die Wehrmacht hätte ihn öffentlich erschossen oder aufgehängt. Und sicher hätte man ihn nicht mit seinem Gewehr in einen Brunnen geworfen. Die Verteidiger von Mainz hatten damals zu wenige Waffen. Deshalb hätten sie niemals das Gewehr weggeworfen. Nein, Mittelstädt tippte, dass Kaiser in den letzten Mainzer Kriegstagen zwischen dem 10. und dem 22. März ermordet worden war. Um den Mord zu verbergen, war er in den Brunnen geworfen worden, und mit Beton versiegelt. Aber warum? Wer hatte ihn warum getötet und einbetoniert?

Vor allem hatte Mittelstädt eigentlich keine Zeit, um sich darum zu kümmern. Dutzende anderer Fälle lagen auf dem Schreibtisch. Er setzte eine Pressemeldung auf, die in beiden Mainzer Tageszeitungen erscheinen sollte.

*Scheiße*, dachte Mittelstädt. *Wieder die Mittagspause verpasst.*

**„Mahlzeit!“,**

sagte der Assistent und setzte sich in der Kantine neben Binger Hansi.

„Unn wie, Subberbulle?“, fragte Hansi.

„De Scheff schpinnt!“, sagte der Assistent schmatzend. „Der macht, als hädde mir nix anneres zu due, als uns um den doode Landser zu kimmern! Wird Zeit, dass der Alt in Rente geht.“

„Och jo“, sagte Binger Hansi neugierig und fing an, den Assistenten zu verhören. Binger Hansi war nicht nur krankhaft neugierig, sondern auch chronisch unfähig. Deshalb wurde er im Innendienst mit Alibijobs bis zu seiner Pensionierung beschäftigt. Aber selbst als Pförtner baute er nur Scheiße. Ständig kümmerte er sich um Dinge, die ihn nichts angingen. Hansi hatte jahrelang mit Karl Napp und Herbert Dickmilch zusammen Dienst nach Vorschrift geschoben. Immerhin sah er seine beiden Exkollegen regelmäßig, weil sie im selben Verein kegelten, dem Kegelklub „Gut Holz“.

Und der einzige Grund, warum sich der Kripobeamte mit dem einfachen Polizisten Hansi an einen Tisch setzte, war die Tatsache, dass er auch in diesem Kegelverein war.

„Uff alle Fäll“, schmatzte der Assistent, „geht em Scheff der doode Soldat im Kopp erum, unn isch muss die ganz Arbeit schaffe, die wo uffem Disch lieschebleibt.“

„Mach kä Ferz“, sagte Binger Hansi und hakte gnadenlos nach.

Nach der Mittagspause saß Hansi wieder an der Pforte und hatte wenig zu tun. Lange überlegte er, ob er seine Freunde Herbert und Karl sofort anrufen sollte, um ihnen brühwarm die neuesten Nachrichten von der Kripo zu erzählen. Aber dann tat er es doch nicht. Er entschied sich, alle Neuigkeiten für den nächsten gemeinsamen Kegelabend aufzuheben, um dort besser glänzen zu können.

„Genauso mach isch dess“, murmelte Hansi und beschloss, bis dahin die Ohren zu spitzen.

## Wiesbaden, Seniorenresidenz Caligula

„Schpeiß!", brüllte der Mann in Zimmer 134. Er brüllte so laut, dass der Lärm auf dem Flur zu hören war. „Bring mer Schpeiß!"

„Alter Schreihals", lachte Emma Schmidt und schob ihre Gehhilfe über den Flur an Zimmer 134 vorbei. Emma wusste, dass der Schreihals ein ehemaliger Maurermeister war, der in seinen Anfällen von Altersdemenz immer Mörtel verlangte, was auf gut Hessisch „Schpeiß" hieß.

Sie schob ungerührt ihre Gehhilfe weiter und zählte die Schritte. Jeder Schritt tat weh, aber sie war ein zäher Knochen. Vor drei Monaten war sie nach einem Oberschenkelbruch hier im Altersheim gelandet. Sie hasste das Altersheim. Nur alte Leute um sie herum. Sie hütete sich davor, Freundschaften zu schließen. Kaum hatte man jemanden näher kennengelernt, versank er im Nebel des Deliriums oder starb weg. Deshalb trainierte sie jeden Tag verbissen mit ihrer Gehhilfe. Sie hatte sich in den Kopf gesetzt, wieder so fit zu werden, dass sie wenigstens stundenweise diesen Laden verlassen konnte. Nach 80 Schritten war sie im Aufenthaltsraum. Am schwarzen Brett hing eine Ankündigung.

„Dienstag, 16 Uhr. Kreppelkaffee", stand da.

„Kreppelkaffee!", zischte sie. Wie sie das hasste. Als ob man dauernd Kreppelkaffee will, nur weil man 88 Jahre alt ist!

Aber es wurde noch schlimmer. Unter Mittwoch, 18 Uhr, wurde ein bunter Abend mit Roberto Blanco angekündigt.

„Roberto Blanco!", knotterte sie. Ich bin doch nicht plemplem!"

Die Frau kam aus Königsberg und sprach immer noch mit diesem ostpreußischen Akzent, der allmählich ausstarb. Weil im Aufenthaltsraum niemand war, mit dem sie sich vernünftig unterhalten konnte, leerte sie ihr Postfach und schob ihre Gehhilfe wieder mit 80 Schritten zurück auf ihr Zimmer, um Zeitung zu lesen. Sie hatte eine Mainzer Tageszeitung abonniert, obwohl sie dort 1955 weggezogen war. Sie las überhaupt viel. Sie war zwar schwach auf den Beinen, aber fix im Kopf.

Wie immer, wenn sie Zeitung las, studierte sie zuerst die Todesanzeigen. Deshalb stand auch eine Flasche Sekt bereit. Sie hoffte auf den Tag, an dem sie lesen konnte, dass ihr Exmann, das alte Ekel, endlich gestorben war. „Dich überleb ich“, murmelte sie grimmig, „und wenn ich 100 Jahre alt werden muss!“

Aber da entdeckte sie eine überdimensionale Todesanzeige. Offensichtlich musste sie doch nicht so lange warten.

**Unser geliebter Großvater und Vater,**

**Goldschmiedemeister, Stadtrat, Fassenachtsfunktionär und Träger des Rheinland-Pfälzischen Verdienstkreuzes**

**Friedrich Raub**

**ist im Alter von 89 Jahren still entschlafen. Statt Blumen erbitten wir Spenden für den Erhalt des Mainzer Fassenachtsmuseums. Die Beerdigung findet am Freitag um 11 Uhr auf dem Mainzer Hauptfriedhof statt, die anschließende Trauerfeier im Goldenen Saal des Hilton-Hotels am Rheinufer.**

„Großkotzig wie immer!“, lachte die alte Frau und öffnete zur Feier des Tages die Flasche Sekt. Und ein Gläschen „Danziger Goldwasser“ genehmigte sie sich. „Prost, Arschkrätzje!“, rief sie ihrem Exmann hinterher. Damit war ihre persönliche Trauerfeier beendet, und sie las die Zeitung von vorne. Blitzartig sank ihre Hochstimmung in den Keller, der Blutdruck raste in die Höhe. Die Hände fingen an, zu zittern, als sie las:

**Grausiger Fund in der Gaustraße**

**Mainz. Beim Abriss eines Hauses in der Gaustraße entdeckten Bauarbeiter das Skelett eines deutschen Soldaten aus dem Zweiten Weltkrieg. Der Tote lag in einem Hausbrunnen, der mit Beton verschlossen war. Die Kriminalpolizei Mainz hat den**

**Suchdienst des Roten Kreuzes eingeschaltet und bittet eventuell noch lebende Zeitzeugen um Mithilfe bei der Aufklärung des Falles. Telefonnummer ...**

Blitzartig schossen der alten Frau schmerzhafte Erinnerungsfetzen vom 18. März 1945 durch den Kopf, den Tag, der ihr ganzes Leben versaut hatte.

Es dauerte Stunden, bis sie wieder klar denken konnte. Als sie sich halbwegs beruhigt hatte, kaufte sie am Kiosk Briefpapier, einen Umschlag und Schreibhefte. Sie rechnete damit, dass über kurz oder lang Polizisten und Reporter bei ihr auftauchen würden. Deren Fragen würde sie nicht gewachsen sein. Um Zeit zu gewinnen, schrieb sie einen Brief. Den Brief schickte sie an:

*Die Mainzer Wohnklaugesellschaft, Zu Händen des Exgeschäftsführers Lainer Raub persönlich.*

Dann nahm sie die Schreibhefte und fing an, die Wahrheit zu schreiben. Mit sorgfältiger Handschrift, in die sich immer wieder die alten Sütterlinbuchstaben einschlichen, die sie als junges Mädchen in der Schule gelernt hatte, schrieb sie ihr Leben auf. Es fiel ihr schwer, oft stockte sie, musste Pausen einlegen, wenn die Hände vor Aufregung zitterten. Aber es tat ihr gleichzeitig gut. Es tat gut, reinen Tisch zu machen. Vielleicht würden Polizisten und Reporter besser verstehen, was geschehen war, wenn sie diese Hefte lasen. Lange grübelte sie darüber nach, wie sie anfangen sollte. Sie begann mit:

*Ich heiße nicht Emma Schmidt. Ich lebe seit 65 Jahren unter falschem Namen. Geboren wurde ich am 11.03.1922 in Königsberg, ehemals Ostpreußen. Damals wurde ich getauft auf den Namen ...*

**„Isch will hier raus!“,**

brüllte Karl Napp. Seit er vor zehn Minuten den Zeitungsartikel über den toten Soldaten in der Gaustraße gelesen hatte, stand er senkrecht im Bett. Jetzt schlug er solange Radau, bis die Chefärztin persönlich kam.

„Das ist aus medizinischer Sicht unverantwortlich“, behauptete die Chefärztin und versuchte, ihm Angst zu machen.

„Aus moiner Sischt isses unverantwortlisch, dass es Krangehaus fer misch aach nur ään Daach länger Bettegeld kassiert!“

„Frechheit“, sagte die Chefärztin und wusste, dass er Recht hatte.

Karl entließ sich selbst. Schließlich wusste er etwas, was außer ihm niemand wusste. Erstens hatte der verstorbene Goldschmied Raub etwas mit dem Soldaten in der Gaustraße zu tun. Zweitens gab es dort womöglich auch noch altes Kirchensilber zu finden. Drittens hatte Raub irgendetwas mit dem Bernsteinzimmer zu tun!

Karl rief seinen Detektivgehilfen an. „Frängie! Hol misch ab!“

„Karl ist jetzt endgültig wahnsinnig geworden“, meinte Franky, als er ihn zu Hause absetzte.

„Männer, mir suche jetzt es Bernschteinzimmer!“, verkündete Karl mit leuchtenden Augen.

„Du host was an de Erbs!“, sagte Herbert.

„Habt ihr kä Zeidung gelese?“, fragte Karl aufgeregt.

Erna: „Nä. Die neu Aushilf von de Post bringt die Zeidung immer erst geesche Middaach.“

Karl fuchtelte mit seiner Zeitung aus dem Krankenhauskiosk und wiederholte Raubs Worte. „Den schmeiße mir in de Brunne! Mir mache Bedong drübber, dess merkt kääner! Dess Kirschesilber behalde mir! Dess Bernschteinzimme verklobbe mir!“

„Kall, du bist depp!“, behauptete Erna.

„Dann les doch die Zeidung!“, schrie Karl.

„Des glaab isch net“, sagte Herbert, als er den Artikel gelesen hatte. Er rief sofort Kegelbruder Binger Hansi an, um zu erfahren, was die Mainzer Polizei wusste.

## Mainz, Römisch-Germanisches Zentralmuseum

Derweil fuhr der Kommissar ins RGZM. Die zuständige Expertin wollte ihn persönlich sprechen. Neben ihr, einen Kopf kleiner, stand Ruppi, der Leiter vom Landesdenkmalamt. Ruppi war der Schrecken aller Mainzer Bauherren, seit er todesmutig in eine Baggerschaufel gesprungen war, um die Mainzer Römerschiffe vor der Vernichtung zu bewahren.

„Das ist nicht Ihr Ernst!“, sagte Mittelstädt.

„Doch!“, sagte die Expertin.

Es waren nicht irgendwelche Bernsteinschnitzereien, nein, in Kaisers Gasmaskenbehälter lagen Originalteile des weltberühmten Bernsteinzimmers, das seit 1945 verschollen war.

„Ist das sicher?“, fragte Mittelstädt.

„Absolut sicher“, sagte die Expertin und zeigte ihm vergrößerte Kopien von alten Fotos. Die abgebildeten Stücke entsprachen haargenau den gefundenen Teilen aus der Gaustraße. Alles stimmte. Die Form, die Größe, alles. „Ich war Mitglied in der Arbeitsgruppe, die mit den russischen Kollegen aus Sankt Petersburg zusammengearbeitet hat, um das Bernsteinzimmer zu rekonstruieren. Wir hatten die Aufgabe, sämtliche Unterlagen und Fotos, die es in Deutschland gibt, an die Russen weiterzuleiten.“

„Hm“, brummelte der Kommissar.

„Auf jeden Fall“, entschied Ruppi, „muss die Baustelle sofort stillgelegt werden. Und bevor wir eine Pressemeldung herausgeben, müssen Polizisten die Baustelle bewachen. Sonst werden wir von Reportern und Raubgräbern überrannt.“

„Gute Idee“, meinte Mittelstädt.

Ruppi: „Ich rufe sofort in der Staatskanzlei an. Wir brauchen politische Rückendeckung von ganz oben.“

Expertin: „Wissen Sie, was das für einen Medienzirkus gibt, wenn bekannt wird, dass in Mainz Teile des Bernsteinzimmers gefunden worden sind?“

„Will ich mir gar nicht vorstellen“, stöhnte Mittelstädt.

## Steinfeld in der Südpfalz

„Buurt!!"

„Hä?"

„Dellefoon!"

„Scheiße", brummte Burt und schreckte aus seinem Liegestuhl hoch. Irgendein Idiot störte ihn im Kurzurlaub! Zu Hause! „Häär. Wass fer ä Aff ruft donn jetz oo?", brummte er in seinem südpfälzischen Singsang. „Dunnerkeil! Wo iss dess scheiß Händy?"

„Dort, wo Du's hiegeleht hosch!"

Ächzend wuchtete sich Burt aus dem Liegestuhl und suchte das wichtigste seiner vier Mobiltelefone. Es klingelte und vibrierte auf dem Küchentisch. Hatte er beim Brote schmieren liegen lassen.

„Bring mer ä Woischorle mit!", rief seine Frau und blätterte weiter in ihrer Modezeitschrift.

Aber Burt brachte nichts zu trinken mit. Er kam aufgeregt aus der Küche und rief: „Isch muß sofort no Määnz!"

„Wassen bassiert?"

„Anschoinend hawwe Bauarbeider ess Bernschtääzimmer gefunn! Konn soi, dass isch übber Nacht bleiwe muss."

„Mach kä Ferz!", sagte die First Lady überrascht.

Burt rief den Chauffeur und zog sich an.

„Nemm frischi Unnerwäsch mit unn schteck der ä Sackduch in!", seufzte die First Lady und schmierte ihrem Mann noch ein paar Brote für unterwegs. Burt hatte immer Hunger.

Er warf Klamotten in den Koffer und ließ sich vom Chauffeur unter gründlicher Missachtung aller Geschwindigkeitsbeschränkungen 120 Kilometer nach Norden in die Mainzer Staatskanzlei fahren. Der rheinland-pfälzische Landesfürst Burt Keck war Medienprofi genug, um zu wissen, dass dieser Fund wie eine Bombe einschlagen würde. „Geil!", sagte Burt. Er freute sich ehrlich. Endlich gab es etwas, mit dem er von seiner leidigen Nürburgring-Affäre ablenken konnte. Noch im Auto rief er telefonisch den „Krisenstab Mainzer Bernsteinzimmer" ins Leben.

**„Hat die Mainzer Wohnklaugesellschaft jetzt auch noch Leichen im Keller?“**

Das wollte ein Mainzer Lokalredakteur als Kopfzeile über seinen Artikel schreiben, durfte er aber nicht. Der Chefredakteur verbot ihm das. Also schrieb er brav:

**Identität des Toten aus der Gaustraße geklärt.**

**Mainz: Die Identität des toten Soldaten, der auf einer Baustelle der Mainzer Wohnklaugesellschaft entdeckt wurde, ist geklärt. Laut Erkennungsmarke und Suchdienst des Roten Kreuzes handelt es sich um die sterblichen Überreste des Obergefreiten Jacob Kaiser, geboren am 21.05.1921 in Königsberg, seit März 1945 an der Westfront als vermisst gemeldet.**

**Die Kriminalpolizei vermutet, dass der Wehrmachtssoldat zwischen dem 10. und dem 22. März 1945 getötet wurde, wahrscheinlich durch stumpfe Schlageinwirkung auf den Kopf. Anschließend wurde er – um einen Mord zu vertuschen? – in den Hausbrunnen gestürzt, und dieser mit Beton versiegelt.**

**Die Kriminalpolizei bittet weiterhin eventuell noch lebende Zeitzeugen, Verwandte oder Kriegskameraden um Mithilfe bei der Aufklärung des makabren Falles. Telefonnummer ...**

Kaum hatte er diesen Artikel zusammengenagelt, da konnte er ihn schon wieder in den Papierkorb werfen. Zuerst raste er in die Gaustraße. Dort tat sich Wundersames. Die Baustelle war stillgelegt. Polizisten sicherten sie ab. Arbeiter ersetzten die metallenen Gitterelemente durch einen massiven, zwei Meter hohen Holzzaun. Gerüchte schwirrten. Für morgen war eine Pressekonferenz anberaumt. Angeblich wollten der Polizeipräsident, der Leiter des Landesdenkmalamtes und Gottweißweralles eine Erklärung abgeben. Eine Sonderkommission Bernsteinzimmer sei auch schon gebildet worden.

„So ein Quatsch“, lachte der Lokalredakteur.

## Indiana Jones und Heinrich Schliemann

„Frängie! Dess Scheißding geht nit!“, brüllte Karl Napp.

*Wie kann man nur so blöd sein*, dachte Franky und erklärte seinem Chef zum dreißigsten Mal, wie das Metallsuchgerät funktionierte, das er heute Morgen gekauft hatte. Und jedes Mal brüllte Karl wie ein Stier, weil er ja diese Kopfhörer trug, die zum Gerät gehörten, um akustische Signale zu empfangen.

„De Kall is zu bleed fer so was“, lachte Herbert Dickmilch.

„Wass?“, brüllte Karl, weil er nichts hörte.

„Wau, wau“, bellte Dackel Rudi.

Franky zog ihm die Kopfhörer ab und erklärte noch einmal, wie er das Gerät bedienen musste. Seit zwei Stunden ging das so. Karl stapfte brüllend durch den Vorgarten und versuchte mit dem Metalldetektor Nägel und Bierdeckel zu finden, die er vorher vergraben hatte. Rudi versuchte die Metallteile wieder auszugraben.

„Sauvieh!“, lobte Herbert den Hund, weil der so schöne Löcher graben konnte. Herbert war Hobbyjäger und Rudi sein Jagdhund.

Als das Gerät „Piep“ machte, brüllte Karl: „Es klappt! Isch hab den Bierdeckel gefunne, wo isch vorhin vergrabe hab!“

Dann kam Erna und jagte alle vier aus dem Garten, weil sie die Rabatten verwüstet hatten. Sie gingen wieder ins Kellerbüro.

„Hoste alles beisamme?“, brüllte Karl.

„Setz endlich die Kopfhörer ab!“, schrie Franky.

Karl zog die Dinger vom Kopf: „Ob unser Ausrüstung komplett iss, hab isch gefraacht.“

„Bin ja nicht schwerhörig.“

„Dann pack den Krempel ins Audo!“

Franky packte den Metalldetektor, zwei Pickel, zwei Spaten, zwei Stirnlampen und einen Bolzenschneider in den Kofferraum seines uralten BMW. Eigentlich sollte Herbert mit seinem jägergrünen Opel fahren, weil er der Älteste war und der Fahrerjob der einfachste. Aber bis 24 Uhr nachts hatte Herbert so viele Weinschorle gesoffen, dass er besser nicht fuhr. Und Karl durfte sowieso nicht fahren, weil man ihm schon vor Jahren den Führerschein entzogen hatte.

„Wieso“, fragte Herbert im Auto, „brauche mir eischentlisch en Medallsuchgerät? Bernschtein iss doch kä Medall.“

„Abber Kirchesilber“, beharrte Karl. „Kirchesilber iss aus Medall. Aus Gold odder Silber!“

Franky fuhr in die Gaustraße und parkte vor dem Bauzaun.

„Wieso issen der Zaun aus Holz?“, fragte Herbert. „Heut Morsche, wie isch geguckt hab, war dess noch so Drahtgitter.“

„Host Du heut morsche aach schon die Heef gehabt?“, fragte Karl.

Der Holzzaun war in der Tat ein Problem. Eigentlich wollten sie mit dem Bolzenschneider die Kette durchtrennen, ein Gitterelement aus dem Betonfuß heben und auf die Baustelle marschieren. Aber das ging jetzt nicht mehr, weil der Zaun plötzlich aus Holz war.

„Iss vielleicht besser so“, behauptete Herbert „weil, jetzt kann mer von auße nit sehe, was mir drinne mache!“

„Du Dollbohrer! Erst müsse mir jo irschend wie enoikomme!“

Herbert überlegte kurz und sagte: „Frängie. Fahr dess Audo uff de Trottwar, ganz discht an de Zaun.“

Franky fuhr den BMW auf den Bürgersteig, ganz dicht an den Zaun. Dabei schrammte der Spoiler über die Bordsteinkante. Herbert stieg ächzend aus dem Auto, krabbelte auf den Kofferraum und stellte sich mit seinen 120 Kilo auf das Autodach.

*Ich dreh gleich durch*, dachte Franky.

„So geht's“, rief Herbert. „Kall, komm hoch!“

Karl krabbelte ebenfalls auf das Autodach. Jetzt trampelten 200 Kilo auf dem tiefergelegtem Auto herum. „Die Schtirnlampe!“

Franky stieg aus und reichte den Strategen die Stirnlampen hoch. Karl zog sich die Stirnlampe auf den Kopf und sah hinter den Zaun. Der Zaun war zwei Meter hoch, zu hoch für zwei alte Männer. Sie konnten da nicht hinunterspringen. „Futkram!“, fluchte Karl.

„Da vorne steht ä Baumaschin!“, sagte Herbert.

Zehn Meter weiter stand direkt hinter dem Zaun ein Kompressor.

„Frängie, fahr langsam zehn Meder wieder!“, befahl Karl.

*Das glaub ich nicht,* dachte Franky, und fuhr im Schritttempo dicht am Zaun zehn Meter weiter. Dabei schrammte der Spoiler über die Kante und die beiden Elefanten traten Dellen in sein Dach.

„Haalt!"

Herbert enterte als Erster mit einem Riesenkrach den Zaun, bis er auf dem Kompressor stand. „Werkzeusch!", schrie er.

Franky reichte alles hoch, Karl reichte es über den Zaun zu Herbert. Dann enterte Karl den Zaun, rutschte am Kompressor ab und fiel in den Dreck. Sein Hintern tat höllisch weh, schließlich war die Wunde noch nicht verheilt.

„Das ist unglaublich.", flüsterte die Polizistin hinter dem Bauwagen zu ihrem Kollegen. „Wie Dick und Doof."

„Viel besser", kicherte der Kollege.

„Sollen wir Verstärkung anfordern?"

„Quatsch", flüsterte der Polizist und versuchte, nicht zu lachen.

Die beiden Beamten waren abkommandiert worden, um nachts die Baustelle vor Raubgräbern mit Metallsuchgeräten zu schützen.

Die beiden Schatzsucher klaubten jetzt das Werkzeug zusammen und schalteten wieder die Stirnlampen an. Hinter dem Holzzaun konnte sie ja niemand sehen. Karl stülpte sich den Kopfhörer auf, schaltete den Metalldetektor an und stolperte über die Baustelle.

„Jetzt können wir sie doch festnehmen", flüsterte die Polizistin.

„Nä", sagte der Kollege. „Dann hab isch ja nix mehr zu lache!"

Die beiden Idioten stocherten planlos im Bauschutt herum, bis Herbert brüllte: „Da hinne iss de Keller!"

„Hä?", brüllte Karl, weil er mit dem Kopfhörer schwer hörte.

Derweil bekam Franky, der ja eigentlich nur Schmiere stehen sollte, Probleme. Ein Betrunkener, der die Gaustraße hochtorkelte, fing mit ihm Krach an, weil der BMW auf dem Bürgersteig stand.

„Fahr dess Audo weg, du Arschloch!", schrie der Betrunkene.

„Hau ab!", zischte Franky.

„Isch haach der uff die Fratz!", schrie der Betrunkene und fing an, gegen das Auto zu treten. „Scheiß BE-EM-WE-Fahrer!"

„Zieh Leine!"

„Komm raus! Isch haach der uff die Zwölf!“, plärrte er durch die Gaustraße und trat weiter gegen den BMW.

Als Franky ausstieg, kam ein Pärchen die Gaustraße hochgelaufen. Beide waren nüchtern und riefen per Handy die Polizei herbei, um eine Schlägerei zu verhindern. Da setzte sich Franky - Was sollte er tun? - wieder in sein Auto und fuhr weg, bevor die Polizei kam.

Inzwischen starrte Herbert in eine Polizeitaschenlampe. „Isch ergeb misch!“, sagte er geblendet zu dem Polizisten.

Die Polizistin zog ihre Waffe und rief: „Stehen bleiben!“, aber Karl hörte nichts, weil er ja die Kopfhörer aufhatte. Da tippte sie ihm auf die Schulter.

„Was iss dann?!“, brüllte er, drehte sich um, und ließ vor Schreck das Metallsuchgerät fallen.

Polizist: „Ihr seid die zwää greeste Dollbohrer vun ganz Meenz!“ Erst jetzt erkannten sie den Mann in Uniform.

„Äh, ei Guude“, grüßte Karl. „Mir wollte nur ...“

Der Polizist schloss das Tor auf, warf die beiden Trottel raus, und schloss das Tor wieder zu.

Polizistin: „Sag bloß, das waren Exkollegen von dir!“

Polizist: „Du mer en Gefalle unn erzähl niemand, was heut Abend bassiert iss. Niemand! Dess glaabt uns sowieso kääner!“

Draußen war wieder alles ruhig, da die herbeigerufene Polizeistreife den Betrunkenen mitgenommen hatte, weil der gegen den Streifenwagen getreten und „Scheißbulle!“ gebrüllt hatte.

Karl rief Franky an. Franky kam, lud sie ein und fuhr weg.

„Also, dess war eher so nix“, sagte Herbert im Kellerbüro.

Karl: „Woher soll isch aach wisse, dass da nachts Boliziste sinn?“

Franky war froh, dass er im Dunkeln nicht das volle Ausmaß seines demolierten Autos erkennen konnte. Wie sollte er das je bezahlen? Sicher nicht von seinem 400-Euro-Job als Hilfsdetektiv.

Herbert fing an, an Karls Erzählungen zu zweifeln.

Karl: „Dess iss doch de Beweis! Wenn in dem alde Haus nix verschteckelt wär, dann wär’n aach nachts kä Boliziste dort!“

## Der Tsunami entsteht

„Bei den aufgefundenen Stücken“, erklärte der Polizeipräsident und machte eine Kunstpause, „handelt es sich zweifelsfrei um Originalteile des seit 1945 verschollenen Bernsteinzimmers!“

Ein ungläubiges Raunen ging durch die Reihen der Journalisten. Hektisch kritzelten sie Stichworte auf ihre Notizblöcke, hackten Buchstaben in ihre Laptops, schickten SMS-Nachrichten in die Redaktionen. Manche taten das auch, obwohl sie gar nicht wussten, was das Bernsteinzimmer eigentlich war.

Ein Beamer warf Fotos an die Wand. Man sah den halbzerstörten Brunnen, die Skelettteile, Gewehr und Stahlhelm, den Gasmaskenbehälter, die Bernsteinbrocken in Großaufnahme.

Die Expertin vom RGZM zeigte zum Vergleich alte Fotos, erläuterte kurz die dramatische Geschichte des Bernsteinzimmers und riss ihre Bedeutung für das deutsch-russische Verhältnis an.

„Fragen?“

Eine Welle von Fragen flutete durch den Saal. „Kann der Tod des Soldaten mit dem Bernsteinzimmer in Verbindung stehen? Ist das Bernsteinzimmer 1945 nicht verbrannt, sondern doch in den Westen gelangt? Liegen auf der Baustelle noch mehr Teile? Musste der Soldat sterben, weil er zuviel wusste? Haben Sie ...“

„Im Moment können wir gar nichts ausschließen. Die Ausgrabungen haben heute Morgen unter strengsten Sicherheitsvorkehrungen begonnen. Die Mainzer Kriminalpolizei hat eine Sonderkommission Bernstein gebildet.“

Die Meldung über das Mainzer Bernsteinzimmer ging in Sekundenschnelle um die ganze Welt. Fix wurde man in Russland aufmerksam. Die erste Welle von Zimmerreservierungen landete in Mainzer Hotels. Elektronische Medien und Zeitungen produzierten erste Schlagzeilen. Im Internet kursierten schon Verschwörungstheorien. Noch war es eine Welle. In Kürze sollte die Welle zu einem Tsunami werden, der unaufhaltsam auf Mainz zurollte. Immer größer, schneller, wuchtiger.

## Mainz, Gaustraße, 9 Uhr morgens

„Obacht", sagte der Baggerfahrer zum Polier, „de Scheff kommt!"

Der schwere Mercedes raste die Gaustraße hoch und stoppte mit einer Vollbremsung. Bauunternehmer Hohlblockfriedel stieg aus, knallte die Tür zu, stürmte an zwei Polizisten vorbei auf die Baustelle und fing an zu brüllen. „Bauschtillstand! Isch glaab, ihr habt de Arsch offe! Ihr scheiß Arschäoloche!"

Polizisten und Archäologen starrten den tobenden Mann an. Stepi und der Baggerfahrer versteckten sich hinter dem Bauwagen und grinsten sich eins. Grabungstechniker Schtolz musste lachen.

Hohlblockfriedel tobte. Wegen dieser Bernsteinbrocken und dieses Soldaten war hier die wichtigste Grabungsstelle Deutschlands entstanden. Von Polizisten im Zaum gehalten, standen 200 Gaffer am Zaun und 50 Reporter stellten schlaue Fragen.

Und hinter dem Zaun wurde jeder Stein einzeln umgedreht. Mit Pinseln, Schabern und Spachteln pulten sie im Dreck herum. Den Dreck kippten sie anschließend über Siebe und gossen Wasser darüber, damit auch nicht der kleinste Furz übersehen wurde. Hohlblockfriedel schätzte, dass es bei diesem Tempo drei Monate dauern würde, bis hier endlich gebaut werden konnte.

„Ich habe einen Uniformknopf gefunden!", rief ein Grabungshelfer aufgeregt.

„Isch schmeiß e Bomb in die Bauschtell!!", brüllte Friedel.

Da kam jemand mit einem Schild um den Hals. Auf dem Plastikschild stand: Rheinland-Pfälzische Staatskanzlei. „Bitte verlassen Sie sofort die Baustelle. Der Ministerpräsident kommt gleich!"

„Wass willst du? Misch vun moiner Bauschtell schmeiße?!"

Zwei Polizisten führten den tobenden Bauunternehmer nach draußen. Hohlblockfriedel raste zum Exgeschäftsführer der Meenzer Wohnklaugesellschaft und brüllte: „Raub! Was zum Deiwel hot dann die Wohnklau fer Leische im Keller?!"

„Isch weiß es nischt", sagte Lainer Raub ungewohnt kleinlaut. Der Baustillstand in der Gaustraße kam ihm denkbar ungelegen.

Derweil stiefelte der Rheinland-Pfälzische Landesfürst über die Baustelle, hinter sich einen ganzen Rattenschwanz von Leibwächtern, Mitarbeitern, Reportern und Fotografen.

„Die Landesreschierung", erklärte Burt Keck staatstragend, „ist sich der historischen Dimension dieses Fundes, gerade im Hinblick auf das deutsch-russische Verhältnis, bewusst und unterschtützt diese Ausgrabungen mit allen zu Gebote schtehenden Mitteln!"

Dann ließ er sich vom Grabungsleiter persönlich über die Ausgrabungsstätte führen. „Die Obergeschosse des Hauses wurden im 19. Jahrhundert gebaut. Das Erdgeschoss ist vielleicht 200 Jahre alt. Der Keller darunter ist noch älter. Teilweise sogar sehr alt."

„Wie alt?", fragte Burt Keck.

„Schwer zu sagen. Die beiden Kellerräume sind verwinkelt und passen nicht zum Grundriss des Erdgeschosses. Vielleicht stammen sie aus der frühen Neuzeit, oder sind noch älter."

„Und wie geht's weider?"

„Zuerst sieben wir hier den großen Schuttberg. Danach räumen wir den vorderen Keller frei, das ist der mit dem Brunnen. Erst dann können wir in den hinteren Keller gelangen. Vorher müssen wir aber noch vorsichtig die stehende Rückwand des Hauses abtragen. Das ist nämlich im Moment lebensgefährlich. Und dann haben wir noch ein ganz großes Problem."

„Was denn?"

„Ein Teil des Bauschutts und damit auch Teile der weggerissenen vorderen Hälfte des ersten Kellers sind schon auf der Deponie."

„Was heißt das?"

„Dass wir eigentlich mit einem großen Arbeitstrupp den Schutt auf der Deponie sieben müssten."

„Isch werde das veranlassen", sagte der Landesfürst, und rauschte mit seinem Tross wieder ab in die Staatskanzlei. Burt freute sich ehrlich. Endlich hatte er wieder positive Schlagzeilen. Niemand löcherte ihn mehr wegen den Unsummen an Steuergeldern, die er sinnlos im Nürburgring versenkt hatte.

## Wirre Theorien: Monsun-Boote

Als Franky die nächtlichen Strapazen verdaut hatte, kam er auf die Idee, sich zu informieren. Er rührte stundenlang sinnlos im Internet herum, und druckte über 100 Seiten Schwachsinn aus.

Als er 80 Seiten gelesen hatte, war er der festen Überzeugung, dass das Bernsteinzimmer im Februar 1945 aus Königsberg in den Hafen Pillau gefahren worden war. Von dort wurde es mit einem U-Boot nach Japan transportiert; im Tausch gegen kriegswichtige Roh-stoffe. Genau genommen sei es gegen Kautschuk eingetauscht worden, weil die Deutschen zu wenig Gummi hatten. Deshalb konnten auch nicht genug Gummiüberzüge produziert werden, um U-Boote gegen die Ortung durch Radarstrahlen zu schützen.

„Das ist Fakt!“, behauptete Franky. „Die deutsche Kriegsmarine nannte diese U-Boote ‚Monsun-Boote’. Die Japaner richteten für diese Boote Versorgungsstationen in Singapur und Java ein. Von 41 Monsun-Booten gingen 30 verloren. Die anderen waren erfolg-reich und brachten kriegswichtige Rohstoffe nach Deutschland.“

„Du host was an de Erbs!“, sagte Karl zu Franky und tippte sich an die Stirn. Karl war schlecht gelaunt wegen letzte Nacht.

„Könnte doch sein!“, sagte Franky aggressiv.

„Wass?!“

„Dass das Bernsteinzimmer in einem abgeschossenen U-Boot in 8000 Meter Tiefe im Pazifik liegt!“

Herbert: „De Frängie hot rescht. So was hot’s gebbe.“

„Wass hot’s gebbe?!“, schrie Karl.

„Ei, so Gummipariser fer U-Boote“, sagte Herbert.

„Unn warum iss ess Bernschtääzimmer nie in Japan uffgetaucht?!“

Franky: „Weil die Briten dieses U-Boot versenkt haben!“

„Logisch“, fügte Herbert hinzu. „Dess U-Boot hot jo kään Gummipariser gehabt, weil die Wehrmacht zu wenisch Gummi gehabt hot. Deshalb isses vom Radar erfasst, unn vun some Zer-schtörer versenkt worrn.”

„Son Quatsch!“, tobte Karl. „Warum finde die in Meenz Teile vun dem Bernschtääzimmer, wenn dess Ding versenkt worn iss?!“

## Zwei Mann und eine Mission: die SOKO Bernstein

„Wo geht's nach Hechtsheim?" , fragte der Feldwebel, aber die alte Frau gab keine Antwort. Sie saß apathisch auf den Trümmern ihres zerbombten Hauses.
„Wo geht's nach Hechtsheim?", fragte der Feldwebel lauter.

Da sah die alte Frau hoch und sagte: „Hört doch uff, ihr Bube, hat doch kään Wert mehr."

Der Feldwebel zuckte mit den Achseln und ging weiter. Hinter ihm stolperten 50 siebzehnjährige Buben durch die Trümmer von Mainz. Drei Wochen hatten sie ein bisschen marschieren, schiessen und Handgranaten werfen gelernt. Dann wurden sie nach Wiesbaden verlegt. Dort hatte die Erde gebebt, als Mainz bombardiert wurde, so stark waren die Erschütterungen. Dann sollten sie Mainz gegen die Amerikaner verteidigen. Kaum dort, sprengte man hinter ihnen die Brücken. Jetzt irrten sie hungrig durch die „Festung Mainz". Die Einwohner gaben ihnen nichts zu essen, weil sie selbst nichts hatten. Auf der Suche nach brauchbaren Dingen wühlten die Zivilisten in den Trümmern und zogen dabei immer noch schwarz verkohlte Brandleichen aus dem Schutt.

Die Buben bekamen den Befehl, Fahrräder zu beschlagnahmen, „um die Truppe beweglich zu machen". Die Fahrräder lieferten sie bei ihren Offizieren ab. Die hatten Gefechtsstände in den bombensicheren Kupferbergkellern eingerichtet, wo sie schon tagsüber Sekt aus Flaschen soffen, obwohl da Schilder mit der Aufschrift hingen: „Wer plündert, wird erschossen!"

Jetzt wurde der Feldwebel mit seinen Buben nach Hechtsheim kommandiert. Hier durften sie zusehen, wie zwei Hechtsheimer erschossen wurden, weil die weiße Betttücher aus den Fenstern gehängt hatten. Dann bauten sie einen Hohlweg am Dorfrand zu einer Stellung aus, weil die Amerikaner schon in Harxheim waren.

Als ein kleines Flugzeug tief über dem Hohlweg kreiste, hatte der Feldwebel eine saudumme Idee. „Abschießen!", befahl er.

Da schnappten die Buben ihre Gewehre und schossen auf den Flieger. Der Flieger stieg einfach höher, außer Reichweite der Gewehre. Und er dirigierte über Funk die amerikanische Artillerie.

Eine gefühlte Ewigkeit lang explodierten Granaten. Die Buben pressten sich zitternd im Hohlweg aneinander. Als die Erde aufhörte zu beben, standen amerikanische Soldaten am Hohlweg und brüllten „Hands up!“. Es war der 21. März 1945.

Nach dem Krieg las man, dass die SS die beiden Hechtsheimer Bürger erschossen hatte. Aber das stimmte nicht. Ein einundzwanzigjähriger Wehrmachtsleutnant hatte die beiden Zivilisten erschießen lassen. Die Buben wurden im August 1945 gründlich unterernährt nach Hause geschickt. Der Leutnant wurde für die Erschießung der Hechtsheimer niemals behelligt.

Das hatte ein alter Mann, der einer der Buben gewesen war, dem Kommissar erzählt. Mittelstädt versuchte, sich ein genaues Bild vom Mainzer Kriegsende zu machen. War das Chaos so groß, dass man einen Soldaten umbringen und einbetonieren konnte? Wie und warum war Jacob Kaiser von der Mosel nach Mainz gekommen?

Um den 14. März 1945 herum brach die deutsche Front an der Mosel und im Saarland zusammen, am 18. März eroberten die Amerikaner Kreuznach, am 19. Ingelheim, am 20. Alzey, am 22. Mainz. Wie und warum kam Kaiser in Mainz um? Wieso trug Kaiser Teile des Bernsteinzimmers bei sich? Was geschah genau in jenen Tagen in Mainz?

In der Nacht vom 17. auf den 18. März sprengte man die Mainzer Rheinbrücken. Ältere Männer versteckten sich in Kohlenkellern und spielten tagelang Skat, damit sie nicht zum Volkssturm mussten. Die Partei hängte Plakate mit Durchhalteparolen auf. Die Parteiführung bereitete ihre Flucht vor. Der „Festungskommandant“ Oberst Weiß saß im Bunker der Flakkaserne und verlor den Überblick, weil außerhalb des Bunkers alles rasend schnell zusammenbrach. Versprengte Soldaten kamen nach Mainz, in der Stadt irrten kleine Trupps von demoralisierten Soldaten herum und ...

„Das ist ein gutes Buch“, murmelte Kommissar Mittelstädt. Er saß am Schreibtisch und las „Finale 1945 Rhein-Main“ von Heinz Leiwig. Zwischendurch sortierte er Aussagen von Mainzern, die damals Kinder oder Jugendliche waren. Aber vor allem meldeten sich immer mehr jüngere Wichtigtuer, die sich für Bernsteinzimmerexperten hielten.

Da platzte sein dicker Assistent herein: „Scheff, wie geht's dann jetzt weider?“

Mittelstädt schielte seinen Untergebenen über die Lesebrille hinweg an. „Ich will wissen, wem das Haus in der Gaustraße 1945 gehörte und wer 1945 da gewohnt hat. Wenn wir das wissen, dann erfahren wir vielleicht, wer den Soldaten getötet hat.“

„Unn wie soll isch ...?“

„Zuerst gehst du zum Grundbuchamt und besorgst Unterlagen über das Haus seit anno Tobak. Dann fragst du bei der Wohnklau, von wem sie das Haus gekauft hat. Dann suchst du rund um die Gaustraße alte Leute, die schon 1945 da gewohnt haben.“

„Abber ...“

„Zwischendurch gehst du in eine Buchhandlung und kaufst mir ein Buch. Autor: M.P.Remy. Titel: Mythos Bernsteinzimmer.“

„Dess kann mer aach im Indernet nachgucke“, meckerte der Assistent.

Der Kommissar zeigte seinem Assistenten den Vogel. Wenn er etwas hasste, dann Menschen, die sich nicht gründlich informierten, sondern fünf Minuten googelten, um dann mit ihrem Halbwissen zu strunzen.

„Unn was machst du so lang?“, fragte der Assistent aufmüpfig.

„Lesen“, sagte der Kommissar und las weiter.

Mittelstädt stand kurz vor der Pensionierung. Ein großer, schweigsamer Norddeutscher, mager wie ein Nagel. Meistens trug er uralte, schlecht geschnittene Anzüge, die wie bei einer Vogelscheuche um seinen Körper flatterten, weil ihm sein Aussehen völlig wurscht war. Einmal hatten ihm die Kollegen zum Geburtstag einen vernünftigen Anzug gekauft, Mittelstädt hatte ihn nie angezogen. Zusammen mit seinem Assistenten bildete er ein seltsames Gespann. Der Assistent war ein dicker Mainzer, quasselte wie ein Wasserfall und trug am liebsten knallrote Sportjacken.

„Wie heißt der Audor?“, blökte der Assistent in sein Handy. Er stand in der Buchhandlung, die Literatur zum Bernsteinzimmer war riesig, und er hatte den Zettel mit den Angaben verschlampt.

Der Kommissar buchstabierte seufzend Autor und Titel.

Assistent: „Ah, gut, jetzt hab isch's.“

„Was hast du noch getan, außer Zettel zu verschlampen?“

Assistent: „Scheff, des glaabste nit, was isch erausgefunde hab. Dess glaabste nit!“

„Was glaub ich nicht?“

„Dess Haus in de Gaugass, dess wo die Wohnklau abrobbt, dess Haus iss ...“, und da riss die Verbindung ab, der Akku war leer.

„Scheiß Handys“, brummelte der Kommissar. Die wenigsten Menschen waren in der Lage, sinnvoll Mobilfunkgeräte zu nutzen. Anstatt Gedanken zu sortieren und gezielte Infomationen weiterzugeben, quasselten sie ununterbrochen Müll in diese Dinger hinein. Beim Autofahren, beim Scheißen, beim Essen! Und wenn sie wirklich etwas zu sagen hatten, dann war der Akku alle.

Der Kommissar wusste genau, was er am Tag seiner Pensionierung tun würde. Diese digitale Fußfessel abgeben und sich niemals privat ein Handy kaufen. Ein richtiges Telefon stand auf einem Tisch in einer Wohnung und hatte eine Schnur. Basta!

Bei Basta sah er auf die Uhr. Feierabend war schon lange vorbei. Mittelstädt ging nach Hause, kaufte sich unterwegs am Hauptbahnhof eine überregionale Zeitung, und las auf der ersten Seite:

**„ ... Musste der Soldat in Mainz sterben, weil er zuviel über das Bernsteinzimmer wusste? Ein russischer Experte sagt, dass tatsächlich im März 1945 ein geheimes SS-Kommando ...“**

„Idioten“, murmelte er und warf die Zeitung in den Mülleimer. „Fehlt nur noch, dass eine deutsch-russische Krise wegen des Bernsteinzimmers entsteht und der Gaspreis steigt, ha, ha.“

## Die Russe komme!

„Idiot!", zischte Pudding. Als ehemaliger KGB-Mann war Pudding immer ganz besonders sauer, wenn der FSB versagte.

„Aber ich ...", stotterte der Geheimdienstchef.

„Versager!", brüllte Pudding.

Der FSB hatte zwei Schläger angeheuert, um eine freche Journalistin zusammenzuschlagen. Es sollte eine Warnung sein. Aber die Schläger hatten sich so dumm angestellt, dass sie von der Miliz geschnappt worden waren. Die Deppen hatten sogar eine Telefonnummer des FSB in einem Handy abgespeichert. Jetzt geisterte der Fall durch die Medien, vor allem in Westeuropa.

„Die neuesten Wirtschaftsdaten!", verlangte Pudding.

Ein Referent ratterte Zahlen herunter. Pudding seufzte. Wegen der Finanz- und Wirtschaftskrise sanken die Rohstoffpreise. Russland geriet in die roten Zahlen, die Arbeitslosigkeit stieg, die Unzufriedenheit mit der Regierung wuchs.

Auch die anderen Nachrichten waren nicht gut. In Kaliningrad gab es spontane Proteste gegen die korrupte Provinzregierung, im Kaukasus gingen dauernd Bomben hoch ...

„Alles Scheiße!", zischte Pudding.

Da berichtete der Referent vom Außenministerium, dass in Deutschland, in Mainz, Teile des 1945 verschwundenen Bernsteinzimmers gefunden worden seien.

Pudding war sofort hellwach. Er kam aus Leningrad, inzwischen wieder umbenannt in Sankt Petersburg. Sein Vater war bei der Verteidigung Leningrads gefallen. Viele Verwandte waren verhungert, erfroren, getötet worden.

„Das Bernsteinzimmer", sagte Pudding, „ist nationales russisches Kulturgut, das die Deutschen 1941 in Leningrad geklaut haben. Wenn das Bernsteinzimmer in Mainz auftaucht, dann muss es an uns zurückgegeben werden. Und die Deutschen sollen endlich den Ball flachhalten. Von wegen Rückgabe deutscher Kunstschätze!"

Alle stimmten dem Chef zu.

Der Vertreter von Gazbrom meinte ganz sachlich: „Wenn es wegen des Bernsteinzimmers zu einer diplomatischen Krise zwischen Russland und Deutschland käme, dann könnten auch wieder die Gaspreise steigen!"

Pudding: „Wie sicher ist es, dass tatsächlich Teile des Bernsteinzimmers gefunden wurden?"

Dazu konnte der Referent keine genauen Angaben machen. Pudding sah den Geheimdienstchef scharf an. „Ich will genau wissen, was da in Mainz vor sich geht. Du hast was gutzumachen!"

In den Abendnachrichten flimmerte die Meldung vom Mainzer Bernsteinzimmer über die russischen Bildschirme und traf einen sensiblen Punkt der nationalen Seele. Viele waren schon immer und nach wie vor der festen Überzeugung, dass das Bernsteinzimmer nicht 1945 von plündernden sowjetischen Soldaten abgefackelt, sondern vorher in den Westen geschafft wurde. Außerdem näherte sich der Jahrestag der deutschen Kapitulation.

Am nächsten Tag waren die Zeitungen voller Schlagzeilen. Endlich konnten die russischen Bürger etwas anderes lesen und hören als nur schlechte Nachrichten. Nationale Medien und Verbände starteten eine Kampagne. Die Jugendorganisation der Kremlpartei organisierte spontane Proteste. „Gebt uns endlich das Bernsteinzimmer zurück!", skandierte die Menge vor der deutschen Botschaft in Moskau. Reporter reisten an den Rhein.

„Obacht, die Russe komme!", lachten die Mainzer.

In Berlin gab der russische Botschafter eine Pressekonferenz und verlangte die Beteiligung russischer Experten an den Ausgrabungen. Außerdem forderte er ganz offiziell im Namen der russischen Nation die Rückgabe des Bernsteinzimmers.

Als er das forderte, waren schon russische Journalisten der ganz besonderen Art in Mainz gelandet, und hatten sich im frisch renovierten Hilton am Rhein einquartiert. Von dort schickten sie lustige Berichte über eine deutsche Provinzhauptstadtstadt im Ausnahmezustand nach Moskau in die FSB-Zentrale.

## Gaststätte „Zur Andau“, Gaustraße

Wolle, Gonzo und Thomas standen an der Theke.

Wolle: „Die sinn doch all depp, odder? Was fer Uffzüsch wesche dem Bernschteinzimmer! Nit zu fasse.“

„Jaja“ , stimmte der Wirt in seinem Hunsrücker Dialekt zu. „Die wisse jo net, dass dess Bernschteinzimmer do lo in de Oodau iss.“

„Wass?“

Er zeigte auf den Raucherraum, genannt Räucherkammer: „Die denke all, die Räucherkammer wär vom Nikodin so gelb“.

„Und?“

„Alles Quatsch“, sagte der Wirt. „Die Räucherkammer iss so gelb, weil moin Vorgänger do es Bernschteinzimmer ingebaut hot.“

„Hohoho!“, lachten alle.

Da fragte ein Mann: „Sind Sie Mainzer?“

„Abber ganz sischer!“

„Ich arbeite für den Express, schreibe eine Reportage über das Mainzer Bernsteinzimmer und suche ...“

„Bass acht“, sagte Thomas und verschwand mit dem Mann in die Räucherkammer. Wie immer, wenn Thomas wollte, sprach er astreines Deutsch. „Ich weiß nicht, ob dir das weiterhilft, aber ich kann dir sagen, was meine Mutter erzählt hat, kurz bevor sie starb. Die war 1945 in Mainz und hat beobachtet, wie nachts drei Lastwagen, bewacht von SS-Soldaten ...“

Nach einer halben Stunde verschwand der Mann. Thomas kam aus dem Raucherraum, legte einen Hunderter auf den Tisch und sagte: „Isch geb eener aus. Der Depp hot mir’n Hunni gebbe fer den Scheißdreck, wo isch grad erfunne hab!“

**„Vergammelt das Bernsteinzimmer seit 1945 in den zugemauerten Festungsgängen von Mainz? Eine Augenzeugin berichtet, dass ...“**

Dieser Unfug stand zwei Tage später im Express. So ähnlich entstanden viele Berichte über das Mainzer Bernsteinzimmer. Blitzkriegsartig wurde Mainz von ganzen Horden rasender

Reporter überfallen, die sich gegenseitig mit reißerischen Geschichten übertrumpften. Wichtig war, dass in allen Arikeln geheimnisvollen SS-Kommandos herumgeisterten, die auf streng geheimen Befehl von SS-Führer Himmler oder Gauleiter Koch ...

Rasend beschleunigt wurde der Irrsinn durch die globale Gemeinschaft hysterischer Internetjunkies, Blogger-Freaks und Twitter-Fans. Jedenfalls alarmierte das Mainzer Bernsteinzimmer in Überschallgeschwindigkeit Spinner und Verschwörungsfanatiker.

Richtig schlimm war aber das Nachrichtenmagazin DER SCHPIEGEL. Laut Eigenwerbung war es „das Sturmgeschütz der deutschen Pressefreiheit". In Wahrheit handelte es sich um eine teure Werbebroschüre auf Hochglanzpapier. Zwischen der vielen Werbung konnte man einzelne Artikel finden, die aus großen Überschriften, wenig Text und vielen Farbfotos bestanden. Weil das Blatt seit Jahrzehnten auf dem Bernsteinzimmer herumritt, wurde sofort der Starreporter nach Mainz gejagt. Ständig zugekokst, raste er schlaflos durch die Stadt, warf mit Geld für Informationen um sich, und nagelte im Drogenrausch eine „Sonderausgabe Mainzer Bernsteinzimmer" zusammen, die auch als „Doku" in SCHPIEGEL-TV erscheinen sollte. Im Vergleich dazu war die Bernsteinzimmerserie der Bildzeitung harmlos.

Noch schlimmer war nur noch die irre Anstalt auf dem Mainzer Lerchenberg. Während Thomas und Kumpels in der „Andau" die 100 Euro verjubelten, kreuzte 100 Meter weiter die größte Nervensäge des Zweiten Fernsehens Deutschlands auf. Von fünf Visagistinnen gepudert, legte Kuido Gnobb, unterstützt von 10 Kameramännern, 20 Assistenten, 30 Kabelträgern und 60 Hilfskabelträgern, die ganze Baustelle lahm.

„Gott sei Dank sind die Affen wieder weg!", stöhnte hinterher der Grabungsleiter.

Gnobb schaffte es tatsächlich, sieben kleine Bernsteinbrocken zu einer zweistündigen „Sondersendung Mainzer Bernsteinzimmer" aufzublasen. Den bombastischen Unfug mussten - wie immer - alle Fernsehzuschauer ungefragt mit ihren TV-Gebühren bezahlen.

„Jaaa“, maulte Karl Napp beim Frühstück. „Mach isch.“

Erna versaute ihm gerade den Appetit, weil sie einen großen Vortrag darüber hielt, dass er der faulste und unfähigste Hausmeister aller Zeiten sei. Und das morgens um sieben Uhr.

„Isch mach's sofort!“, sagte Karl, um seine Ruhe zu haben. Sofort nach dem schmerzhaften Morgenschiss wegen seinem wunden „Bobbes“ ging er in die Garage, holte einen Rechen und versuchte den Schaden wieder gutzumachen, den er und Rudi vorgestern mit dem Metalldetektor im Vorgarten verzapft hatten. Weil er dabei an das Bernsteinzimmer dachte, rammte er sich die Rechenspitzen in die Fußzehen. „Futkram!“, brüllte er im gleichen Moment vor Schmerz, als die Mieterin Marianne Schtolte das Haus verließ, um ihren überbezahlten Arbeitstag in der irren Anstalt mit Klatsch, Mobbing und Meeting totzuschlagen.

„Futkram, verfickter“, jaulte Karl Napp vor Schmerz.

„Sexistisches Ekel!“, murmelte Frau Schtolte empört.

„Bleed Schneck“, zischte Karl und rechelte weiter die Löcher zu, die er und der Dackel in den Garten gegraben hatten. Dabei regte er sich furchtbar auf und steigerte sich in Rage. Gut, die Nachtaktion in der Gaustraße war ein Reinfall gewesen. So was konnte passieren. Was ihn aufregte, war die Tatsache, dass ihm niemand glaubte. Alle lachten, wenn er erzählte, dass in der Gaustraße Kirchensilber zu finden sei. Keiner nahm ihn ernst, wenn er sagte, dass der alte Raub mit dem toten Soldaten und dem Bernsteinzimmer zu tun hatte! Am meisten regte ihn das dumme Geschwätz seiner Mitarbeiter auf. „Monsun-Boote!“, zischte Karl vor Wut. „Gummipariser fer U-Boote!“

„Guten Morgen, Herr Napp“, sagte der Restaurantkritiker Heribert Schtolte, als er das Haus verließ.

„Ihr seid alles Arschlöscher!“, fauchte Karl, warf den Rechen weg und stapfte ins Kellerbüro. Beim Treppabgehen tat ihm alles weh. Der wunde Hintern, die Abschürfungen vom Sturz auf den Kompressor und die malträtierten Zehen.

„Wo issen de Frängie?!“, schrie er Herbert an.

Herbert Dickmilch blies gemütlich einen Rauchkringel in die Luft und sagte: „De Frängie iss mit de Erna oikaafe. Warum?“

„Weil isch dringend uff die Uni muss!“

Dackel Rudi fing an zu bellen, weil Karl so laut schrie.

„Ruhisch, Rudi!“, befahl Herbert. „Gaanz ruuhisch. De Kall will schtudiere, der brauch soi Ruh.“

Karl Napp ließ sich an die Uni fahren. Wie immer war die Fahrerei in Herberts jägergrünem Opel eine Strafe vor dem Herrn. Das Auto stank wie die Hölle nach Rauch, Dackel und abgenagten Knochen, die im Fußraum vor sich hin gammelten. Vorne rauchte Herbert Zigarre, schimpfte und hupte. Hinten bellte Rudi wie ein Irrer und zerfetzte die Rückbank.

„Wie lang dauert dann die Vorlesung?“

„In ääner Schtund widder hier abhole!“, befahl Karl.

„Alles rodscher“, sagte Herbert, hielt am Hauptfriedhof an, ließ den Seniorstudenten raus und brüllte einen Radfahrerstudenten zusammen, der sich beschwerte, weil das Auto den Radweg versperrte. Rudi wollte raus, um den Studenten zu fressen.

„Dem Frängie zeisch isch, wo de Hammer hängt!“, knurrte Karl, und stapfte schnurstracks in die Zentrale des Irrsinns, ins Institut für Kunstgeschichte. Hier traf man vorwiegend Menschen aus akademisch vorbelasteten Elternhäusern, die lebensfremd über Flure schlurften. Die meisten waren absolut überlebensunfähig außerhalb dieses Biotops. Karl kam sich vor wie ein Zoobesucher, der ohne Eintritt zu zahlen, exotische Lebewesen bestaunen konnte.

Und hier residierte auch die Kunsthistorikerin Dr. Josephine-Auguste Mahlzahn, die Mutter von Karls ungeliebter Schwiegertochter Monika-Ellen Napp-Mahlzahn.

„Ei Guude, Finsche!“, krähte Karl fröhlich.

„Nenn mich nicht Finchen!“, sagte Josephine-Auguste Mahlzahn angewidert. „Was willst du hier?“

„Isch brauch Informatione übber's Bernschteinzimmer.“

„Du? Willst du auch das Mainzer Bernsteinzimmer finden?“

„Warum dann nit?“

„Hihi", lachte die Dozentin: „Karl Napp findet das Bernsteinzimmer! Was für eine Schlagzeile!"

„Babbel nit! Du bist doch Expertin. Isch will nur wisse ..."

„Also gut", begann sie. „90 Prozent aller weltweiten Bernsteinvorkommen liegen an der ostpreußischen Küste. Bernstein ist versteinertes Baumharz, hervorragend geeignet zur Herstellung von Schmuck. Deshalb wird Bernstein seit Tausenden von Jahren von dort aus Tausende Kilometer weit exportiert. Verstanden?"

„Hältste misch fer bleed, odder was?"

„Die Blüte der Bernsteinverarbeitung lag um die Wende des 17. zum 18. Jahrhundert. Damals gab es in Ostpreußen hervorragende Bernsteinschnitzer, die in einer eigenen Zunft organisiert waren. Sie schufen sogar großflächige Bernsteinmosaike. Deshalb ließ der preußische König Friedrich I. für seine Frau das Bernsteinzimmer herstellen. Es sollte im Charlottenburger Schloss eingepasst werden, aber eigentlich war es eine Fehlkonstruktion ..."

Karl: „Wieso Fehlkonschtruktion?"

„Unterbrich mich nicht dauernd!", sagte Finchen streng. „Es war eine Fehlkonstruktion, weil die geschnitzten Bernsteinstücke zuerst erhitzt und dann auf große Holzplatten geklebt wurden. Sie wurden erhitzt, damit die goldene Farbe besser zum tragen kam. Dadurch wurden die Stücke aber brüchiger. Außerdem sind Bernstein und Holz zwei lebende Materialien, die sich unter Temperaturschwankungen unterschiedlich dehnen und wieder zusammenziehen. Mit anderen Worten: Dauernd brachen Stücke ab, fielen aus dem Holzrahmen und mussten durch neue ersetzt werden."

„Aha", unterbrach Karl.

„Tatsächlich wurde das Bernsteinzimmer nie im Charlottenburger Schloss eingebaut. Der preußische König starb 1712. Sein Sohn und Nachfolger Friedrich Wilhelm I. war ein Geizhals. Er gab nur Geld für die Armee aus. Deshalb nannte man ihn den Soldatenkönig. Insbesondere schuf er sich die Garde von „langen Kerls". Das waren außergewöhnlich große Rekruten, die er in ganz Europa zusammensuchte, zum Teil auch anlockte, oder sogar entführen ließ, weshalb es manchmal diplomatische Verwicklungen gab."

„Dess hab isch emol im Fernseh gesehe“, unterbrach Karl Napp.

„Als der Zar von Russland und der preußische König ein Bündnis gegen Schweden schlossen, wurden 1717 diplomatische Geschenke ausgetauscht. Der Zar schenkte dem König ein paar lange Russen als Soldaten, der König schenkte dem Zar das Bernsteinzimmer. Für so einen Plunder hatte Friedrich Wilhelm keine Verwendung.

So kam das Bernsteinzimmer nach Zarskoje Selo ins Sommerschloss der russischen Zaren. 1941 erbeuteten es die Deutschen und brachten es ins Königsberger Schloss, das 1945 von plündernden Truppen in Brand gesteckt wurde. Und dabei verbrannte - mit an Sicherheit grenzender Wahrscheinlichkeit - auch das Bernsteinzimmer. Bernstein brennt bei großer Hitze, und zwar so gut, dass nur ein bis zwei Prozent des Materials als Asche übrigbleibt.“

„Abber warum tauche dann immer widder Teile von dem Ding uff?“

„Wenn überhaupt“, widersprach Finchen, „tauchen immer nur kleine Teile auf. Meistens Einzelstücke, die deutsche Soldaten 1941 bei der Eroberung von Zarskoje Selo geklaut hatten.“

„Woher weesten dess alles?“, fragte Karl.

„Weil ich 2003 einen Beitrag über das Bernsteinzimmer auf einem Fachkongress über verschwundene deutsch-russische Kunstschätze gehalten habe“, sagte Finchen.

„Mach Sache“, sagte Karl wenig beeindruckt. „Was iss mit dene Monsun-U-Boote mit Gummipariser, die wo ...?“

„Hör mir mit dem Schwachsinn auf! Das ist Hollywood! Das sind Verschwörungstheorien! Unterste Schublade!“

„Ja, unn die Meenzer Teile vom Bernschteinzimmer?“

„Die halte ich auch für geklaute einzelne Beutestücke von 1941“

„Unn wenn jetzt abber ...“

„Papperlapapp“, zischte Finchen. „Isch halte es für eine Schnapsidee, das Bernsteinzimmer in Mainz finden zu wollen!“

In Wirklichkeit war Finchen beleidigt, weil man alle möglichen Experten zum Bernsteinzimmer befragte, aber nicht sie. Das nagte gewaltig an ihrem Selbstverständnis als anerkannte Spezialistin für deutsche Barockkunst. Akademiker sind so kindisch. Und dass ausgerechnet Karl Napp als einziger nach ihrer Expertenmeinung fragte, das empfand sie als geradezu demütigende Beleidigung ihrer überragenden wissenschaftlichen Fachkompetenz.

„Wie sischer issen dess, dass ess 1945 verbrannt iss?“

„Ziemlich sicher“, sagte Finchen.

„Also hunnertprozendisch weeste dess aach nit?“

„Ich war damals nicht dabei!“, zischte Finchen.

„Also kann dess Ding genauso guud in Meenz soi!“

„Das wird mir zu blöd! Ausserdem muss ich jetzt ... “

„Atschee “, sagte Karl. „Machs guud, Finsche!“

„Unn, wie war's?“ fragte Herbert, als er Karl abholte.

„De Frängie iss en Scheißdrecksbabbler! Von weesche Gummipariser fer U-Boote! Wo bleibt dann der übberhaupt? Soll isch hier alles selber schaffe?“

## Erna Napp findet: Neue Spuren des Bernsteinzimmers

Zu diesem Zeitpunkt war „Scheißdrecksbabbler“ Franky schwer genervt. Erna hatte Karl in den Garten geschickt. Dann war sie ins Kellerbüro gestürmt: „Frängie! Mir fahr'n jetzt oikaafe!“

Franky war zwar als Hilfsdetektiv angestellt, musste aber alles Mögliche tun, weil ihm Erna dauernd Vorschuss gab. Also fuhr er mit seinem verbeulten BMW vor.

Erna: „Wer hot dann doi Audo so kabutt gemacht? Dess sieht jo aus, als wär'n Elefant drübbergeloffe!“

„Das müssen Besoffene gewesen sein“, knurrte Franky.

Zuerst ging die Reise nach Kastel zum Baumarkt Hornbach. Erna brauchte einen Ersatztürgriff für eine Mietwohnung im vierten Stock und noch ein paar Dinge.

„Warum macht das nicht Karl? Karl ist doch der Hausmeister!“

„Den Dollbohrer kannste nit schicke. Der braucht zwei Schtund, und bringt trotzdem es Falsche mit.“

Im Hornbach fing Erna mit drei Fachverkäufern Krach an, weil die „vom Bau soviel Ahnung habbe wie ä Kuh vom schtricke“.

Dann traf sie einen Bekannten, babbelte sich fest und erfuhr religiöse Neuigkeiten aus Kastel und Köstlich-Kostheim. Erstens hatte sich der schwule evangelische Pfarrer von Kastel endlich getraut und seinen Lebensgefährten geheiratet. Angeblich hatte nur ein Gemeindemitglied darüber gemeckert, und das nur heimlich.

Zweitens war der katholische Kostheimer „Puff-Michi“ plötzlich fromm geworden. Von religiöser Erleuchtung überkommen, hatte er seinen Job als Türsteher vom „Crazy Sexy“ geschmissen, und arbeitete jetzt für einen Schrotthändler. Er fuhr mit einem Kleinlaster durch die Gegend und brüllte: „Alt Eiseee!“ Wenn ihm jemand Altmetall gab, verwickelte ihn Michi stundenlang in wirre religiöse Gespräche.

„Die Kostemmer Messerschtescher habbe all was an de Erbs!“, lachte Erna und sah auf die Uhr. Geschlagene 125 Minuten hatte sie im Hornbach verbracht. Franky fuhr zu Bauer Frankenbach in die Mainzer Straße. Erna kaufte Kartoffeln und Dosenwurst und babbelte sich fest. „Habt ihr es Bernschteinzimmer verschteckelt?“

Frau Frankenbach: „Ei sischer. Mir habbe dademit de Wutzeschtall ausgebaut. Dess issen sauguudes Verschteck. Kääner sucht es Bernschteinzimmer im Wutzeschtall!“

„Huah!“, lachte Erna und ließ sich zur Bäckerei Löw in die Roonstraße fahren. Dort trank sie einen Kaffee, babbelte sich fest und fragte. „Host du es Bernschteinzimmer? Rück’s raus!“

„Zu schpät“, erklärte Frau Löw. „Nachem Kriesch hatte mir kää Kohle fer de Backofe anzuheize. Da habbe mir mit dem Bernschteinzimmer Brot gebacke! Bernschtein brennt wie Zunder.“

„Hihi“, gickelte Erna. „Dess muss isch em Karl erzähle!“ Da fiel ihr ein, dass sie Karls Wein vergessen hatte. Also nach Kostheim in die Taunustrasse zum Weingut Schilling. Herr Schilling erzählte, dass er als Kind immer in einer Feldscheune voll gelbem Plunder gespielt habe: „Dann iss de Blitz oigeschlaache. Alles abgebrennt!“

Wieder in Mainz, ging’s zu Foto Kukuk, Phillip-von-Zabern-Platz. „Guckguck, isch bin’s. Isch wollt moi Bilder abhole.“ Erna holte Fotos ab, babbelte sich fest und erfuhr folgendes:

Julian: „Bevor dieses Haus gebaut wurde, war hier ein Bombenkrater. Da haben die halt alles Mögliche hineingeworfen, um das Loch aufzufüllen. Auch drei Lastwagen voll gelbes Zeug.“

Den nächsten Hinweis fand Erna im Reisebüro „World-Wide-Ticket“ im Kirschgarten, wo sie einen Katalog abholte.
Heike: „Hier unter dem Reisebüro ist ein alter Gewölbekeller. Die hässliche gelbe Wandverkleidung hat der Hausbesitzer 1970 schwarz angestrichen, weil schwarz damals in war. Als der Keller vor zwei Jahren saniert wurde, ist das ganze Zeug als Sondermüll entsorgt worden. War ganz schön teuer!“

Die letzte Spur des Bernsteinzimmers fand Erna im Friseursalon Schöfer in der Münsterstraße. Die Chefin frisierte Ernas Haare, erzählte ein paar saftige Witze und danach die einzig wahre Geschichte: „Es Bernschteinzimmer war bis 1964 die Wohnschtubb vun de Oma. Wie moi Großeldern geheirat habbe, da hadde die kä Geld für neue Tapete. Also habbe se bei some Jagella alde Wandverkleidunge kaaft. Alles in Gelb, unn dauernd sinn Teile abgefalle. Wie se dann Geld hadde, iss der alde Scheiß uff de Müll geflooche, unn sie habbe sisch was Neues angeschafft!“

Nur anschließend im Supermarkt gab es keine neuen Bernsteingeschichten. Erna brachte ihrer Schwiegermutter Lebensmittel und babbelte sich fest. Als Franky zu Hause die Einkaufstaschen hochschleppte, sagte Erna: „Wann de Herr Subberdetektiv Karl Napp nit so bleed wär, dann dät er mal soi Mudder fraache, wie dess sellemols in de Gaugass beim Arschkrätzje so war!“

„Wieso das?“, fragte Franky überrascht.

„Weil em Karl soi Mudder in de Nachbarschaft vom Arschkrätzje uffgewachse iss. Die alde Meenzer kenne sisch doch all.“

Franky war baff. „Und warum fragt Karl seine Mutter nicht?“

„Weil sisch der Hutsimpel unn soi Mudder nit vertraache.“

Franky ging wieder ins Büro und sagte Karl, dass er seine Mutter fragen solle. Vielleicht wisse die ja etwas.

Karl: „Die alt Beißzang fraach isch gar nix!“

Erna kochte Gulasch und Klöße.

## SOKO Bernstein, 7.30 Uhr

„Verbrecher!“, fluchte Mittelstädt, und meinte damit seinen Vermieter. Wie immer hatte er vor Dienstbeginn seine Privatpost erledigt, einen Brief geöffnet und siehe da: Die Mainzer Wohnklau schickte ihm eine Mieterhöhung.

Da platzte sein Assistent herein. Ganz gegen seine Gewohnheit zu früh und sehr schlecht gelaunt. „Die Arschlöscher!“, maulte er.

„Was ist denn los? Bist du auch Mieter bei der Wohnklau?“

„Nä! Abber moi Fraa schafft da. Gestern isse entlasse worn!“

Mittelstedt lachte böse. Das passte zu dem Verein. Die Mainzer Wohnklaugesellschaft war nach dem Ersten Weltkrieg gegründet worden und hatte einen klaren Auftrag: sozialer Wohnungsbau.

Die große Zeit der Wohnklau waren die Jahre nach 1945, als es darum ging, schnell Wohnungen in der zerbombten Stadt zu bauen. So entstanden die berühmten Mainzer Mietshäuser. Fünf Stockwerke hoch, mit viel Wasser und wenig Zement zusammengeklebt, die Wände so dünn, dass man jeden Furz in der Nachbarwohnung hörte und Strichlisten über das Gestöhne beim „Berschte“ führen konnte. Viele dieser Pfuschbauten standen nur noch aufrecht, weil die Wände von dicken Tapetenschichten stabilisiert wurden, die Generationen von Mietern im Lauf von Jahrzehnten übereinander gekleistert hatten.

Mit den Jahren geriet die Wohnklau in die Fänge der Mainzer Handkäsmafia. Streng nach dem vollidiotischen Parteienproporz lungerten Vertreter aller Fraktionen im Aufsichtsrat herum, um sich und ihren Freunden Posten zuzuschanzen. Das führte dazu, dass die Wohnklau 40 Prozent zu viel Personal mit sich herumschleppte, wobei es sich meistens um besser bezahlte Nixschaffer handelte, für die man sinnlose Abteilungsleiterposten erfunden hatte.

Ein weiteres Problem der Wohnklau war die Tatsache, dass all diese überflüssigen Aufsichtsräte, Geschäftsführer und Projektleiter auf Teufel komm raus Spesen verjubelten. Das Motto der Wohnklau lautete: „Mir baue Scheiße, tun abber uff Firmekoste gern teuer reise unn edel schpeise.“

Das Schlimmste war, dass sich die Wohnklau weit von ihrem Daseinszweck entfernte. Die Wohnbau baute bombastische Gewerbeimmobilien, für die es keine Pächter gab, Einkaufspassagen, die niemand brauchte, und Luxuswohnungen, für die es keinen Bedarf gab. So entstanden irrwitzige Millionengräber aus Beton und Glas. Der Bau von Geschäftshäusern war eigentlich die Aufgabe des anderen stadteigenen Verbrechervereins, der Meenzer Uffbaugesellschaft. Aber es gab keine Stadtplanung, sondern nur Gewurzel und Geknurzel, wobei zwei kommunale Gesellschaften und ihre merkwürdigen Tochterfirmen wild drauflosbauten.

Beide Gesellschaften wurden von der großen Koalition im Rathaus missbraucht, um den kommunalen Haushalt zu schönen. Um das chronische Defizit der Stadt zu verschleiern, wurden Ausgaben in beiden Gesellschaften so lange und hin- und hergeschoben, bis keiner mehr wusste, wohin sie verschwunden waren. Und jede im Aufsichtsrat vertretene Partei durfte ihre Lieblingsprojekte bauen, bei Auftragsvergabe Freunde und Verwandte berücksichtigen.

Richtig „depp“ wurde das ganze Elend unter der Regentschaft des Wohnklaugeschäftsführers Lainer Raub. Mit ihm regierte nur noch der Größenwahn. Niemand bremste ihn. Wie auch? Der liberale Vertreter im Aufsichtsrat zum Beispiel war gleichzeitig der Haus- und Hofarchitekt der Wohnklau, das heißt der Aufsichtsrat erteilte sich selbst Aufträge.

Irgendwann summierten sich diese ganzen Idiotengeschäfte zu einer sagenhaften Schuldensumme von 800 Millionen Euro. Das wollten die Hutsimpel ausgleichen, indem sie „Finanzderivate“ kauften, obwohl sie das Wort kaum aussprechen konnten. Damit ritten sie sich noch tiefer in die Scheiße. Dann versuchten sie verzweifelt, die 2400 Wohnungen zu verkaufen, die sie in Amöneburg, Kastel und Kostheim besaßen. Begründung: Diese Orte gehörten ja zu Wiesbaden. Aber diese Wohnungen wollte niemand kaufen. Und dann gingen die Lichter aus. Es gab keine Bank mehr, die der Wohnklau Kredite geben wollte.

Um den Bankrott der Wohnklau zu verhindern, musste die bankrotte Stadt Mainz einen Kredit über 300 Millionen aufnehmen.

Die Stadt Wiesbaden kaufte die Wohnklau-Wohnungen in AKK. Die Mieter in den Mainzer Wohnungen wurden mit Mieterhöhungen geschröpft, Wohnklau-Angestellte entlassen.

Die Verantwortlichen für das Desaster waren wie immer alle unschuldig. Nur Geschäftsführer Raub wurde „aus gesundheitlichen Gründen“ beurlaubt und ein bisschen angeklagt. Alle politischen Aufsichtsräte wuschen ihre Hände in Unschuld. Der Architekt verabschiedete sich aus dem Aufsichtsrat mit der sagenhaften Begründung: „Isch bin ja nur en kleene Arschitekt. Von Finanze hab isch kää Ahnung.“

Und alle schoben die Schuld an dem Bockmist, den sie seit Jahrzehnten bauten, auf die „Finanzkrise“ aus dem Jahr 2009. Allein für diese Frechheit gehörten sie alle lebenslänglich in den Weisenauer Steinbruch geschickt, fand Kommissar Mittelstädt.

„Aber meine Miete erhöhen!“, schnaubte der Kommissar.

„Unn moi Fraa entlasse!“, tobte der dicke Assistent.

Als sich Mittelstädt um 7.55 Uhr wieder beruhigt hatte, fing er pünktlich um 8 Uhr den Dienst an: „Hast du gestern was erreicht? Wem hat das Haus in der Gaustraße 1945 gehört? Wer hat da gewohnt? Lebt noch jemand von den Bewohnern?“

Der Assistent legte ihm Kopien vom Grundbuchamt, vom Standesamt, vom Einwohnermeldeamt und Notizen vor.

„Das ist nicht wahr!“, sagte Mittelstädt. Das alte Haus in der Gaustraße gehörte seit Urzeiten der Mainzer Familie Raub. Der letze Privateigentümer hieß Friedrich Raub und hatte das Haus aus Altersgründen seinem Sohn Lainer Raub übertragen. Der hatte das Haus an die Wohnklau verkauft. Schlauerweise war der Verkäufer Lainer Raub damals auch gleichzeitig Geschäftsführer der Wohnklau. Die Wohnklau ließ das Haus abreißen, um hochwertige Wohnungen im Zuge der Gaustraßensanierung zu bauen.

„Was für eine Sau“ , murmelte der Kommissar in Anerkennung vor so viel krimineller Energie: „Das heißt, Lainer Raub hat sein eigenes Haus für viel Geld an die Wohnklau verkauft, deren Geschäftsführer er war!“

„So isses“, sagte der Assistent. „Die Unnerlaache hot moi Fraa gestern kopiert, weil se sauer weesche de Kündischung iss.“

Mittelstädt konzentrierte sich wieder auf den März 1945. „Wer von der Familie Raub könnte damals in diesem Haus gewohnt haben und heute noch leben?“

Assistent: „Nur es Arschkrätzje.“

„Wer ist Arschkrätzje?“

„So saache mir Meenzer zu dem Goldschmied Friedrich Raub, der vor ääner Woch geschtorb iss“, sagte der Assistent, und zeigte seinem Chef die Kopie der Todesanzeige.

„Gute Arbeit“, lobte Mittelstädt. Über die asoziale Dreistigkeit, mit der sich die Mainzer Handkäsmafia auf Kosten der Allgemeinheit privat die Taschen vollmachte, regte er sich schon lange nicht mehr auf. Sonst wäre er sofort wahnsinnig geworden, als er von Hannover hierher versetzt wurde. Damals war der junge Polizist Mittelstädt an den Ermittlungen zum Mord an dem Mainzer „Sonni“ beteiligt. Mittelstädt und Kollegen waren sicher, dass „Zigeunerklaus“ der Mörder war. Aber sie konnten ihm nichts nachweisen. Zeugen fielen um, Beweismittel waren plötzlich nicht mehr da. Sicher war nur, dass der mutmaßliche Mörder in dubiose Geschäfte mit der Mainzer Hottwollee verwickelt war.

„Mahlzeit!“ , rief der Assistent, um seinen Chef wachzurütteln.

Mittelstädt sah auf die Uhr. Es war 8.30 Uhr. Seine Gedanken wanderten wieder zu der Mainzer Familie Raub und ihrem Haus in der Gaustraße. Was war das für eine Familie, wo Vater Friedrich Raub Arschkrätzje genannt wurde und Sohn Lainer Raub den politisch korrekten Spitznamen „Arschloch von Mainz“ trug?

„Dess iss eschte Meenzer Hottwollee“, lachte der Assistent.

Kommissar: „Dieser feine Herr Exgeschäftsführer der Wohnklau mit seiner Leiche im Keller! Den muss ich mir mal vorknöpfen!“

## Denkmalgeschützte Bauruine! Nur mit Helm betreten!

„Scheiße“, fluchte der frischgebackene grüne Bürgermeister, als er mit dem Auto zum Rathaus fuhr. Ihm war gerade eingefallen, dass er eine umweltpolitische Vorbildfunktion zu erfüllen hatte. Also suchte er lange einen Parkplatz, zog ein Klappfahrrad aus dem Kofferraum und radelte die letzten Meter zum Rathaus. Deshalb kam er zu spät. Aber als er durchs Foyer eilte, bellte der Pförtner aus seinem Kabuff: „Halt! Erst de Helm uffsetze!“

„Guude“, seufzte der Bürgermeister und ließ sich einen Bauhelm aushändigen. Der Pförtner linste ihm aufmerksam hinterher, um zu kontrollieren, ob der Chef den Helm auch tatsächlich aufsetzte.

„Hier musste uffbasse wie en Luchs“, murmelte der Pförtner.

Kaum im Fahrstuhl, zog der Bürgermeister den idiotischen Helm wieder ab. Alle machten das so. Seit Neuestem durfte man das Gebäude nur noch mit Helm betreten. Das Rathaus war baufällig, aber die Stadt hatte kein Geld für die Sanierung. Abreissen konnte man den Bunker auch nicht. Das häßlichste Rathaus von Deutschland stand unter Denkmalschutz, weil im Moment jeder alte Hühnerstall zum „Weltkulturerbe“ erklärt wurde.

„Da bist du ja endlisch“, sagte Genosse Nobby vorwurfsvoll.

Bürgermeister: „Grieser! Setz endlisch den bleede Helm ab!“

„Hab isch vergesse“, sagte der Konservative und zog den Helm ab.

„Also. Isch eröffne die 165ste Krisensitzung wegen den Schtadtfinanzen. Die Lage ist dramadisch, weil die Gewerbeschteuern wegbreschen. Zu den 1000 Millionen Schulden kommen jetzt noch mal 300 Millionen dazu, um die Wohnklau vor dem Bankrott zu retten. Irgendwelsche Schparvorschläge?“

Genosse Nobby: „Wir erhöhen die Grundschteuer!“

Der Liberale: „Nur über meine Leische!“

Grieser: „Den Vorschlag muss isch im Namen meiner Bardei auch ablehnen, weil ...“

„Mach einen Gegenvorschlag!“

Der Liberale: „Den Fahrradbeauftragten abschaffen!“

Bürgermeister: „Bist du depp?“

Grieser: „Du bist Finanzdezernent! Mach du einen Vorschlag.“

Da schlug der Finanzdezernent vor: „Wenn in Mainz jemand ein Kleingewerbe anmeldet, kostet das nur 30 Euro. Das ist viel zu billisch. Wir erhöhen die Gebühr auf 50 Euro.“

Da rechnete der Linke: „Unn selbst wenn pro Jahr 100 Kleingewerbe angemeld wer’n, dann hot die Schtadt grad emol 2000 Euro mehr. Dess iss lachhaft bei 1,3 Milliarde Schulde.“

„Mach en bessere Vorschlaach!“

Der Linke: „Mir sollte ä Dummbabbelschteuer einführ’n. Jeder Schtadtverordnete, der was saudummes seet, der muss 100 Euro in die Schtadtkass zahle. Da kommt was zusamme.“

„Wen meinst Du damit?“, fuhr Genosse Nobby hoch. Auch der Konservative und der Liberale fühlten sich angesprochen. Alle drei gifteten den Linken an: „Unverschämt!“ , „Freschheit!“

Der Linke: „Wer hockt dann jahrelang faul im Uffsischtsrat von de Wohnklau? Bin isch nach Capri gefahre odder wer?“

„So kommen wir nischt weider“, erklärte der Bürgermeister und vertagte die große Sparrunde auf die nächste Sitzung. Alle, die nicht in der neuen Mainzer Koalition vertreten waren, mussten jetzt den Saal verlassen. Der Linke packte seinen Krempel und ging.

Nobby: „Grieser! Du auch!“

„Hmmm!“, brummte Grieser und packte seine Sachen. Er konnte sich immer noch nicht daran gewöhnen, dass seine Partei nicht mehr in der Mainzer Koalition vertreten war.

„So“, sagte der Grüne, „jetzt fahren wir in die Gaugass und informieren uns vor Ort über die Ausgrabungen.“

Als die Mainzer Koalition im Gänsemarsch das Rathaus verlassen wollte, brüllte der Pförtner: „Halt! Helme abgebbe!“

Da gaben alle beim Pförtner die Helme ab. Mehrere Stadtverordnete hatten schon die Dinger verschlampt. Das ärgerte den Pförtner am meisten. „Um son Scheißdreck soll isch misch kümmern, abber wenn isch emol pisse will, dann muss isch misch vorher abmelde!“, brummelte er.

„Das glaub isch nischt“, sagte Nobby fassungslos. In der Gaustraße war der Verkehr zusammengebrochen. Hunderte standen am Bauzaun und versuchten zwischen den Latten hindurchzulinsen. Einige hatten schon Gucklöcher in die Bretter gebohrt. Anwohner verkauften an die Besucher Getränke, Zigaretten und Würstchen. Auf der anderen Strassenseite wurden Fenster in den oberen Stockwerken vermietet. Polizisten versuchten das Chaos einzudämmen. Mühsam bahnte sich die Koalition den Weg zur Baustelle.

„Obacht! Die Handkäsmafia kommt!“, rief ein Witzbold.

„Eben hat mir ein Journalist 3000 Euro für ein Exclusivinterview mit Fotos über das Mainzer Bernsteinzimmer geboten!“, sagte der Grabungsleiter genervt. „Unser dicker Landesfürst will schon wieder die Baustelle besichtigen! Eine russische Journalistengruppe hat sich auch angemeldet. Ich habe die Faxen dick. So kann kein Archäologe auf der ganzen Welt vernünftig arbeiten!“

Aber zuerst ließ sich die Rathauskoalition über den Stand der Ausgrabungen informieren und plapperte ein paar Phrasen, damit die Lokalreporter etwas zu berichten hatten. War ja auch schön, auf etwas anderes als auf den kommunalen Schuldenberg angesprochen zu werden. Dabei drechselten sie Schoten wie: „Die Schtadt Mainz wird alles tun, um die Aufklärung des arschäologischen Kriminalfalles Bernschteinzimmer zu unterschtützen und ...“

Beim abschliessenden Pressefoto stritten sie sich darum, wer vorne stehen durfte. Dann dackelten sie wieder ab und verpassten um genau zwei Minuten eine Sensation.

Wie von der Tarantel gestochen flitzten plötzlich alle los. Polizisten, Fotografen, und Reporter stürzten aufgeregt Richtung Keller. Archäologen und Grabungshelfer warfen ihre Pinselschen weg, rannten sich gegenseitig über den Haufen.

„Unglaublich!“, rief jemand.

„Ein Fotograf, schnell!!“

„Sensationell!“

„Mein Gott! Wo ist der Grabungsleiter?!“

Es war 12 Uhr mittags. Der Tsunami war mit voller Wucht in der Mainzer Gaustraße angekommen.

## Im Meenzer Handkäs

Die Detektive saßen in Karls „Blauer Lagune“ und spielten Skat, als das Telefon klingelte.

„Es Dellefon klingelt“, sagte Herbert Dickmilch und sah seinen Kompagnon Karl Napp an.

„Isch hab ä schwere Oberatzion hinner mir!“, brummelte Karl.

Franky verschanzte sich hinter den Karten: „Ich war schon einkaufen.Warum soll immer ich ans Telefon gehen?“

„Weil du de Jüngste bist!!“, sagten Karl und Herbert gleichzeitig.

Franky stand wütend auf, stellte das Telefon laut und meldete sich mit: „Detektei Napp und Dickmilch, was kann ich für sie ...“

„Ich will den Hutsimpel sprechen!“, bellte es aus dem Hörer.

„Wer ist ich?“, fragte Franky.

„Ich bin die Mainzer Handkäsmafia!“, sagte Doktor Hans-Peter Müller. „Der Hutsimpel soll sofort kommen!“

Franky gab den Hörer weiter. „Ei Guude, Brezelmüller“, krähte Karl. „Wenn’s rescht iss, komm isch nach Middaach, die Erna macht Gulasch mit Klöß, dess ess isch doch so gern, unn ...“

„Du kommst jetzt sofort! Wir sind im ‚Müller’s‘, befahl der Pate der Mainzer Handkäsmafia und legte auf.

„Noch nit emal in Ruh fresse kannste hier!“, maulte Karl.

„Ich geh nicht mit!“, sagte Franky. „Ich kann diesen Affen nicht leiden. Der glaubt, dass er sich für Geld alles kaufen kann!“

„Meistens“, meinte Herbert, „meistens isses ja aach so.“

Karl und Herbert gingen zum Restaurant „Müller’s“. Das Restaurant war auf dem Dach des Landestheaters zu finden, in einer runden hässlichen Glaskuppel, die von den Mainzern nur „de Handkäs“ genannt wurde, obwohl es da gar keinen Handkäse gab, weil sich das Restaurant der gehobenen Gastronomie verpflichtet fühlte. Dass ausgerechnet hier die Mainzer Handkäsmafia tagte, passte gut. Der ganze Bau war nämlich von der Wohnklau verhunzt worden. Das Restaurant im fünften Stock war nur über den langsamsten Fahrstuhl der ganzen Welt zu erreichen.

Gerüchteweise waren schon Gäste auf dem langen Weg nach oben verhungert und verdurstet.

„Wie lang dauert dess noch?!“, seufzte Herbert, weil er vor fünf Minuten auf den Knopf gedrückt hatte.

„So schnell geht dess selte“, meinte Karl, als sich schon nach sieben Minuten die Fahrstuhltür öffnete.

In den nächsten zehn Minuten, solange brauchte der Fahrstuhl nach oben, hatte Karl genug Zeit, um die groteske Geschichte der „Meenzer Woihandels GmbH“ zu erzählen, einer Tochtergesellschaft der Wohnklau, die das „Müller's“ betrieb

„Was Du alles weest!“, sagte Herbert, als sie ausstiegen.

Es war wie immer im „Müller's“. Ungefähr acht Servicekräfte kümmerten sich um vier zahlende Gäste. Darüber hinaus mussten sie aber auch sechs hochkarätige Mainzer Freibiergesichter aushalten. Es waren: Hans-Peter Müller, der Pate der Mainzer Handkäsmafia, genannt Brezelmüller. Sein Busenfreund, der Großmetzger Fleischworschttoni. Hohlblockfriedel, der Bauunternehmer, der alle Aufträge der Wohnklau schnappte. Dazu noch die beiden Mainzer Stadträte Nobby und Grieser, die aus parteipolitischen Gründen im Aufsichtsrat der Wohnklau herumlungerten und Beraterverträge mit der Handkäsmafia hatten. Und dann war da auch noch Lainer Raub, der aus „gesundheitlichen Gründen“ beurlaubte ehemalige Vorsitzende der Wohnklau. Die Herren schaufelten gerade das große Menü in sich hinein und soffen Rotwein dazu. Nur der Großmetzger trank Bier.

„Guude!“, sagte Karl Napp.

„Wollt ihr was esse?“, fragte Toni schmatzend.

„Gibt's hier Gulasch mit Klöß?“ , fragte Karl.

Brezelmüller pfiff nach dem Kellner: „Zweimal das Tagesmenü, noch eine Flasche Roten, und eine Schüssel Wasser für den Köter!“

„Wau-Wau“, bellte Dackel Rudi erfreut.

Herbert: „Frolleinsche. Isch trink lieber Sauergeschpritzder Riesling anschtatt Rotwoi.“

Kellnerin: „Was soll das sein? Sauergeschpritzder?“

„Dess iss Woischorle vom Riesling!“, erklärte Herbert.

„Gibt's hier nicht", erklärte die Kellnerin. „Ich kann Ihnen aber ein Glas Riesling und eine kleine Flasche Wasser bingen."

Herbert: „Frolleinsche, bring mir ä Flasch Riesling!"

„Wie geht's dann?", fragte Toni. „Alles klar, unnerum?"

„Nä", jammerte Karl und löffelte seine Vorspeise. „Unnerum iss gar nix klar. Unnerum vorne hab isch's an die Prostata, unnerum hinne bin isch grad an de Hämorridde operiert worn. Dess sinn Schmerze beim Kacke, saach isch der. Dess kannste dir gar nit vorschtelle. Vor allem, wenn isch ..."

Toni grinste. Nobby und Grieser verzogen die Gesichter.

Herbert meckerte, weil ihm der Riesling nicht schmeckte. Zuwenig Säure. „Der kratzt ja gar nit im Hals", maulte der Mommenheimer empört.

„Was issen dess fer'n Witz?!", fragte Karl entgeistert, als die Kellnerin einen riesigen Teller, belegt mit einem winzigen, fünfmarkstückgroßen Fleischteilchen brachte. Danaben lag etwas undefinierbares Grünzeug, und wenn man ganz genau hinsah, dann fand man sogar zwei winzige Bratkartoffeln auf dem riesigen Teller.

„Das ist die Hauptspeise" , erklärte die Kellnerin: „Ochsenbäckchen an Broccolisafran mit Bratkartoffeln."

„Wenn isch dess gewusst hätt", brummelte Karl, „dann hätt isch vorher im Imbiss noch ä Bratworscht gefresse!"

„Da musste ja die Brill uffziehe, um es Esse uffem Deller zu finde!", meckerte Herbert.

„Geiler Bobbes", sagte Toni, als er der Kellnerin hinterhersah.

„Um was geht's dann üwwerhaupt?", fragte Karl schmatzend.

„Es geht um die Baustelle in der Gaustraße" , sagte Brezelmüller toternst. „Vor allem aber geht es um unseren guten Ruf."

„Och jo", meinte Karl Napp und verschluckte sich beinahe.

„Ich bin extra hierhergekommen" , erklärte Lainer Raub leidend „obwohl isch gesundheitlisch schwer angeschlagen bin."

*Dummschwätzer*, dachte Herbert Dickmilch.

Raub: „Im Moment sind wir alle die Opfer einer Schmutzkampannje gegen die Wohnklau. Die Grünen machen sogar

Wahlkampf mit einem Plakat auf dem steht: Schtoppt die Handkäsmafia!“

„Genau“, sabbelte Grieser dazwischen, „erst neulisch bin isch auf einer Wahlkampfveranschtaldung beschimpft worden und ...“

„Halt doi Maul, Grieser!“, befahl der Großmetzger.

Raub: „Es geht um den toten Soldaten in der Bauschtelle. Erstens haben wir Bauschtillstand wegen den alten Knochen. Zweitens ist das alte Haus mein Elternhaus. Wenn jetzt noch irgendein alter Scheißdreck dort gefunden wird, dann werde nicht nur ich, sondern auch meine ganze Familie in den Dreck gezogen.“

„Und ich und Toni und Nobby und Grieser und Friedel“, sagte Brezelmüller ernst.

„Wieso dess?“, fragte Karl.

Brezelmüller: „Lainer hat über eine Maklerfirma, die seiner Frau gehört, sein Elternhaus zum überteuerten Preis an die Wohnklau verkauft, weil er ja Chef der Wohnklau war. Als Chef der Wohnklau hat er den Kaufpreis an sich selbst, und die Maklerprovision anstandslos an seine Frau gezahlt.“

Karl Napp nickte. Das war ein typisches Wohnklaugeschäft. Der Chef machte sich die private Tasche auf Kosten der Firma voll.

Brezelmüller. „Dann hat er den Auftrag erteilt, die alte Bruchbude abzureißen und einen schönen Neubau mit Luxuswohnungen zu bauen, die keiner braucht.“

Karl nickte. Genauso arbeitete die Wohnklau seit über 30 Jahren.

Brezelmüller: „Den Auftrag für die Bauplanung und Leitung bekam wie immer unser Architekt vom Elfer- äh, Aufsichtsrat der Wohnklau.“

Karl Napp nickte. Auch das war normal. Es war normal, dass der Aufsichtsrat sich selbst Aufträge zuschanzte.

Brezelmüller: „Und den Bauauftrag bekam wie immer unser Freund Hohlblockfriedel. Ohne Ausschreibung, natürlich.“

Friedel: „So weit käm's noch, dass isch Ausschreibunge mache soll, wenn moi Kumbels baue wolle!“

Karl nickte auch, bis jetzt war alles normal: „Unn weider?“

Brezelmüller: „Wir wussten von vornherein, dass die Wohnklau diese Luxuswohnungen niemals auch nur zum kostendeckenden Preis verkaufen kann, weil es in Mainz schon zu viele solcher Wohnungen gibt. Deshalb haben wir unter der Hand ausgemacht, wer von uns jeweils eine Wohnung zum Spottpreis kaufen kann.“

„Lass misch rate“, unterbrach Karl. „Ä Wohnung fer disch, eine fer de Genosse Uffsischtsrat Nobby, eine fer de schwarze Uffsichtsrat Grieser, eine fer den gelbe Uffsischtsrat, eine fer de Toni, eine fer de Friedel ...“

„Isch muss ja schließlisch an meine Altersvorsorge dengen“, erläuterte Grieser.

„Grieser, babbel kä Blesch!“, rügte der Metzger.

„Genau“, sagte Brezelmüller.

„So ein Geschäft ist nischt ungesetzlich“, behauptete Lainer Raub. „Das haben wir bei der Wohnklau schon öfter so gemacht.“

„Das kann aber an die Öffentlichkeit kommen, wenn die Baustelle noch länger stillgelegt wird“, warnte Brezelmüller. „Da lungern ja jetzt schon Tag und Nacht hundert Journalisten herum.“

Raub: „Deshalb sollten die Arschäologen dort nischts mehr finden, was irgendwie Aufmerksamkeit erregt! Und wenn doch, dann wollen wir vorher informiert werden. Bevor das in der Zeitung schteht!“

„Ja, unn was soll isch da jetzt mache?“, fragte Karl.

„Das ist deine Sache“, sagte Brezelmüller. „Schleuse einen Spion auf der Baustelle ein, oder grab einen Tunnel unter der Gaustraße durch. Am Besten spreng alles in die Luft!“

„Iss die Bezahlung mit odder ohne Reschnung?“

„Schwarz wie immer!“, entschied Brezelmüller.

Damit war die Audienz im Meenzer Handkäs beendet. Karl, Herbert und Rudi gingen Gulasch mit Klößen essen.

## Mainz, Gaustraße

Der Grabungshelfer nutzte die Mittagspause, um sich mit einer Taschenlampe in den hinteren Keller zu schleichen. Er zwängte sich durch den mit Bauschutt halb verschütteten Eingang und schaltete die Lampe an. Der hintere Keller war tief in den Kästrich gebaut. Am Ende des Raums stand ein vergammelter Schrank an der Wand. Der Helfer rückte den Schrank auf die Seite und entdeckte dahinter einen Gang, der noch tiefer in den Kästrich führte. In dem Gang lag altes Gerümpel. Da stand aber auch eine große Holzkiste. Die Kiste war nicht abgeschlossen. Der Helfer hob den Deckel und leuchtete mit seiner Taschenlampe hinein.

„Bernstein!", schrie der Helfer. „Silber! Gold!"

Da stürzten alle in den verbotenen Teil, zwängten sich durch den Eingang und brüllten wild durcheinander.

„Ich habe verboten, den zweiten Keller zu betreten, bevor die Rückwand nicht abgetragen ist!", rief der Grabungsleiter hilflos.

Sie schleppten die Kiste nach draußen. In der Kiste lagen zwei wunderschöne Bernsteinmosaike, die Figurenköpfe darstellten. Da lagen auch Kelche, Pokale und sonstiger Kirchenkram. Zum Beispiel ein Stück von einem Abtsstab aus versilbertem Elfenbein. Ani zwei Pokalen konnte man erkennen, dass sie mit Edelsteinen besetzt gewesen waren, die aber jemand herausgebrochen hatte.

Die Expertin vom RGZM identifizierte die Mosaike zweifelsfrei als Originalteile des Bernsteinzimmers. Das Kirchensilber stammte aus Frankreich. Auf einigen Teilen klebten vergilbte Inventarzettel mit der Beschriftung „Musée diocésain Dijon 1932, Numero ..."

Die Mainzer riefen im Diözesanmuseum ihrer Partnerstadt Dijon an. Die Leiterin schickte eine lange Liste von Gegenständen, die seit September 1944 fehlten und sehr wahrscheinlich von deutschen Truppen auf dem Rückzug geklaut worden waren.

Dann gab es eine Pressekonferenz. Danach war in Mainz nichts mehr, wie es vorher war. In Berlin, Moskau und Paris auch nicht. Das Mainzer Bernsteinzimmer war jetzt Weltthema Nummer eins.

## Das Arschloch von Mainz

Beim Lesen der Bild-Zeitung wurde er beinahe wirklich krank.

**Mainzer Jahrhundertfund immer mysteriöser! Weitere Teile des Bernsteinzimmers aufgetaucht! Geraubtes französisches Kirchensilber entdeckt! Russischer Botschafter fordert Teilnahme russischer Experten an den Grabungen! Französische Delegation auf dem Weg nach Mainz! Welche dunklen Geheimnisse kannte der tote Soldat in der Mainzer Gaustraße? Wurde er ermordet, weil ...**

Und schon klingelte das Telefon: „Können Sie mir sagen“, fragte ein Reporter, „wie der tote Soldat im Keller Ihres Elternhauses ...“

„Isch beantworte keine Fragen!“, bellte Lainer Raub ins Telefon. „Isch bin schwer krank! Woher haben sie meine Telefonnummer? Isch zeige Sie wegen Belästischung an!“

Der ehemalige Geschäftsführer der Meenzer Wohnklaugesellschaft war sauer. Er wurde wegen Untreue angeklagt, aber die politischen Aufsichtsräte taten so, als hätten sie nie von etwas gewusst. Dabei hatte er nichts anderes getan, als die Sonderwünsche der Mainzer Parteien in Beton zu gießen. Vorsichtshalber hatte sich Raub krankschreiben lassen.

Aber jetzt hatte man diesen Soldaten in seinem Elternhaus gefunden! Und Teile vom Bernsteinzimmer! Und Kirchensilber! Über kurz oder lang würde man auch herausfinden, was für ein Drecksgeschäft er mit seinem Elternhaus auf Kosten der Wohnklau gedreht hatte.

Lainer Raub war derart beliebt, dass ihn sogar seine Parteifreunde nur „das Arschloch von Mainz“ nannten. Er war auch nicht Geschäftsführer der Wohnklau geworden, weil er dafür irgendwie qualifiziert war. Er hatte den Posten bekommen, weil er das richtige Parteibuch hatte und zur Mainzer Handkäsmafia gehörte.

Raub warf eine Beruhigungspille ein und griff zum Telefon. Auf dem Brief, den ihm seine Mutter geschrieben hatte, stand ja ihre aktuelle Adresse. Sie hatte sich früh von seinem Vater scheiden lassen. Eigentlich kannte er sie kaum noch, und sein Vater hatte ihm nach der Scheidung jeden Umgang mit ihr verboten. Ein paarmal hatte sie versucht, mit ihrem Sohn zu reden, aber er hatte sie jedes Mal beschimpft, weil sie die Familie im Stich gelassen hätte. Seit Jahrzehnten herrschte Funkstille zwischen Mutter und Sohn.

Raub bekam von der Auskunft die Nummer des Wiesbadener Altenheims und dort die Durchwahl.

„Hallo Mama, hier ist dein Sohn."

„Rufst Du aus dem Gefängnis an?"

„Quatsch."

„Dann aus Capri?"

„Lass das!", sagte Raub ärgerlich.

„Du hast dich noch nie bei mir gemeldet. Also was willst Du? Mir zum Geburtstag gratulieren? Der ist schon seit Monaten vorbei."

„Hier in Mainz ist der Teufel los!"

„Ich weiß. Ich lese täglich die Mainzer Tageszeitung."

„Wie kommt der tote Soldat in unseren Keller?"

„Frag doch deinen Erzeuger!"

„Babba ist vor einer Woche geschtorben."

„Ich habe die Todesanzeige mit einer Flasche Sekt gefeiert!"

„Wie kommt der tote Soldat in unseren Keller? Was hat der mit dem Bernschteinzimmer zu tun?"

„Weiß ich nicht", sagte seine Mutter. „Als ich nach Mainz kam, war der Brunnen schon zubetoniert."

„Was hat Babba mit dem Bernschteinzimmer zu tun?"

„Weiss ich nicht! Will ich auch gar nicht wissen. Ich weiss nur, dass er im Krieg geklaut hat wie ein Rabe."

„Mama. Isch ..."

Aber die alte Frau hatte aufgelegt. Als sich ihre vor Aufregung zitternden Hände wieder etwas beruhigt hatten, schrieb sie weiter an ihren Erinnerungen. Es waren quälende Erinnerungen, auch wenn sie 65 Jahre zurücklagen.

## „Iss de Schtolz do?“,

fragte Karl im „L’arcade“, aber da war er nicht. Also ins „Altstadtcafe“. „Hot jemand de Schtolz gesehe?“

„Nöö“, sagte die Wirtin und stellte ihm ein Bier hin.

Nach dem zweiten Bier suchte er Schtolz im „Schambes“. Im „La Botega“ bekam er einen Tip und flitzte in die „Weintorschänke“.

Dort stand der Wirt mit dem - wie weibliche Gäste behaupteten - „scheenste Knackarsch vun ganz Meenz“ hinter der Theke und davor drei Gäste: „Kurt mit Helm unn ohne Gurt“, daneben der Schmale mit seinem unzertrennlichen Hund. Der Hund trug wie immer sein Nullfümferhalstuch um den Hals. Aber es stand auch ein Bier zu viel auf der Theke. Und es roch nach Zigarillos.

Karl: „Guude! Wo issen de Schtolz?“

Wirt: „Der sucht es Bernschteinzimmer. Mir habbe nämlisch uff de Toilett so klääne gelbe Brocke, die wo aussehe wie ...“

„Hoho“, lachte Schtolz, als er aus der Toilette kam: „Unser Meenzer Subberdedegdief Dscherry Koddon!“

„Brauchste noch freiwillische Grabungshelfer in de Gaugass?“

Schtolz: „Ja, abber so Artiste wie du, die wo de ganze Daach rumschtehe unn babbele, will isch nit.“

Karl: „Isch mään jo aach nit misch, sondern de Frängie.“

„Soll sisch morsche früh in de Gaugass bei mir melde.“

„De Frängie kann schaffe wie en Brunnebutzer“ , log Karl, und fing an, zu telefonieren. „Warum geht der Aff nit ans Händy?!“

„Der Aff“ tat gerade das, was er am liebsten tat: Stundenlang im Fitnesscenter McFit herumlungern, wo er wenig trainierte, aber viel in den Spiegel sah und mit seinen Kumpels Bankdrückerfachgespräche führte. Karl musste sieben Bier trinken, bis Franky endlich zurückrief. Danach war so gut gelaunt, dass er noch ins „Hafeneck“ torkelte, und erfolgreich an der Theke einschlief.

„Hutsimpel!“, lachte General Kaster. „Sisch woannerst de Kittel zusaufe, abber hier penne wolle!“

Jedenfalls schaffte es Karl nicht mehr zu seiner Kegelfreundin Rosie in die Bar „Chez Cherie“.

## Bar „La Cherie“ zu später Stunde

„Das Mainzer Bernsteinzimmer“, lallte der Journalist vom SCHTERN, „iss die größte Sensation seit den Hitlertagebüchern“.

„Genau!“ stimmte sein zugekokster Kollege vom SCHPIEGEL zu, als er von der Toilette kam, und mit urinversauten Fingern in die Erdnussschale griff. „Noch eine Flasche Chardonay! Mit sauber gespültem Glas!“

„Abber sischer!“, sagte Barfrau Rosi erfreut, bediente den Lackaffen und wandte sich den anderen Männern zu. „Nasdarovje!“, sagte sie zu dem russischen Journalisten, der erfolgreich seinen amerikanischen Kollegen unter den Tisch trank.

„Nsdrovje“, rief der Russe und bestellte noch eine Runde Wodka. Dann wollte ein Belgier mit einem Mädchen die Treppe hoch aufs Zimmer, verlor aber das Gleichgewicht und fiel rückwärts herunter. Rosi gab ihm Eisbeutel, um seine Beulen zu kühlen.

*Geiler Umsatz*, dachte Rosi. Seit Tagen lungerten so viele Journalisten in ihrer Bar herum, dass sie befreundete Barbetreiber gebeten hatte, aushilfsweise Barfrauen vorbeizuschicken.

Hunderte Journalisten waren wie die Heuschrecken in Mainz eingefallen und viele davon suchten das Bernsteinzimmer in der Bar „Chez Cherie“. Rosies Bar war so etwas wie der Mainzer Nachrichtenumschlagplatz in Sachen Bernsteinzimmer. Es waren Deutsche, Russen, Amerikaner, Franzosen, Engländer, Polen und sonst welche, aber als Journalisten waren alle gleich.

Wenn in Bosnien Krieg war, dann behaupteten sie, Balkanexperten zu sein, weil sie schon einmal in Kroatien Urlaub gemacht hatten. Wenn 2003 in Afghanistan Krieg war, dann bestiegen sie in Frankfurt ein Flugzeug, blätterten unterwegs im Koran, und wenn sie in Islamabad landeten, dann pappte auf ihrer Stirn ein Etikett mit der Aufschrift „Islamexperte“. Wenn in Mexiko die Schweinegrippe ausbrach, dann waren sie plötzlich Gesundheitsexperten. Jetzt waren sie in Mainz und allesamt Bernsteinzimmerexperten.

Weil viele Journalisten in der Bar verkehrten, waren auch Geheimdienstler da, was oft dasselbe war, weil sich viele

Journalisten ein Zubrot als Geheimdienstinformanten verdienten. Weil getarnte Mitarbeiter vom russischen FSB in Mainz waren, waren auch Leute vom BND da, um die vom FSB zu beschatten. Wenn jemand zum Beispiel eine peinlich genaue und bürokratisch korrekte Spesenqittung für einen Kaffee verlangte, dann wusste Rosie: „Aha, der Herr Reporter schafft fer de BND."

Und dazu kamen noch die ganzen Wichtigtuer, Schatzsucher und Spinner, die seit Neuestem die Stadt unsicher machten. Jedenfalls stellte der Mainzer Hotel- und Gaststättenverband erfreut fest, dass alle Gästebetten ausgebucht, und die Kneipen voll waren. Das Bernsteinzimmer war überall Gesprächsthema Nummer eins; vom vornehmen Italiener in der Augustinerstraße bis zur „Quellwies" in Mombach. Pfiffige Mainzer entdeckten ungeahnte Verdienstmöglichkeiten, und gaben für einen „Fuffi" Tipps, weil Schatzgräber und Journalisten mit Geld um sich warfen. Deshalb musste die Mainzer Polizei unzählige Überstunden leisten. Idioten, bewaffnet mit Metallsuchgeräten, Spitzhacken und Wünschelruten, stöberten nachts durch die Stadt, hoben Löcher aus, drangen in die Kanalisation ein, knackten alte Bunkertüren und brachen die kilometerlangen, zugemauerten Festungsgänge der Stadt auf. Denkmalschützer Ruppi persönlich verteidigte die Eingänge auf der Zitadelle und verprügelte dabei einen Dollbohrer mit dem Knüppel. Weil die Zustände unhaltbar wurden, hatte man heute Mittag 500 Bereitschaftspolizisten angefordert.

„Sieh dir das an!", rief der Kokser vom SCHPIEGEL und zeigte auf den Bildschirm seines Laptops.

„Wassolldassein?" , lallte der Trinker vom SCHTERN.

Auf dem Bildschirm sah man eine wütende Menschenmenge, die vor der deutschen Botschaft in Moskau demonstrierte.

„Rechnung! Spesenqittung! Sofort!", verlangte er und klappte seinen Laptop zu.

„Abber sischer", sagte Rosie.

Er zahlte und verließ grußlos die Bar.

„Arrogandes Arschloch", sagte Rosie gut gelaunt.

## Moskau, Kreml, 9 Uhr morgens

„Unglaublich“, staunte Pudding.

Seit in Mainz auch noch die beiden Bernsteinköpfe aufgetaucht waren, gab es in der russischen Medienlandschaft kein Halten mehr. In Radio- und Fernsehnachrichten, in den Zeitungen, in den neuen Medien, überall sah, las und hörte man nur noch: Bernsteinzimmer, Bernsteinzimmer, Bernsteinzimmer.

Der neue Fund bestätigte nochmals die alte russische Meinung, dass das Bernsteinzimmer irgendwo im Westen versteckt wurde. Und die Töne wurden immer schriller. Neben tatsächlichen und selbsternannten Experten, die schon immer das Ding in Deutschland vermutet hatten, marschierte auch die russische Rechte auf. Irgendwelche „weißen Wölfe“ organisierten martialische Aufmärsche und hielten Brandreden. Dabei schoben sie sogar uralte ordenbehängte Veteranen des Großen Vaterländischen Krieges im Rollstuhl vor sich her. Von dieser Stimmung getrieben, wurden auch die Töne vernünftiger russischer Politiker immer lauter. Je lauter sie wurden, desto höher stiegen ihre Werte in diesen bescheuerten Meinungsumfragen. Sie mussten mit der Welle mitschwimmen.

„Wie ist die Lage in Mainz?“, fragte Pudding seinen Geheimdienstreferenten.

„Die Provinzhauptstadt ist völlig überfordert. Journalisten aus der ganzen Welt rennen da rum und nerven alle Eingeborenen. Die Hotelpreise steigen. Gerüchte jagen durch die Stadt. Die Polizei hat Verstärkung angefordert, um Schatzgräber im Zaum zu halten.“

„Sehr schön“, sagte Pudding. „Jetzt gießen wir noch ein bisschen Öl ins Bernsteinfeuer und warten darauf, dass dieser komische deutsche Außenminister etwas Dummes sagt. Dann haben wir eine deutsch-russische Krise, und der Gaspreis steigt auch wieder ein bisschen.“

## Mainz, 10 Uhr

Mittelstädt wollte Lainer Raub ins Polizeipräsidium kommen lassen, um ihn über den toten Soldaten zu befragen. Aber Raubs Anwalt erkärte, dass sein Mandant zu krank dafür sei. Nach telefonischer Anmeldung könne der Kommissar aber zu Raub kommen, wenn sein angegriffener Gesundheitszustand das zulasse.

*Du Arschloch*, dachte der Kommissar, vereinbarte mit dem Anwalt einen Termin und besuchte Raub zu Hause.

Raub hockte in seinem Wohnzimmer und spielte den Kranken. Wie immer trug er seinem berühmten giftgelben Pullunder. Neben Raub saß sein Anwalt, der stadtbekannte „Ölprinz". Der hieß so, weil er seine wenigen Haare mit unglaublich viel Haargel verklebte, um die Glatze zuzudecken. Er war der Haus- und Hofanwalt der Mainzer Handkäsmafia.

Kommissar: „Mein Beileid wegen ihrem verstorbenen Vater."

Raub: „Jaja, schon gut."

„Stimmt es, dass Sie Ihr Elternhaus an die Wohnklau verkauft und gleichzeitig als Geschäftsführer der Wohnklau den Kauf veranlasst und abgesegnet haben?"

„Mein Mandant", dozierte der Anwalt, „wird diese Frage nicht beantworten. Erstens war dieser Hausverkauf nicht illegal, weil der Hausverkäufer und der Hauskäufer zwei juristisch getrennte Personen waren. Zweitens ist dieses absolut legale Immobiliengeschäft nicht Gegenstand ihrer Ermittlungen."

„Herr Raub, was wissen Sie über den toten Soldaten im Keller ihres Elternhauses?"

Raub: „Nix!"

„Der Soldat gilt seit März 1945 als vermisst. Nach unserer Schätzung wurde er nach dem 10. und vor dem 22. März in den Brunnen geworfen. Wissen Sie, ob damals Ihr Vater oder andere Familienangehörige in diesem Haus gewohnt haben?"

Raub: „Glaube isch nischt. Isch weiß, dass das Haus damals unbewohnbar war, weil es am 27. Februar bei einem Bombenangriff ausbrannte, wobei meine Großeltern umgekommen sind. Das

Schterbedatum schteht auf dem Grabschtein. Können Sie auf dem Haupfriedhof nachprüfen."

Anwalt: „Wahrscheinlich war es unbewohnt, weil Ausgebombte ja meistens auf das Land evakuiert wurden. In dieser Zeit kann irgendjemand den Soldaten getötet und einbetoniert haben."

„Hat Ihr Vater gewusst, dass im Keller eine einbetonierte Leiche lag?"

„Wenn er das gewusst und mir erzählt hätte, dann hätte isch wohl kaum das Haus abreißen lassen. Auf diese Art von Schlagzeilen kann isch gerne verzischten! Es geht schließlisch um meinen Ruf!"

„Was hat Ihr Vater im Krieg gemacht?"

„Er war Soldat, hat aber kaum was erzählt, und isch hab ihn nischt gefragt. Isch weiß nur, dass er zuerst in Russland war und danach in Frankreich. Dort hat er 1944 seinen Fuss verloren. Deshalb kam er vor Kriegsende nach Hause."

„Besitzen Sie zufällig noch das Soldbuch von Ihrem Vater? Dann könnten wir nachvollziehen, wann und wo er eingesetzt war."

„Nein. Isch hab sein Soldbuch niemals gesehen."

„Wissen Sie, ob er als Soldat in Leningrad oder Dijon war?"

„Nein. Isch weiß nur, dass er mal vor Moskau verwundet wurde und später in Bordeaux schtationiert war."

„Hat er jemals etwas über das Bernsteinzimmer erzählt?"

„Nein!"

„Über französisches Kirchensilber?"

„Nein!"

„Haben Sie eine Idee, wie Teile des Bernsteinzimmers und das französische Kirchensilber in Ihr Elternhaus gekommen sind?"

„Nein, nischt direkt. Isch weiß aber, dass er nach dem Krieg Geschäfte gemacht hat, um zu überleben. Er hat Schmuck und Antiquitäten in Kommision genommen und an die Amis verkauft. Vielleicht hat er ein paar besonders schöne Schtücke für sich behalten, er war ja Goldschmied. Vielleicht hat er sisch auch nischt getraut das Zeug weiterzuverkaufen, weil es heiße Ware war."

„Das könnte eine Erklärung für die Bernsteinmosaike und das Kirchensilber sein. Das ist aber keine Erklärung für den merkwürdigen Zufall, dass der tote Soldat auch Teile des Bernsteinzimmers mit sich trug."

Raub zuckte mit den Achseln.

„Haben Sie als Kind, vielleicht beim Spielen im Keller, zufällig die Bernsteinmosaike und das Kirchensilber gesehen?"

„Nein. Isch habe überhaupt nischt gewusst, dass da ein Gang hinter der Kommode war. Hat mir nie jemand gesagt."

„Lebt noch jemand aus ihrer Familie, oder sonst jemand, der über diese Zeit in diesem Haus etwas genaues weiß?"

„Nur meine Mutter."

„Kann ich Ihre Mutter besuchen?"

„Sie lebt nischt in Mainz. Sie hat sisch 1955 von meinem Vater scheiden lassen und ist dann weggezogen. Seitdem habe isch auch keinen Kontakt mehr zu ihr. Sie hat aber diesen Brief geschickt."

Raub gab dem Kommissar ein geöffnetes Kuvert. Mittelstedt zog einen handgeschriebenen Brief heraus und las.

*Mein Name ist Emma Schmidt. Ich wurde am 11.03.1922 in Königsberg geboren. Von 1945 bis zu meiner Scheidung 1955 war ich mit dem Mainzer Goldschmied Friedrich Raub verheiratet. Seitdem hatte ich weder Kontakt zu meinem Exmann noch zu unserem Sohn Lainer Raub. Nach der Scheidung habe ich wieder meinen Mädchennamen Schmidt angenommen.*

*Im Januar 1945 bin ich aus Königsberg nach Westen geflohen. Dort wurde ich nach wochenlanger Irrfahrt bei einer Familie in Mombach einquartiert. Mit den Leuten habe ich mich nicht gut verstanden, weil die mich als „Hergelaufene" beschimpft haben, die gefälligst dahin gehe solle, wo sie hergekommen sei.*

*Im April habe ich in Mainz den Goldschmied Raub kennengelernt. Er lebte im Keller seines ausgebombten Hauses. Als ich ihn dort besuchte, war der Brunnen schon zubetoniert. Ich habe nicht gewusst, dass in dem Brunnen ein Toter lag, bis ich das neulich in der Zeitung gelesen habe. Ich weiß auch nicht, wie Raub zu den im Keller gefundenen Kunstschätzen gekommen ist. Er hat damals Geschäfte mit den Amerikanern gemacht, um zu überleben.*

*Alle haben damals irgendwelche Geschäfte gemacht, um zu überleben. Es waren schwere Zeiten.*

*Das ist alles, was ich weiß. Ich bitte Sie, von persönlichen Besuchen und Befragungen Abstand zu nehmen, weil ich 88 Jahre alt und seit meinem Oberschenkelbruch gesundheitlich schwer angeschlagen bin.*

*Mit freundlichen Grüßen, Emma Schmidt*

„Wann wurden Sie geboren, Herr Raub?"

„Im November 1945."

Der Kommissar rechnete neun Monate zurück. „Wenn ihre Eltern sich im April kennengelernt haben und Sie im November geboren wurden, dann waren sie anscheinend eine Frühgeburt?"

„Isch kann misch nischt mehr genau daran erinnern", sagte Raub. Der Ölprinz grinste schmierig, weil sein Mandant einen Witz gemacht hatte.

*Das geht mir hier alles zu glatt*, dachte Mittelstädt. *Ich muss die Angaben zur Person von Emma Schmidt überprüfen lassen.* „Darf ich den Brief kopieren?"

„Schon erledigt" sagte der Anwalt und gab ihm eine Kopie.

„Danke Herr Raub, Danke Herr Ölprinz. Das war alles fürs Erste. Gute Besserung."

Als der Kommissar weg war, schickte Raub seinen Anwalt fort und dachte nach. Er hatte nicht gelogen, er hatte nur nicht alles gesagt.

Sein Vater hatte oft und viel vom Krieg erzählt, meistens wenn er „die Heef" hatte. Raub wusste, dass sein Vater das Bernsteinzimmer in Leningrad erobert und später in Königsberg besichtigt hatte. Er wusste auch, dass er einen Kumpel aus Königsberg hatte, der ihm vor Moskau das Leben gerettet hatte. Der tote Soldat im Keller hieß Kaiser und kam aus Königsberg!

Vor allem hatte sich sein Vater komisch benommen. Auch als er schon sehr wohlhabend war, blieb er immer in der alten Bruchbude in der Gaustrasse wohnen. Und er ließ niemanden allein in den

Keller. Nie! Noch nicht einmal den Heizungsinstallateur oder den Stromableser. Als er dann alt und tüttelig wurde, übertrug er seinem Sohn den gesamten Besitz. Und er hatte getobt wie ein Wahnsinniger, als er erfuhr, dass das alte Haus an die Wohnklau verkauft und abgerissen wurde. Raub hatte sich nichts dabei gedacht und das Verhalten der Altersdemenz zugeschoben. Aber das musste man ja nicht der Polizei erzählen.

„Isch hab ganz andere Sorgen", murmelte Raub und bereitete sich auf seinen nächsten Prozesstag vor. Der Anwalt hatte ihm ein paar Unterlagen mitgebracht. Diesmal ging es darum, dass der Ex-geschäftsführer private Ausgaben über die Wohnklau abgerechnet hatte. „Kinkerlitzjer", brummte Raub verächtlich. „Dess mache mir in Meenz schon immer so!" Allerdings hoffte er, dass nicht herauskam, wie viele „Arbeitsessen" auf Kosten der Wohnklau er und seine Freunde in der Mainzer „Bar zur Hölle" verbraten hatten. Das würde seiner Ehefrau ganz und gar nicht gefallen.

## Alarm! Die Franzgickel komme!

„Kann isch bitte reserwieren Simmär für die offisiell Delegassion aus Dischon?", fragte die französische Stimme aus dem Telefon an der Rezeptin des Hilton-Hotels.

„Nä", plärrte der Mainzer Hotelangestellte in den Hörer. „Mir sinn ausgebucht. Alles voll mit Russe!"

Sie versuchte es woanders.

„Wui!", sagte der Chef vom Hotel Stadt Koblenz in der Rheinstraße. „Ä Einzelzimmer hab isch noch. Musste abber Gas gebbe, Madamm. Hier in Meenz iss de Deiwel los."

„Wie sollen wir acht Personen in eine Einzelsimmär schlafän?"

„Ei, da müsst ihr halt zusammerutsche!"

„Mon dieu", stöhnte der schöne Pierre. Die Mainzer nannten ihren Klischeefranzosen „de schee Bier". Er betrieb in der Altstadt ein nettes Weinlokal. Normalerweise sagte er immer solche Sätze wie: „Les femmes sont fous. Isch sag dir, alle Frauen sind verrückt nach mir!“ Jetzt hatte er alle Hände voll zu tun. Seine Kneipe war plötzlich voll mit Landsleuten.

Und die Meenzer sagten: „Die Franzgickel komme!“

In Frankreich hatte man den deutsch-russischen Trubel um das Bernsteinzimmer anfangs mit Belustigung beobachtet. Das änderte sich aber sofort, als in der Mainzer Gaustraße Kirchensilber aus der Partnerstadt Dijon auftauchte. Die Leiterin des Diözesanmuseums flog nach Mainz, um die gefundenen mit den damals verschwundenen Kunstgegenständen abzugleichen. Ein Bataillon französischer Reporter marschierte nach Mainz. Eine Delegation aus der Partnerstadt Dijon kam geflogen und besuchte die Ausgrabung in der Gaustraße. Nobby und Grieser kamen mit und droschen Phrasen über die deutsch-französische Freundschaft. Der Bischof von Dijon kam auch und pilgerte gemeinsam mit dem deutschen Kardinal in die Gaustraße. „Onkel Karl“ war froh, endlich etwas anderes zu hören, als die 2000 Jahre alte Diskussion um sexuellen Missbrauch in der Kirche. Da kam auch der rheinland-pfälzische Landesfürst mit, weil er das Mainzer Bernsteinzimmer zur persönlichen Chefsache erklärt hatte.

Als aber der russische Botschafter die Mainzer Baustelle besuchte, geriet auch der französische Staatspräsident in Wallung. Er war ja nicht nur genauso groß wie Napoleon, sondern hatte auch ein genauso großes Selbstbewusstsein. Deshalb schickte er nicht nur den französischen Botschafter, sondern auch gleich den Außenminister dazu nach Mainz.

Der Grabungsleiter in der Gaustraße wurde sauer. Wann sollte er irgendetwas ausgraben, wenn er dauernd Pressekonferenzen geben und alle Arbeiten einstellen musste, weil er wichtige Persönlichkeiten über die Baustelle führen musste?

Der SOKO Bernstein ging es ähnlich. Wie sollte man in diesem Affenzirkus ermitteln? Mittelstädt versuchte die Angaben von Emma Schmidt zu überprüfen. Das dauerte, weil er auch eine Anfrage beim Roten Kreuz stellte. Er wollte keine 88jährige Frau belästigen, bevor er sich nicht sicher über das war, was er sie fragen sollte.

„Wie?", lachte Schtolz. „So dicke Arme, unn schon müd?"

Wie die meisten Bodybuilder war Franky zu körperlicher Arbeit denkbar ungeeignet. Zuerst sollte er große Steine aus dem Schutthaufen herausglauben und auf einen Haufen werfen. Da bekam er aber Rückenschmerzen, weil er sich jedes Mal bücken musste und die Steine unterschiedlich groß, schwer und schlecht zu greifen waren. Völlig anders als die Gewichte im Studio!

„Dann schepp halt!", befahl Schtolz.

Jetzt sollte Franky mit der Schaufel den von großen Steinen befreiten Schutthaufen auf Schubkarren schippen, die zur Siebestation gefahren wurden. Dabei bekam er Blasen an den Händen, Druckstellen auf dem zarten Oberschenkel vom Schaufelstiel und tierische Schulterschmerzen, wenn er die Last hochwuchtete

„Iss der depp?", fragte Schtolz, als er das Elend sah.

Franky rammte ohne Gefühl die Schaufel in den Haufen, traf auf Steine, riss die lachhaft beladene Schippe hoch, und das Kinderhäufchen Dreck flog am Schubkarren vorbei. Dabei schnaufte er wie Herbert Dickmilch, obwohl der 50 Jahre älter war. Vor allem schlug er dermaßen wild mit der Schaufel um sich, dass um ihn herum alle in Deckung gehen mussten.

„Dess iss en Amodiriger", sagte Schtolz mitleidig und kommandierte Franky zur Entsorgungsstation. Aufgabe: die gesiebte, in Schubkarren geschaufelte Erde über einen angelegten Diel hochfahren und in einen Container kippen.

„Isch kann nit mehr hingucke!", tobte Schtolz.

Franky schob den ersten Schubkarren langsam nach vorne, um mit dem Rad das schmale Brett zu treffen. Das traf er zwar, hatte aber zu wenig Schwung. Er kam einen Meter hoch, wurde vom dem Gewicht zurückgedrückt, und fiel mitsamt Schubkarren in den Dreck. Beim zweiten Versuch nahm er mit voller Wucht Anlauf, drückte den Schubkarren das Brett hoch und hatte oben immer noch soviel Schwung, dass er mitsamt Schubkarren in den Container fiel. Beim dritten Versuch ging er den Mittelweg. Er nahm mittelmäßigen Anlauf und kam bis kurz vor den Container. Dann rutschte aber das Schubkarrenrad vom Brett, Franky stürzte ab und verstauchte sich den Knöchel.

„Dess halt isch im Kopp nit aus!“, sagte Schtolz und kommandierte den Bodybuilder zum Sieben ab. Jemand kippte Erde auf ein Sieb, ein anderer hielt den Wasserschlauch darüber, und Franky sollte archäologische Kostbarkeiten aus dem Schlamm pulen. Dazu war er brauchbar.

In der Hoffnung, kleinste Teile des großen Bernsteinzimmers zu finden, wurde der Schutthaufen, den der Baggerfahrer beim Abriss aufgetürmt hatte, sorgfältig gesiebt. Und der Schutt, den man schon auf eine Deponie gefahren hatte, wurde von einer anderen Arbeitsgruppe auf der Deponie gesiebt. Um diesen Aufwand zu treiben, gab es drei Gründe. Erstens hatten die Mainzer zwar 2000 Jahre Geschichte, aber einen legendären Ruf in Bezug auf die sinnlose Verschleuderung ihrer archäologischen Schätze. Was sollte man auch von einer Stadt halten, die ihren Isistempel im Keller eines Kaufhauses versteckte? Zweitens litten Mainzer Archäologen unter dem „Deponie-Trauma“. Vor Jahren war auf einer Mainzer Baustelle ein römisches Prunkschwert zutage gefördert, aber auf eine Mülldeponie nach Erbenheim befördert worden. Dort fand es ein hessischer Hobby-Historiker. Deshalb liegt das Ding in einem hessischen Privat-Safe anstatt im RGZM. Drittens kam der politische Druck dazu, das Bernsteinzimmer finden zu müssen. Der Grabungsleiter bekam Magengeschwüre bei dem Gedanken an das ganze Geld, das hier in der Gaustraße verschwendet wurde. Mit diesem Geld hätte man 50 sinnvolle Ausgrabungen finanzieren können. Und dauernd rief die Staatskanzlei an: „Haben Sie neue Funde?“

Auch der Grabungshelfer wurde dauernd genervt. „Frängie, hoste schon was gefunne?“, fragte Karl Napp. „Die Handkäsmafia sitzt mir im Genick!“

Franky: „Mit tut alles weh. Ich glaub, ich geh heut einen saufen.“

„Dät isch aach gern“, jammerte Karl, „abber isch bekomm Besuch, den isch nit leide kann.“

## Familientreffen

„Schlimmer als wie Fassenacht!“, maulte Annemarie, genannt Annemie. Eigentlich wollte sie nur zum HL in die Augustinerstrasse. Aber es war unmöglich. Tausend Menschen rannten wie aufgeregte Hühner durch die enge Straße. Bernsteinzimmertouristen aus aller Welt, Schatzgräber, Dollbohrer, Wichtigtuer und Spinner. Einer tappte sogar mit einer Wünschelrute durch die Gasse. Am schlimmsten waren Journalisten, die gnadenlos alten Menschen den Weg verstellten: „Was halten Sie vom Bernsteinzimmer? Waren Sie bei Kriegsende 1945 in Mainz? Haben Sie damals irgend gesehen oder gehört?“

„Aff!“, zischte Annemie, um zehn Meter weiter von einer Reporterin belästigt zu werden. „Glauben Sie, dass das Bernsteinzimmer in den zugemauerten Festungsgängen von Mainz ...?“

„Doll Dunsel!“ , maulte Annemie und ging weiter.

Kurz vorm HL lag ein Fernsehteam auf der Lauer. Der geschniegelte und gepuderte TV-Reporter hielt Annemie ungefragt ein Mikrofon unter die Nase. „Hallo! Wir sind ...“

„Bist du depp?“, fragte ihn Annemie und wollte weitergehen. Der Depp verstand aber kein Mainzerisch, stellte sich in den Weg und babbelte weiter. Da verlor Annemie die Nerven. Sie schlug ihm ihren Gehstock auf den Kopf und verschwand im HL. Als sie herauskam, war der Fernsehfritz immer noch da. Jetzt faselte er etwas von Anzeige wegen Körperletzung.

„Soll isch dir noch änie gebbe?“, fragte Annemie kampflustig.

Da kam ihr ein Passant zu Hilfe: „Lass die alt Fraa in Ruh, odder isch haach der uff die Fratz!“

Kopfschüttelnd zuckelte Annemie weiter. Sie hatte im HL kleine Geschenke für ihre Urenkel gekauft. Heute war nämlich großes Familientreffen im Hause Napp.

„Ei Guude, Annemie. Nimm dir en Schtück Quetschekuche.“

Annemie setzte sich, aß Pflaumenkuchen, und fragte ihre Schwiegertochter: „Wo issen de Dollbohrer?“

Erna: „De Kall hockt im Keller unn sucht es Bernschteinzimmer."

Annemie Napp nannte ihren Sohn grundsätzlich nur „de Dollbohrer". Zum Ausgleich nannte er seine Mutter „die alt Beißzang".

Annemie: „Von mir aus kann der ruhisch im Keller bleibe."

Erna: „Den hol isch jetzt! Die Marburscher komme gleisch."

Karl Napp saß im Kellerbüro und stöhnte gequält. Er dachte an seinen Sohn Karl-Heinz Napp-Mahlzahn und seine Schwiegertochter Monika-Ellen Napp-Mahlzahn. An seine verzogene Enkelin Gwendolin-Virginia Napp-Mahlzahn und ihren kleinen Bruder, den Rotzlöffel Jean-Baptist Napp-Mahlzahn. Alle zusammen waren eine vierfache Geißel Gottes, die einmal im Jahr von Marburg nach Mainz fuhren, obwohl sie hier niemand sehen wollte.

Erna stampfte energisch in den Keller und riss die Bürotür auf. „Kall! Doi Mudder iss schon da, de Rest kommt aach gleisch!"

„Isch will die Bagaasch nit sehe!", maulte Karl.

„Isch aach nit! In zeh Minudde biste obbe, odder es gibt Krach!", befahl Erna Napp und knallte die Bürotür zu.

Karl trank noch einen Sauergespritzten, um seine Nerven zu beruhigen. Dann schleppte er sich - wie Jesus am Hügel Golgatha - langsam nach oben in die Wohnung. „Isch kennt kotze", knurrte Karl. Sein Sohn Karl-Heinz war der langweiligste Mensch, den Karl jemals in seinem Leben kennengelernt hatte. Als Funktionär bei den Marburger Grünen wollte der allen Menschen den Spaß am Leben verbieten, zum Beispiel das Rauchen. Beruflich war er Deutschlehrer an einer Marburger Gesamtschule. Seine Spezialität war es, jungen Referendarinnen schwierige Klassen aufs Auge zu drücken, während er sich die einfachen rauspickte. Schwiegertochter Moni war Sozialpädagogin. Aus ihrem Mund purzelten pausenlos sozialpädagogische Worthülsen. Oder sie erzählte von ihren Töpferkursen und Trommelseminaren. Die beiden Kinder waren völlig Banane. Um ihre Eltern zu ärgern, hatte Gwendolin-Virginia saumäßige Schulnoten und interessierte sich ausschließlich für Prada und Gucci. Und der kleine Jean-Baptist war ein verzogener Rotzlöffel von geradezu terroristischen Ausmaßen.

„Guude!“, maulte Karl und fläzte sich an den Wohnzimmertisch. Als er feststellte, dass Erna aus Rücksicht auf den Marburger Besuch vegetarisch gekocht hatte, stand er wieder auf und schmierte sich ein fettes Wurstbrot. Monika-Ellen Napp-Mahlzahn erzählte von ihrer neuesten Macke: Sie war jetzt fanatisches Mitglied in einem esoterischen Tai-Chi-Kurs mit bewusstseinserweiterndem Brimborium. Weil Karl das Blechgelaber nicht mehr ertragen konnte, schilderte er beim Essen seine dramatische Hämorridenoperation. „Unn dann kommt die depp Scheffärztin, unn bohrt mir middem Finger im Bobbes rum ...“

Moni und Karl-Heinz verzogen angewidert das Gesicht und dachten beide: *Du ordinäres Arschloch.*

„Was gibt's dann Neues in Marbursch?“, fragte Erna ihren Sohn.

Karl-Heinz erzählte stolz, dass er seinen Nachbarn angezeigt habe, weil der beim Auto reparieren einen halben Liter Altöl in den Gully gekippt hatte.

Karl: „Prost! Da gradulier isch abber. Son Kalfaktor hätt isch aach gern als Nachbar.“

Der Antialkoholiker Karl-Heinz ignorierte die Bemerkung und erzählte, dass seine Fraktion jetzt ein totales Rauchverbot durchsetzen wolle, um die Menschheit zu retten.

„Ä Mann muss rauche, damit er huste kann“, meinte Karl, steckte sich eine Zigarre an, und hustete laut.

Gwendolin-Virginia lümmelte desinteressiert am Tisch, lackierte sich die Fingernägel, simste und blätterte in einer Modezeitschrift.

Erna: „Gwenni, was willste dann mache, wenn dess middem Abidur nix wird?“

„Ich werd Fleischereifachverkäuferin!“, sagte Gwenni, um ihre Mutter zu ärgern.

Karl grinste. Uroma Annemie meinte todernst. „Dess issen scheene Beruf, Kind. Da hoste immer genuch zu fresse.“

Die Vegetarierin Monika-Ellen Napp-Mahlzahn bekam einen wutroten Kopf. Sie war sowieso sauer auf ihre Tochter, weil die neulich wegen Komasaufen in der Marburger Uniklinik gelandet war. Moni wechselte das Thema. Sie erzählte, dass sie den kleinen Jean-Baptist in einer Schule für Hochbegabte unterbringen wolle.

„So schlau sieht der Borsch gar nit aus“, wunderte sich Karl.

„Schtimmt“, sagte Uroma Napp. „De Schang kann ja noch nit emal guuden Daach saache.“

Jean-Baptist, der kleine Terrorist, raste die ganze Zeit nervös im Wohnzimmer herum, und spielte hektisch ein völlig bescheuertes Spiel namens „Snake II“ auf seinem Kinderhandy.

Karl: „Jaja. Mit Kombjuder kenne die all erummache, abber kään Naachel in die Wand schlaache.“

Erna: „Als ob du Hutsimpel en Naachel in die Wand klobbe kennst! Dess muss ja immer isch mache!“

Annemie gickelte: „Es Karlsche war schon immer depp.“

*Du alt Beißzang!,* dachte Karl und schenkte sich wütend nach. Annemie hatte ein paar „Likörscher“ gepichelt und wurde redselig. Wie immer hatte sie drei Erzählzeiten: „Vorm Kriesch, im Kriesch, korz nachem Kriesch.“ Am liebsten erzählte sie Kamellen aus Karls Kindheit, der am 27.02.1945 in einem Luftschutzkeller geboren wurde. „So iss der Hutsimpel uff die Welt komme!“

Karl rülpste und ging pinkeln.

Moni, empört: „Jetzt hat er ganz alleine einen ganzen Liter Weißwein getrunken! Und er provoziert mich die ganze Zeit!“

Erna: „Annemie, willste noch ä Likörsche?“

Annemie trank ein Gläschen und erzählte vom Bernsteinzimmertrubel in der Augustinerstraße: „Da hab isch dem Aff vom Fernseh grad moin Gehschtock übbers bleede Herrn gezooche!“

Moni war empört und betroffen über diese verbale Mainzer Agressivität in Verbindung mit latenter physischer Gewaltbereitschaft. „Jean-Baptist ist erst sechs Jahre alt!“, warnte sie.

„Uuuarrggggghhh!“, brüllte Jean-Baptist. Genau in diesem Moment drehte er durch und bekam einen Tobsuchtsanfall. Weil er in seinem bescheuerten Elektro-Spiel nicht die volle Punktzahl erreichte, zertrümmerte er das Ding auf dem Boden, trampelte darauf herum, heulte, brüllte und schrie wie am Spieß.

„Hot der Bangert was an de Erbs?“, fragte Annemie.

Karl-Heinz wollte seinen Sohn beruhigen, aber Jean-Baptist boxte seinem Papa in die Eier. Karl-Heinz krümmte sich am Boden.
Uroma: „Dem Rotzbangert dät isch jetzt uff die Fratz haache!"
Oma Erna dachte das Gleiche, sagte aber nichts. Opa Karl ging in den Keller. Er musste dringend Wein holen und brüllend lachen.
Um die Situation zu überspielen, fragte Erna: „Saach emol, Annemie! Weest du, dass es Arschkrätzje geschtorb iss?"
„Die Doodesanzeisch hab isch gelese", sagte Annemie.
„Der hot mittem Karl zusamme im Krangehaus geleesche."
Annemie: „Isch dät aach lieber schterbe, als middem Karlsche zusamme im Krangehaus uff ääner Schtubb zu liesche!"
Aber dann erzählte sie: „Isch hab 1946 ä paar Monat in de Gaugass gekocht unn gebutzt. Da hot mer die Sau an de Arsch gegriffe. Isch hab dem änie gewaffelt unn bin gange. Abber soi erst Fraa, dess war ä nett Meedsche. Die iss aus Ostpreuße komme."
*Die sinn jo als noch da,* dachte Karl genervt, als er wieder ins Wohnzimmer kam. Karl überlegte fieberhaft, wie er einen zünftigen Familienstreit anfangen sollte, damit die Marburger Saubande fluchtartig nach Wiesbaden fahren konnte.
Aber da kam unerwartete Verstärkung. Es klingelte, Erna drückte auf den Türöffner und plötzlich stand eine junge Frau in der Tür.
„Überraschung!", rief sie fröhlich.
Sie trug knallrote Boxerstiefel unter dem Minirock, darüber eine schwarze Lederjacke, und oben grün gefärbte Rastalocken.
„Dess glaab isch nit!", schrie Karl hocherfreut. Seine Tochter aus Berlin war gekommen. Petra Napp umarmte Mutter und Oma, küsste Karls Glatze, grüßte mit wenig Begeisterung die Marburger, und inspizierte die Küche: „Vegetarischer Nudelkram? Gibt's hier nix Anständiges zu mampfen?"
„Dess iss moi Blut!", sagte Karl stolz. Im Gegensatz zu seinem langweiligen Sohn Karl-Heinz, dem „Trockebrötsche", liebte er seine Tochter. Leider sah er sie nur alle Jubeljahre. Sie lebte in Berlin, wo sie 35 Semester Politik, Soziologie und Gottweißwas ohne Abschluss studiert hatte.

Moni und Karl-Heinz sahen missbilligend zu, wie Petra Wurstbrote mampfte, Weinschorle soff und anschließend die Luft mit selbstgedrehten Zigaretten verpestete. Sie war Kettenraucherin.

Der kleine Jean-Baptist starrte Petra wie ein Wesen aus einer anderen Welt an: „Bist du Tante Petra?“

„Wenn du mich noch einmal Tante nennst, dann schmeiß ich dich ins Kloo! Seh ich aus wie eine Tante? Lebt man in Marburg noch im 19. Jahrhundert?“

„Was machst du denn jetzt so?“, fragte Studienrat Karl-Heinz.

„Bin frisch verliebt“, schwärmte Petra. „Einfach saugeil.“

„Beruflich, meine ich.“

„Ich betreibe mit meiner Freundin einen Sex-Shop für Frauen und muss auf eine Fachmesse nach Stuttgart. Da hab ich mir gedacht: Mach einfach Pause im goldische Meenz.“

„Subber!“, freute sich Karl. „Mir zwää geh'n heut ääner saufe!“ Dann ließ er sich erklären, was für Sex-Krempel Petra verkaufte. Moni und Karl-Heinz zogen lange Gesichter.

„Wir haben sogar umweltfreundliche Bio-Dildos“, erklärte Petra feixend. „Die musst du vorher wie eine Uhr aufziehen und dann wuselt das Ding eine halbe Stunde in der Muschi herum.“

„Huah!“, grölte Karl begeistert. „Biodildos. Dess musste dir vorschtelle! Biodildos! Huah!“

Gwendolin-Virginia meinte: „Voll biologisch korrekt. Mit ökologischem Umweltzertifikat. Das wär doch was für dich, Mama.“

Moni fand das nicht lustig. Karl-Heinz auch nicht. „Also wir müssen jetzt weiter“, verkündete Karl-Heinz. „Wir wollen ja noch meine Schwiegermutter in Wiesbaden besuchen.“

„Atschee“, sagte Karl. „Saach em Finsche scheene Grüß.“

Petra: „Ist es schlimm, dass ich die Langweiler vertrieben hab?“

„Nä“, sagte Erna. „Mir sinn mir all froh, dass die Trockebretscher widder fort sinn.“

Zuerst gingen Vater und Tochter in die „Bar jeder Sicht“, weil da Karaokeabend war, danach ins „Chapeau Claque“. Zu Hause pinkelte Karl lallend in den Vorgarten. „Kennste schon die Schtolte aussem zwädde Schtock?“

„Nee."
„Bass acht!", kicherte Karl und klingelte Sturm. Prompt öffnete im zweiten Stock ein Fenster. Gleichzeitig ergoss sich ein keifender Wortschwall über die Häupter der Betrunkenen.
„Guude!", grölte Karl hoch. „Isch hab de Schlissel vergesse unn wollt die Erna nit wecke. Mach die Hausdür uff!"
„Das ist ja wohl die Höhe!", keifte die Mieterin Marianne Schtolte. „Es ist drei Uhr dreißig! Das ist ja wohl ..."
„Babbel nit so viel unn mach die Hausdür uff!"
„Ich rufe jetzt die Polizei!"
„Nicht nötig", kicherte Petra und klimperte mit Karls Schlüssel. „Grad eben hab ich den Schlüssel gefunden."
Mittags fuhr Petra weiter nach Stuttgart. Karl wollte sich wieder hinlegen. Aber Erna scheuchte ihn hoch. Gnadenlos startete sie das Unterehmen Bade- statt Bernsteinzimmer.

## SOKO Bernstein, 11 Uhr

„Scheff", sagte der Assistent. „Du sollst ..."
„Lass mich in Ruhe, ich muss nachdenken."
Mittelstädt dachte nach. Dabei war es einfacher, wenn man den ganzen Bernstein- und Kirchenplunder wegließ. Fritz Raub war als Soldat in Russland und Frankreich. Wegen Verwundung kam er füher nach Hause, lebte womöglich im März 1945 in seinem ausgebrannten Haus in der Gaustraße.
Jedenfalls wurde zwischen dem 10. und dem 22. März 1945 der Soldat Jacob Kaiser aus Königsberg im Kellerbrunnen dieses Hauses einbetoniert. Warum war Kaiser nach Mainz in die Gaustraße gekommen? Kannten sich Kaiser und Raub? Waren sie vorher zusammen in einer Einheit? War Kaiser vielleicht desertiert und wollte sich einfach bei Raub verstecken?
„Scheff, du sollst sofort ..."
„Jetzt nicht!", zischte Mittelstädt.

Blieb noch Emma Schmidt. Mittelstädt hatte noch einmal mit Raub telefoniert. Der hatte ihm daraufhin widerwillig sein Familienstammbuch gefaxt und Mittelstädt seinen Assistenten durch die Stadt gejagt. Er sollte alte Einwohnermeldelisten aufspüren.

Mittelstädt verglich die Angaben aus dem Stammbuch mit Emma Schmidts Brief. Die Angaben über Geburtsort und Datum stimmten überein. Dann bekam er Ergebnisse einer weiteren Suchanfrage beim Roten Kreuz. Emmas gesamte Familie war seit 1945 vermisst. Die Eltern in Königsberg, eine Schwester Rose in Köln.

Zum Familienstand des toten Kaiser hatte das Rote Kreuz keine Angaben gehabt. Aber Rose, geborene Schmidt, war verheiratet gewesen. Und jetzt wurde dem Kommissar klar, dass Emma Schmidt in ihrem Brief die Unwahrheit geschrieben hatte. Sie musste Kaiser gekannt haben, weil ...

Da brüllte der Assistent durch das Büro: „Scheff! Du sollst schnell in die Gaugass! Die habbe schon widder was gefunne!"

„Warum sagst du das nicht gleich!", maulte Mittelstädt.

## Mainz, Gaustraße, 12 Uhr: Neue sensationelle Funde!

Der Kommissar bahnte sich mühsam den Weg durch die Gaffer. Jeden Tag wurden es mehr. Er zeigte den beiden Polizisten am Eingang seinen Ausweis und betrat die Baustelle. Angeblich war etwas Neues gefunden worden. Archäologen, Grabungstechniker und Helfer rannten aufgeregt durcheinander. Da klingelte sein Handy. „Nicht schon wieder!", fluchte Mittelstädt, als er die Nummer im Display sah.

„Mittelstädt!", kam die Stimme des Mainzer Polizeipräsidenten aus dem Handy. „In der Gaustraße sind neue Teile des Bernsteinzimmers gefunden worden!"

„Da wissen Sie mehr als ich", sagte Mittelstädt ruhig.

„Wo sind Sie denn?", fragte der Mainzer Oberpolizist aufgeregt.

„In der Gaustraße, auf der Baustelle."

„Und? Was ist denn gefunden worden?!"

„Weiß ich noch nicht. Solange ich mit Ihnen telefoniere, kann ich mich nicht informieren."

„Ah so", schnaufte es enttäuscht aus dem Handy.

„Darf ich jetzt weiterarbeiten?", fragte Mittelstädt.

„Mittelstädt! Ist Ihnen überhaupt klar, dass die ganze Welt auf die Mainzer SOKO Bernstein focussiert ist? Wir müssen das Schicksal des Bernsteinzimmers aufklären! Haben Sie mich verstanden?"

„Völlig klar", brummelte Mittelstädt. Wenn er etwas nicht mochte, dann Schwätzer, die irgendwas „focussierten". Da konnte er sich auch das Gebabbel von Fußballern in der Sportschau anhören.

„Mittelstädt! Brauchen Sie mehr Personal für die SOKO Bernstein? Oder sonstige Unterstützung? Das ist alles kein Problem!"

„Nein. Ich will nur meine Ruhe, damit ich arbeiten kann."

„Mittelstädt! Die Medien und die Politik sitzen mir im Nacken! Ich stehe unter Druck! Die ganze Welt richtet den Focus auf das Mainzer Bernsteinzimmer! Halten Sie mich auf dem Laufenden!"

„Du mich auch!", murmelte Mittelstädt, als er aufgelegt hatte.

Dann sprach er mit dem Grabungsleiter. Von wegen Bernsteinzimmer. Man war dabei, den Kellerboden rund um den Brunnen aufzugraben und hatte festgestellt, dass unter dem Kellerboden noch viel mehr Kellerböden lagen. Etwa zwei Meter tiefer kam etwas Wunderschönes zum Vorschein. Aus kleinen bunten Steinen zusammengesetzt, ergab sich ein großes Bild mit Menschen und Tieren. Helfer säuberten die Oberfläche, kratzten Dreck ab und gossen Wasser darüber, damit Farben und Figuren schön glänzten.

„Was ist das?", fragte der Kommissar.

„Das ist ein römisches Fußbodenmosaik", erklärte der Grabungsleiter begeistert. „Dem Stil nach zu urteilen, aus dem zweiten Jahrhundert nach Christus."

„Und was bedeutet das?"

„Dieses Fußbodenmosaik ist noch besser gearbeitet als das berühmte Orpheusmosaik aus der Mainzer Badergasse. Das ist eine archäologische Sensation!"

„Da gratuliere ich aber", sagte Mittelstädt und ließ sich erklären, dass es früher in Mainz niemanden interessierte, wenn er beim

Brunnenbau römische Fußbodenmosaike durchbrach und zerstörte. „Alles andere hätte mich von den Mainzern auch enttäuscht“, sagte Mittelstädt gut gelaunt und schlenderte über die Baustelle.

Er blieb stehen, als ihm ein junger schlanker Mann mit hässlichen Modetätowierungen auf dicken Oberarmen auffiel. Der junge Mann bewegte sich auffällig ungeschickt bei der Arbeit, fast wie ein Bodybuilder, der sich als Grabungshelfer tarnte. Mittelstädt kannte den Mann aus dem Fitness-Center MC-Fit. Er bekämpfte dort immer seine Rückenschmerzen, während der junge Mann stundenlang vor dem Spiegel posierte und mit Kumpels quatschte. Vom unfreiwilligen Zuhören wusste der Kommissar auch, dass der Bursche für den Mainzer Privatdetektiv Karl Napp arbeitete. Warum arbeitete ein Privatdetektiv freiwillig als unbezahlter Grabungshelfer? Hier war etwas faul. Mittelstädt ging er zu den Kollegen, die auf der Baustelle Posten standen.

„Ei Guude, Middelschtädt“, sagte der altgediente Mainzer Streifenpolizist und ging zum Toilettenwagen.

„Wie geht's?“, fragte er die junge Polizistin.

„Ganz interessant hier“, sagte sie. „Mal was anderes.“

Als der alte Polizist ausser Hörweite war, fragte Mittelstädt: „Ist Ihnen hier irgendwas Merkwürdiges aufgefallen?“

„Ja“, sagte die Polizistin wütend. „Mir ist aufgefallen, dass ich hier nachts Überstunden schieben muss, um Raubgräber am Betreten der Baustelle zu hindern. Aber wenn sich herausstellt, dass die Raubgräber Exkollegen sind, dann werden sie laufen gelassen! Aber ich sag nix, weil ich keinen Ärger mit meinen Mainzer Kollegen haben will. Sonst muss ich immer komische Schichten schieben!“

„Wenn Sie mir den Raubgräber beschreiben, zieh ich ihm das Fell über die Ohren, ohne dass Sie Ärger mit den Kollegen bekommen! Versprochen!“

„Es waren zwei ältere Knalltüten. Einer klein und dick, der andere groß und dick. Beide sprachen Dialekt und ...“

„Das reicht! Ich danke Ihnen für die Information.“

„Napp!“, brüllte Erna ins Telefon.

„Angenehm, Mittelstädt. Kommissar Mittelstädt, Kripo Mainz. Frau Napp, ist Ihr Mann zuhause?“

„Was hot dann der Hutsimpel widder angeschtellt?“

„Es gibt zwei Möglichkeiten. Entweder ich schreibe jetzt eine offizielle Vorladung, oder er kommt gleich freiwillig morgen früh Punkt acht Uhr zu mir ins Büro. Seinen Kumpel Dickmilch soll er auch mitbringen.Was ist Ihnen lieber?“

„Der Dollbohrer kommt morsche früh uff de Bolizei, odder der lernt misch kenne!“

„Danke, Frau Napp“, sagte er und rief seinen Assistenten an.

„Scheff, was gibt's dann?“

„Hast du mit Binger Hansi über unseren Fall gesprochen?“

„Isch?“, fragte der Assistent.

„Hör auf, mich zu verarschen! Ich weiß, dass Du, Binger Hansi und die Exkollegen Karl Napp und Herbert Dickmilch alle im gleichen Kegelklub seid. Alle vier Kegelbrüder morgen früh um acht bei mir antreten. Ende der Durchsage!“

## Mainz, 17 Uhr: aktuelle Stunde im Landtag

„Das Wort hat der Parteivorsitzende ... , Herr Doktor Balldrauf.“

„Um Goddes Wille!“, seufzten alle Parlamentarier. Einige stopften sich Petersilie in die Ohren, andere verliessen gleich den Saal.

„Was - meine sehr verehrten Damen und Herren - was hat die rheinland-pfälzische Landesregierung in Sachen Bernsteinzimmer bisher getan? Nichts hat sie getan. Wir von der ... Partei Deutschlands fordern hiermit ... Inkompetenz ... blabla.“

Die Abgeordneten gähnten, simsten, lasen Akten durch oder unterhielten sich flüsternd mit ihren Nachbarn über Fußball.

Der Mann am Rednerpult war berüchtigt dafür, zu jedem politischen Modethema, von dem er keine Ahnung hatte, seinen Salbader abzulassen. Dabei war es völlig wurscht, ob es um Feinstaubbelastung oder Schweinegrippe ging. Seine Reden hatten eine derart einschläfernde Wirkung, dass ihm die eigenen Parteifreunde den Spitznamen Doktor Baldrian gegeben hatten. Solange dieser Mann die Opposition führte, konnte man auf der Regierungsbank getrost weiterschnarchen. Eine Zeit lang hatte Baldrian den Ball flach gehalten, weil sein Landesgeschäftsführer ein paar hunderttausend Euro abgezweigt und - unter anderem - in der Mainzer „Bar zur Hölle“ verjubelt hatte. Aber jetzt war Dr. Baldrian wieder da, weil er selbstverständlich auch Bernsteinzimmerexperte war.

„ ... und was tut die Landesregierung, meine Damen und ...?“

Jetzt nahm der Sprecher die Petersilie aus den Ohren und sagte: „Herr Doktor Balldrauf! Sie haben Ihre Redezeit erheblich überschritten!“

Da klatschte der ganze rheinland-pfälzische Landtag Beifall. Der Vertreter der Regierungspartei gab zur Antwort, dass man in Anbetracht der internationalen Bedeutung des Bernsteinzimmers soeben die Ermittlungen der Mainzer Polizei entzogen und dem Landeskriminalamt übertragen habe.

Tatsächlich wurde dem Landesfürsten wegen des Trubels rund um die Gaustraße allmählich mulmig zumute. Da machte es sich besser, wenn er die Ermittlungen eine Etage höher hängte. Aber nicht nur Doktor Baldrian wusste das noch nicht. Die Mainzer SOKO Bernstein sollte diese Neuigkeit als letzte erfahren.

Das nächste Thema der aktuellen Stunde drehte sich um die kriegswichtige Frage, warum der rheinhessische Ort Gau-Odernheim mit dem zeitgleichen Bau von sage und schreibe vier Kreiseln lahmgelegt wurde. Auch zu diesem Thema meldete sich der versierte Verkehrspolitiker Baldrian zu Wort.

„Nicht schon wieder!“, stöhnten die Abgeordneten und flüchteten aus dem Sitzungssaal.

## 19 Uhr: Bade- statt Bernsteinzimmer

„Scheißdreck!“, brüllte Karl Napp durch das Badezimmer, als er sich zum dritten Mal mit dem Hammer auf die Finger gehauen hatte anstatt auf den Meißel. Das kam daher, weil er erstens ungeschickt war und ihm zweitens der Staub die Sicht nahm.

„Auuaah!“, tobte er und warf den Hammer in die Ecke. „Isch hab jetzt die Faxe dick!“, schrie er, und rannte aus dem Erdgeschoss nach oben in seine Wohnung. Aber da wurde er von der Mieterin Marianne Schtolte abgefangen. Wie eine Furie sprang sie ihn an.

„Jetzt reicht's!“, zischte sie ihren Vermieter und Hausmeister an.

„Es ist nach 18 Uhr. Gestern Überschwemmung! Stromausfall! Und jetzt dieser Krach! Das gibt Mietminderung!“

„Mir langt's schon lang, du doll Dunsel!“, brüllte Karl.

„Das gibt eine Anzeige!“

„Rutsch mer de Buckel erunner, du Deppschees!“, brüllte Karl und rannte in seine Wohnung.

„Was kreischste dann so rum, du Hutsimpel?“, fragte Erna.

„Alles doi Schuld!“, plärrte Karl. „Als Rentner unn Hausmooster muss isch hier meh schaffe als wie früher bei de Bolizei!“

Dann rannte er ungeduscht ins Weinhaus Bluhm.

„Dollbohrer“, sagte Erna achselzuckend. „Wenn der Mann ämol im Lebe was schaffe soll, dann iss abber de Deibel los.“

Im Bluhm hockten Wolfgang und die üblichen Verdächtigen am runden Tisch. Karl quetschte sich dazu.

„Ei Guude Karl“, grinste Wirt Roland. „Buddelste grad es Bernschteinzimmer aus?“

„Nä!“, zischte Karl wütend. „Isch muss de Erna ihr scheiß Badezimmer in die Reih schaffe!“

Nach dem zweiten Sauergespritzen wischte sich Karl den Staub aus dem Gesicht, zeigte theatralisch seine Fingerverletzung und erzählte die dramatische Geschichte von Ernas Badezimmer.

Im Erdgeschoss waren Mieter ausgezogen. Hausbesitzerin Erna wollte die Gelegenheit nutzen, um das alte Badezimmer aus den sechziger Jahren zu renovieren. Aber die Handwerker bauten nur Scheiße. Eigentlich sollten sie die neuen Fliesen einfach auf die alten drüberkleben, weil das am einfachsten war und am wenigsten Dreck machte. Aber das klappte nicht. Erna tobte. Deshalb sollten sie die alten Fliesen ohne Mehrpreis vorsichtig abklopfen. Stattdessen kamen zwei Krawallbrüder von einer Sub-Sub-Firma mit elektrischen Bohrhämmern und zerstörten das halbe Haus. Zuerst trafen sie die Wasserleitung und produzierten eine schöne Überschwemmung. Dann warfen sie Fliesen in den Container im Hinterhof, trafen aber nicht den Container, sondern zerstörten dabei Kellerfenster. Und dann fiel der Strom aus, vermutlich, weil das ausgelaufene Wasser eine schadhafte alte Stromleitung traf. Hausmeister Karl Napp konnte den Kurzschluss nicht reparieren. Erna musste einen Profielektriker kommen lassen. Der Profielektriker konnte den Kurzschluss aber nicht beheben, weil in dem Altbau schon dutzende Elektriker wie Karl Napp herumgepfuscht hatten. Die Mieter tobten wegen Wasserschaden und Stromausfall. Am allermeisten tobte der völlig bescheuerte Restaurantkritiker Dr. Heribert Schtolte aus dem zweiten Stock. Bei Baulärm und Stromausfall könne er in seiner Wohnung am Computer keine Restaurantkritiken schreiben.

Erna Napp: „Ei, dann schreib doi bleede Kridige mit Kuli! Braucht doch sowieso kä Mensch. Isch brauch doch kä Restaurantkridiger, um zu wisse, ob mir ebbes schmeckt odder nit!“

„Unn isch muss jetzt Fliese abklobbe!“, empörte sich Karl im Bluhm. „Als Hausbesitzer biste immer es Arschloch!“

Und Erna erzählte: „De Kall iss sogar zu bleed, um alde Plättcher abzuklobbe! Wie will dann der Hutsimpel ess Bernschteinzimmer finde? Außerdem hot er schon widder ä Vorladung bei de Bolizei!“

## Valenciaplatz, 8 Uhr: SOKO Bernsteinzimmer

Binger Hansi krümmte sich wie ein Wurm. „Herr Kommissar. Isch bin extra herkomme, obwohl heut vormiddaach frei hab.“

„Das will ich Ihnen auch geraten haben! „Wenn Sie noch einmal, auch nur ein einziges Mal dienstliche Angelegenheiten an ihre Kegelbrüder Napp und Dickmilch ausplaudern, dann lasse ich Sie in die hinterste Hocheifel versetzen! Verstanden!!“

„Abber isch hab doch nur ...“

„Raus!!“, brüllte der Kommissar.

Als nächstes marschierten die beiden Hutsimpel herein.

„Ah! Indiana Jones und Heinrich Schliemann!“

„Guude“, krähte Karl Napp mit einer Fahne. „Die Erna hot gesaacht, dass mir komme solle.“

„Derf isch rauche?“, fragte Herbert Dickmilch.

„Ja“, sagte der Kommissar. „Draußen! Sie können wieder gehen und unten auf den Kollegen Schliemann warten!“

„Hä?“, fragte Herbert begriffsstutzig.

„De Herr Kommissar meint, dass de unne uff misch warte sollst“, half Karl Napp.

„Freschheit!“, murmelte Herbert, ging nach draußen und zündete sich eine Zigarre an. „Erst losst er misch komme, unn dann schickt er misch raus wie son Schulbub!“

Kommissar: „Was hatten Sie mit Pickel, Spaten und Metallsuchgerät nachts auf der Baustelle in der Gaustraße verloren?“

„Ei, dess war so. De Herbert unn isch ...“

„Napp, ich warne Sie! Ich habe Zeugen. Wenn sie mir Unfug erzählen, zeige ich Sie wegen Hausfriedensbruch und Raubgräberei an. Dann ist die Lizenz als Privatdetektiv weg! Den Polizisten, der sie laufengelassen hat, zeige ich wegen Strafvereitelung im Amt an. Und Kegelbruder Hansi wegen Verletzung des Dienstgeheimnisses. Wollen Sie Ihre alten Kollegen in die Pfanne hauen?“

„Wer? Isch?“, fragte Karl empört.

„Die Wahrheit, oder ich zeige euch alle an!“

„Also gut. Isch hab aldes Kirschesilber, unn es Bernschteinzimmer gesucht.“

„Wieso Kirchensilber? Woher haben Sie vorher schon gewusst, dass später Kirchensilber gefunden wird? Sind Sie Hellseher?“

„Isch hab dess gewusst, weil ich mit em Arschkrätzje zusamme im Krangehaus uff ääner Schtubb geleesche hab. Der hot dauernd gekrische: Den schmeiße mer in de Brunne unn mache Bedong drübber! Dess Kerschesilber behalde mir! Dess Bernschteinzimmer verkaafe mir! Dann isser geschtorbe, unn isch ...“

Der Kommissar hörte ungläubig zu. Wie immer war es schwer, aus Karls Gebabbel die wesentlichen Informationen herauszufiltern. „Halt!“, rief Mittelstädt in Karls Wortschwall. Er telefonierte mit der Verwaltung des Vincenz-Krankenhauses. Und Tatsache: Tagelang lagen der Goldschmied Raub und der Privatdetektiv Karl Napp zusammen auf einem Zimmer.

„Saach isch doch“, meckerte Karl Napp. „Isch bin doch kään Scheißdrecksbabbler!“

„Und warum haben Sie Ihren Mitarbeiter als Grabungshelfer in der Gaustraße eingeschleust?“

„Des hot was mit de Handkäsmafia zu tue“, sagte Karl Napp. „De Handkäsmafia geht die Klammer, weil de Raub die Neubauwohnunge an soi Kumbels fer billisch Geld uff Koste von de Wohnklau verklobbt hot. Deshalb hot misch de Brezelmüller gerufe. De Frängie iss jetzt praktisch moin Schpion uff de Bauschtell im Ufftraach von die Handkäsmafia, alldieweil ...“

„Moment!“, befahl Mittelstädt. Er ließ sich das Geschäft mit Raubs Elternhaus in allen Einzelheiten erklären, die ihm bisher noch unbekannt gewesen waren.

Karl: „Was bassiert dann jetzt mit meiner Lizenz, mittem Binger Hansi, unn dem anner Kolleesch?“

„Wenn Sie mich weiterhin auf dem Laufenden halten, dann vielleicht nichts. Aber auch nur dann!“

Nach Karl Napp war der Assistent an der Reihe. „Eigentlich“, sagte der Kommissar, „wollte ich dich richtig rund machen, weil du mit Binger Hansi geplaudert hast, und der mit Karl Napp. Aber das hat sich erledigt, ich muss dir dankbar sein."

„Scheff, isch glaub, dess hot sisch jetzt alles erledischt."

„Was soll das heißen?"

„Dess do hot mir ebe de Bolizeipräsident gebbe."

Mittelstädt nahm das offizielle Schreiben und las: „Aufgrund der internationalen Dimension, welche durch die neuesten Funde in der Mainzer Gaustrasse eingetreten ist, hat sich das rheinland-pfälzische Innenministerium dazu entschieden, mit sofortiger Wirkung alle weiteren Ermittlungen bezüglich des Bernsteinzimmers dem rheinland-pfälzischen Landeskriminalamt zu übertragen. Der Minister des Inneren dankt allen Mitarbeitern der Mainzer Sonderkommission Bernstein für die bisher geleistete Arbeit."

## 9.30 Uhr: Schwierige Entscheidungen im Hause Napp

Erna brütete: „Wen soll isch dann jetzt nehme? Den Schischtarbeider vun Schott odder den Finanzbeamte?"

Als Vermieterin war Erna ziemlich wählerisch. Schuld daran waren „die Agademiger" im Haus. Der Restaurantkritiker Heribert Schtolte und seine Fernsehschnepfe Marianne gingen Erna Napp „schwer uff die Makron". Deshalb hatte Erna geschworen, nie mehr Akademiker als Mieter zu akzeptieren.

„Soll isch den Finanzamtheini nehme?", fragte Erna. „Der bekommt immer Gehalt, unn werd nie arbeitslos."

„Bloß nit", sagte der frühpensionierte Polizeibeamte Karl Napp und behauptete: „Beamte sinn all Schpitzklicker!"

„Also den Schichtarbeider!"

„Dess kann aach schlescht soi, wann Schott widder Arbeitsplätz abbaut", gab Karl zu bedenken.

„Du bist mir gar kä Hilf!"

„Nimm doch die do", sagte Karl und deutete auf die Bewerbung einer etwa dreißigjährigen Frau.

„Bist du depp?"

„Dess iss doch ä padent Meedsche“, widersprach Karl.

„Dess padent Meedsche“, sagte Erna, „schafft abber als Hur unn sucht ä Wohnung fer mit ihre Freier zu berschte! Mir wär dess egal, abber die Mieder mache dann Uffzüsch!“

„Die Schpießer solle sisch nit so dranschtelle!“, meinte Karl. „Anschtatt uns dauernd mit bleede Mieder rumzuärschere, kennte mir ja äfach Wohnunge an so Fraue vermiede“, schlug Karl vor. „Da kannste die doppelt unn dreifach Miet nehme. Unn isch mach de Zimmerserwiss. Frische Handtüscher ausdeile unn so.“

Erna: „Du willst aus moim Haus en Puff mache? Du host was an de Erbs, Karl!“

Karl: „War ja bloß en Vorschlaach.“

„Also wass? Den Schischtarbeider odder den Finanzbeamte?“

„Dess musst du wisse. Isch bin bloß de Hausmooster.“

Erna: „Vor allem bist du mir gar kä Hilf!“

Drei Minuten Schweigen. Erna überlegte. Karl bohrte in der Nase.

Erna: „Jetzt hab isch’s! Doi Mudder soll hier oiziehe! Die Annemie kann sowieso nit mehr lang allein wohne.“

Karl: „Dann zieh isch aus! Isch will nit mit der alt Beißzang zusamme im gleische Haus wohne!“

Erna: „Dess iss moi Haus! Wer in moim Haus wohnt, dess beschtimm isch! Unn nit de Hausmooster!“

„Abber Erna! Dess gibt jeden Daach Mord unn Dotschlaach!“

Erna: „Babbel nit so bleed. Die kommt nachher sowieso. Da fraach isch es Annemie äfach. Die kommt zum Middaachesse!“

„Kommt die schun widder?“

„Jaaa! Un da kannste gleisch emol fraache, wie dess war, als se 1946 beim Goldschmied Arschkrätzje geschafft hot.“

„Was hot die??“, fragte Karl aufgeregt. „Warum wääß isch dess nit?“

Erna: „Weil de immer nur Scheißdreck babbelst, unn nie zuhörst, du Hutsimpel!“

## 10 Uhr: Das Ende der SOKO Bernstein

Mittelstädt sortierte die Unterlagen der SOKO Bernstein. Neben ihm stand schon der Mann vom Landeskriminalamt. Er war Anfang 40, trug einen Bürstenhaarschnitt, stand wichtig herum und sagte plötzlich: „Das Mainzer Bernsteinzimmer ist inzwischen eine hochpolitische Angelegenheit von internationalen Dimensionen, die ausser Kontrolle geraten sind!“

*Du Schlaumerker*, dachte Mittelstädt und fragte: „Mit wieviel Mann werden Sie an dem Fall arbeiten?“

„Darf ich nicht sagen. Aber dieser Fall war von Anfang an zu groß für die Mainzer Polizei, allein schon wegen der ungeheuerlichen historischen Dimension des Bernsteinzimmers.“

*Blablabla,* dachte Mittelstädt und fragte: „Haben Sie auch Dolmetscher in ihrem Team?“

„Wozu Dolmetscher?“

„Um die Aussagen von Mainzern ins Deutsche zu übersetzen.“

Der LKA-Mann überlegte angestrengt, ob der Kommissar einen Witz gemacht hatte. „Wie lange brauchen Sie noch?“, blaffte er.

„Bis heute abend haben sie alle Unterlagen.“

Mittelstädt hatte einen halben Tag gewonnen, um seinen Fall an das LKA zu übergeben. Zuerst ging er zu dem Psychologen, der immer für die Mainzer Polizei arbeitete. „Du bist mir noch einen Gefallen schuldig. Ich brauche ein Gutachten! Ich will eine alte Frau davor bewahren, von Polizisten und Journalisten in die Mangel genommen zu werden. Es geht um eine alte, unappetitliche Familiengeschichte.“

„Das ist nobel von dir, aber trotzdem Urkundenfälschung!“

„Und du betrügst seit Jahren die Krankenkassen, um dein hässliches Protzboot im Winterhafen bezahlen zu können.“

„Wann brauchst Du das Gutachten?“

„Jetzt!“

„Gut“, sagte der Gutachter, nagelte schnell das Gutachten in dreifacher Ausfertigung zusammen und trug das gewünschte Datum ein.

## 11 Uhr: Wiesbaden, Seniorenresidenz Caligula

„Gut", murmelte die Frau, die sich seit 65 Jahren Emma nannte. Sie war fertig mit ihren Erinnerungen. Geholfen hatten dabei ihr gutes Gedächtnis und die Tagebücher, die sie schon als junges Mädchen geführt hatte. Es tat gut, die Wahrheit aufzuschreiben. Sie ging noch einmal alles durch, prüfte sorfältig, ob ein Außenstehender, Jahrzehnte jüngerer Leser verstehen konnte, was geschehen war. Zum Schluss überarbeitete sie noch einmal das Schlimmste: Kaisers Tod. Sie hatte ja unmittelbar vor seinem Ende heimlich mitgehört, wie er seine Flucht nach Mainz schilderte.

*... Als die Amerikaner die untere und mittlere Mosel überschritten, brach auch hier die Front zusammen. Fluchtartig zogen sich die deutschen Truppen über den Hunsrück Richtung Rhein zurück.*

*Auf diesen Tag hatte Kaiser gewartet. Er warf die Gasmaske weg. Deserteure brauchen keine Gasmasken. Er steckte eine Flasche Schnaps in den blechernen Gasmaskenbehälter. Schnaps konnte man immer gebrauchen. Damit die Glasflasche nicht zerbrach, wickelte er sie dick mit Wehrmachtszeitungen ein. Seine geliebten Bernsteinbrocken stopfte er auch in den Gasmaskenbehälter. „Los jetzt! Wir fahren zu Raub nach Mainz!"*

*Der dicke Feldwebel schwitzte vor Angst, tat aber, was ihm sein Obergefreiter befahl. Er trug das Datum 15.3.1945 in den gefälschten Kurierauftrag ein, den sie sich aufgehoben hatten. Sie sollten Ersatzteile aus einem Mainzer Depot holen. Das war ihr Vorwand, um sich in bei Raub zu verstecken, bis der Irrsinn vorbei war. „Hoffentlich geht das gut", murmelte der Feldwebel.*

*„Hosenscheißer", sagte Kaiser und schob den dicken Feldwebel in den Beiwagen. Dann setzte er sich auf die BMW und fuhr los. Sie kamen nicht weit. Die schmalen Hunsrückstraßen waren ver-stopft mit flüchtenden Wehrmachtskolonnen. Amerikanische Flie-ger beschossen die Straßen von 8 bis 19 Uhr, solange war es hell Mitte März. Kaiser verließ die Straße, raste über Feldwege und Äcker nach Osten. Wenn sie steckenblieben, musste der dicke Feldwebel*

*aussteigen, schieben und weiter. Trotzdem fuhr er hinter einer Kurve auf einem Feldweg in eine Sperre.*

*„Halt!“, rief ein Soldat. Er hatte den Auftrag, alle nichtverwundeten Soldaten anzuhalten.*

*Der Feldwebel fing an, herumzustottern, fummelte seinen Kurierauftrag aus der Uniformtasche und hielt dem Posten den Wisch unter die Nase. Der Soldat fing an, den Kurierbefehl zu lesen.*

*„Können wir jetzt weiter?“, fragte der nervöse Feldwebel.*

*Der Posten wurde unsicher und wollte seinen Vorgesetzten rufen. Da trat ihm Kaiser in die Eier, gab Gas und bretterte weiter. Bis sich der Posten aufgerappelt und sein Gewehr entsichert hatte, war das Motorrad um die Kurve verschwunden. Ein paar Kilometer weiter hielt Kaiser in einem Waldstück an, weil er pinkeln musste.*

*„Wenn die uns erschießen“, jammerte der Feldwebel.*

*„Dann sind wir tot!“, zischte Kaiser. „Reiß dich am Riemen!“*

*Bei Thalfang war Schluss. Es wurde dunkel. Kaiser konnte das Motorrad gerade noch zum stehen bringen. Obwohl er durch einen Waldweg fuhr, lag ein Baumstamm quer. Kaiser wollte gerade um den Stamm herumfahren, als ihm eine Taschenlampe ins Gesicht leuchtete. Die Taschenlampe gehörte zu einem Buben mit Brille und Uniform. Neben dem Brillengesicht stand einer mit einer Maschinenpistole im Anschlag.*

*„Na, wo wollen wir denn hin?“, fragte der Unteroffizier mit der Maschinenpistole.*

*Kaiser: „Nach Mainz ins Depot. Wichtiger Kurierauftrag.“*

*„Herzeigen!“*

*Der Feldwebel nestelte nervös in seiner Brustttasche herum, bis er merkte, dass er vorhin in der Aufregung den Zettel mit dem Kurierbefehl verloren hatte.*

*„Soso“, sagte der Unteroffizier. „Den Kurierauftrag verloren.“*

*Der dicke Feldwebel stotterte herum.*

*Der Unteroffizier lud die Waffe durch und brüllte: „Absteigen! Aber dalli!“ ...*

**Mainz, 12 Uhr: Geschichte „im und korz nachem Kriesch".**

„Annemie", sagte Erna zu ihrer Schwiegermutter. „Mir suche neue Mieder fer die Wohnung im Erdgeschoss. Willste oiziehe?"

Annemie zeigte mit dem Gehstock auf ihren Sohn. „Mit dem Dollbohrer will isch nit im gleische Haus wohne!"

„Uff", stöhnte Karl. Ihm fiel ein Stein vom Herzen. „Was annerst. Du host früher emol beim Arschkrätzje geschafft?"

„Dess hab isch doch erst neulisch gesaacht! Biste verkalkt?"

Karl: „Da war isch grad im Keller Woi hole!"

„Dess war korz nachem Kriesch, 1946. Mir hadde nix zu beisse, abber es Arschkrätzje hot schon Häuser gebaut, weil er mit de Amis Geschäfte gemacht hot. Sellemols hot mer gemunkelt, dass er irschendwas Großes gedreht hot. War ja nit normal, in dene Zeide."

*Der hot es Bernschteinzimmer verkaaf!*, dachte Karl.

„Isch hab in dem soim Haus in de Gaugass gebutzt unn gekocht. Mit seiner Fraa hab isch misch gut verschtanne. Die war aus Könischsbersch. Badent Meedsche, die Emma. Nach ä paar Monat hot mer es Arschkrätzje an de Bobbes gegriffe. Da hab isch dem uff die Fratz gehaache unn bin ab. Soi Fraa hot sisch 1955 von dem Hurebock scheide lasse, unn iss fortgezooche."

„Wann iss dann die Emma nach Meenz komme?"

„Die war schon beim Arschkrätzje im Keller, noch bevor die Amis komme sinn. Hab dess gesehe, weil isch in de Nachbarschaft gehaust hab. Aach im Keller, weil obenaus alles ausgebrennt war. Nur hadde mir kään Dode im Keller, haha."

Somit war Karl klar, dass Raub und seine Frau im Keller gelebt hatten, als Kaiser umgebracht und im Brunnen einbetoniert wurde.

Karl: „Wie hot die Emma mit Meedschename geheisse?"

„Weeß isch nit. Die habbe ja schunn, gleisch nachdem die Amis komme sinn, geheirat. Abber dess war komisch. Zuerst hat se, isch weeß nit mehr wie, geheiße, unn erst nach de Hochzeit Emma."

Als Annemie weg war, sagte Erna: „So lang host du noch nie mit deiner Mudder gebabbelt, ohne dass es Krach gebbe hot!"

## Seniorenresidenz Caligula, 12 Uhr

*... Der Unteroffizier lud die Waffe durch und brüllte: „Absteigen! Aber dalli!“*

*„Du Arschloch!“, zischte Kaiser den Feldwebel an, als sie im Schein der Taschenlampe mit ihren kleinen Feldspaten große Löcher graben mussten.*

*„Was soll das werden?“, fragte der Feldwebel schwitzend.*

*„Das ist der Hunsrückhöhenriegel“, sagte der Junge mit der Brille. „Hier halten wir die Amis auf!“*

*„Das Motorrad ist beschlagnahmt!“, brüllte der Unteroffizier Er fuhr das Motorrad in Deckung und steckte den Schlüssel ein.*

*Dann tauchte auch noch ein Leutnant auf. Der hielt einen Vortrag über „Feiglinge“. Kaiser sagte nichts und hob sein Loch aus. Jeder kleine Wehrmachtsleutnant hatte das Standrecht, das heißt, er konnte „Drückeberger“ einfach erschießen lassen. Also hielt Kaiser sein Maul und grub ein Loch, das so tief war, dass er sich hinein-stellen konnte. Das war ein Schützenloch. Als er damit fertig war, befahl der Leutnant, die Schützenlöcher zu einem Schützengraben auszubauen. Also rissen Kaiser, der Feldwebel, die Brillenschlange und der Unteroffizier die Zwischenwände zwischen den Löchern ein, bis sie einen Graben gebuddelt hatten. Dann musste der Leut-nant weg. Dauernd wurden fliehende Soldaten eingefangen, denen er befahl, Löcher zu graben. Kaiser stellte sich in den Graben und legte sein Gewehr auf den Rand. In der Hosentasche hatte er den Ersatzschlüssel für das Motorrad.*

*Der „Hunsrückhöhenriegel“ rund um das Dorf Thalfang war ein Hirngespinst, erfunden im Stabsquartier der 7. Deutschen Armee, einquartiert im Bunker vor dem Kurhaus in Bad Kreuznach. Dort hatte man inzwischen den Überblick über die Lage verloren. Die Amerikaner stießen schneller nach Osten vor, als die deutschen Soldaten vor ihnen fliehen konnten.*

*„Was machen wir jetzt?“, jammerte der Feldwebel leise.*

*„Du hältst das Maul und tust, was ich sage“, flüsterte Kaiser.*

*Als die Amerikaner die Stellungen rings um Thalfang beschossen, rammte Kaiser dem Unteroffizier neben ihm den Gewehrkolben ins Gesicht. Der Feldwebel stieß den Rekruten um, riss ihm die Brille vom Gesicht und trat sie kaputt. Beide sprangen aus dem Graben zum Motorrad. Kaiser war schneller. Als der Feldwebel in den Seitenwagen einsteigen wollte, war Kaiser schon weg.*

*„Nimm mich mit!", brüllte der Feldwebel und rannte hinterher.*

*Der wütende Unteroffizier krabbelte mit gebrochenem Jochbein aus dem Graben, und erschoss den fliehenden Feldwebel mit seiner Maschinenpistole. Der Rekrut tappte halbblind durch den Wald, um dem Leutnant zu melden, dass man einen Deserteur erschossen habe. Der Leutnant war sauer, weil jetzt das Motorrad weg war, mit dem er vor den Amerikanern fliehen wollte.*

*Der Hunsrückhöhenriegel löste sich kurz danach in Luft auf. Die Soldaten rund um Thalfang rannten Richtung Rhein. Der ganze Hunsrück wimmelte von fliehenden deutschen Soldaten. Tausende ließen sich einfach gefangen nehmen, sobald amerikanischen Truppen auftauchten. Einzelne Einheiten versuchten zu kämpfen, obwohl Zivilisten weiße Fahnen hissten. Wenn deutsche Soldaten gegen den Willen der Zivilisten einen Ort verteidigten, schossen die Amerikaner den Ort zusammen.*

*Kaiser wusste nicht, wo noch deutsche Soldaten waren oder die amerikanischen schon standen. Er ließ sich aber von niemandem mehr aufhalten. Seine Heimatstadt Königsberg wurde von den Russen belagert. Seine Frau Rose lebte in Köln, hatte ihm seit Monaten nicht mehr geschrieben. In Mainz aber lebte sein Freund Raub, und dort war auch das Silber, das sie in Frankreich geklaut hatten. Wo hätte er sonst hingehen sollen?*

*Kurz vor Mainz donnerte er im Dunkeln beinahe auf einen Lastwagen. Auf dem Fahrzeug erkannte er rauchende Gestalten mit Helmen. Waren das deutsche Soldaten, die Mainz verteidigen sollten, oder amerikanische, die Mainz erobern wollten?*

*Erst als er direkt dahinter war, erkannte er, dass es sich um einen deutschen Lastwagen handelte. Kaiser blieb mit seinem Motorrad dicht dahinter. Er hatte zu oft erlebt, wie nervöse Soldaten nachts auf eigene Leute schossen. Der Lastwagen gab ihm Deckung. In der Stadt ließ er das Motorrad ausrollen, stellte es ab, und schlich sich zu Fuß weiter. Kaiser versuchte, sich im Dunkeln zu orientieren. 1943 war er gemeinsam mit Raub hier gewesen und noch einmal alleine im Oktober 1944, um das geklaute Kirchensilber bei Mutter Raub in der Gaustraße abzugeben. Aber damals hatte Mainz noch wie eine Stadt ausgesehen. Jetzt war es gespenstisch. Bisweilen lagen die Häusertrümmer in den Straßen so hoch, dass nur noch Trampelpfade darüberführten. Die Bewohner hausten in Kellern und ausgebrannten Wohnungen, die sie mit Holzbrettern, Blech, und Dachpappe notdürftig abgedichtet hatten. Im Morgengrauen versteckte sich Kaiser in einer Ruine. Er wartete den ganzen Tag. Mitten in der Nacht tat es gewaltige Schläge. Aufgeregte Einwohner krochen aus ihren Löchern.*

*„Jetzt habbe se die Rhoibrück kabutt gemach!“, sagten Mainzer unten in der Straße. „Die schee Brück.“*

*Deutsche Pioniere hatten die Brücken über den Rhein gesprengt. Anscheinend hatte das Oberkommando wenig Vertrauen in die „Festung Mainz“.*

*Kaiser wartete den ganzen Tag, bis es wieder dunkel war. Er fror, er war müde, aber er tat kein Auge zu. Manchmal trank er einen Schluck Schnaps. Solange, bis es wieder dunkel wurde.*

*Als er keine Bewegung auf der Staße feststellen konnte, verließ er sein Versteck und schlich weiter. Endlich fand er die Straße mit den Straßenbahnschienen, die berghoch führten. Kaiser wusste nicht, ob es Raubs Haus noch gab, ob Raub tot war oder lebendig, ob er da wohnte, oder evakuiert war. Als er vor dem Haus stand, stellte er fest, dass es nur noch eine ausgebrannte Ruine war ...*

Da sah die alte Frau auf die Uhr. Es war Zeit zum Mittagessen in der Seniorenresidenz Caligula. Sie schob ihre Gehhilfe in die Mensa. Es gab Königsberger Klopse. Sie schmeckten saumäßig. Danach schob sie ihre Gehhilfe zurück, und schrieb weiter.

## Mainz, 14 Uhr: In der blauen Lagune

Mittelstädt stand vor dem Hauseingang mit dem Messingschild: „Detektei Napp & Dickmilch. Eheliche Untreue, Industriespionage weltweit, Nachforschungen aller Art.“ Daneben machten Handwerker im Erdgeschoss einen Höllenlärm.

Dann sah er hoch. Wie immer bei gutem Wetter, thronte die Hausherrin auf dem Balkon über dem Hauseingang, um besser im Blick zu haben, wer wann und warum und wie oft das Haus betrat oder verließ.

„Hallo! Frau Napp! Ist Ihr Mann da?“

Erna brüllte vom Balkon herunter: „Warum? Hatt er schon widder was ausgefresse?!“

Mittelstädt schüttelte den Kopf.

„Die zwää Ochseköpp hocke im Keller unn suche es Bernschteinzimmer.“

Mittelstädt folgte dem Hinweisschild den Flur entlang die Treppe hinunter in den Keller. Es muffelte, als wäre hier vor kurzem eine Überschwemmung gewesen. Dann stand er vor einer Tür mit der Aufschrift „Bürro“. Mittelstädt klopfte. Infernalisches Hundegebell antwortete. Als er die Tür öffnete, wurde er von einem Dackel angefallen und bekam einen Hustenanfall wegen bestialischem Gestank. Es stank nach Hund und billigen Zigarren.

„Rudi, du Sauvieh! Aus!“, brüllte Herbert Dickmilch.

„Ei Guude, Kommissar“, rief Karl Napp.

Mittelstädt versuchte durch den Zigarrennebel zu linsen. Dabei tränten seine Augen. „Können Sie nicht mal das Fenster öffnen?“, fragte er hustend.

„Geht nit“, sagte Karl. „Dess scheiß Fenster klemmt. Willste ä Bier? Odder Woi?“

„Lieber ein Wasser.“

Karl stand auf, ging zum Kühlschrank und meldete: „Wasser iss all all. Hot de Frängie vergesse, oizukaafe.“

Mittelstädt setzte sich in einen alten ausgeleierten Sessel. Auf dem Tisch standen Flaschen. Überall lag Gerümpel herum. Die nikotingelben Wände und die Decke waren mit silbernen Sternen beklebt. Über der Theke stand in großen Buchstaben geschrieben „KARLS BLAUE LAGUNE“. An der Wand gegenüber hing eine zerfledderte Dartscheibe.

„Das war früher moin Pardykeller“, erklärte Karl. „Jetzt isses unser Bürro.“

Herbert: „Iss doch gemütlisch, odder?“

Karl: „Also, was gibt's, Kommissar?“

„Das LKA hat mir den Fall entzogen, ich mache jetzt wieder normalen Dienst.“

„Ui,ui,ui“, sagte Herbert.

„Wie sehen Sie den Fall, Herr Napp?“

„Isch bin mir todsischer, dass es Arschkrätzje den Landser umgeleescht unn oibedoniert hot. Entwedder hot's Krach gebbe weesche dem Kirschesilber odder weesche dem Bernschteinzimmer. Unn beim Bernschteinzimmer hot er aach die Finger drin gehabt.“

„So sehe ich das auch, aber dafür habe ich keine Beweise!“

„Isch aach nit“, meinte Karl. „Mer müsst halt wisse, ob em Arschkrätzje soi erst Fraa noch lebt. Die muss was wisse.“

„Wieso muss die erste Frau von Raub etwas wissen?“

„Weil die von Anfang an, noch bevor die Amis komme sinn, mittem Raub im Keller gehaust hot.“

„Woher wissen Sie das schon wieder?“, fragte Mittelstädt überrascht.

„Von moiner Mudder, der alt Beißzang. Deshalb hab isch ebe aach mittem Arschloch von Meenz dellefoniert. Abber der hot mir gesaacht, dass er nit wisse tät, was fer en Nachname soi Mudder jetzt hätt, unn er wüsst aach nit, wo die jetzt wohnt, unn ob se noch lebt, unn übberhaupt. Außerdem dät misch dess nix angehe. Isch soll nur de Handkäsmafia Bescheid gebbe, wenn in de Gaugass widder was Neues ufftaucht.“

Mittelstädt: „Die Frau lebt noch, und ich weiß, wo sie wohnt!“

## Seniorenresidenz Caligula, 14 Uhr

*... Als Kaiser vor dem Haus stand, stellte er fest, dass es nur noch eine ausgebrannte Ruine war.*

*„Scheiße", zischte Kaiser. Er war seit ewig auf den Beinen, er war hungrig, er fror, und er war ein Deserteur. Er musste essen, schlafen, sich wärmen, sich verstecken. Er schlich zu einem Kellerfenster. Das Fenster war von innen mit Holzbrettern abgedichtet. Aus den Ritzen schimmerte schwaches Licht. Aus dem Fenster daneben ragte ein Ofenrohr, das Abwärme in die Märznacht blies. Kaiser legte das Ohr an die Bretter, hörte aber nichts.*

*Kaiser klopfte. Erst leise und dann energischer. Es dauerte lange, bis hinter der Tür jemand rief: „Wer issen do?"*

*„Raub! Ich bins, Kaiser! Schnell, mach auf!"*

*Raub fiel aus allen Wolken. Er zischte der Frau auf der Matratze etwas zu. Die Frau schnappte hastig Kleider zusammen und floh im Halbdunkel der Karbidlampe in den hinteren Kellerraum. Raub zog sich etwas an und öffnete die Kellertür.*

*„Bist du allein?", fragte Kaiser.*

*„Ja", log Raub und zog seinen Freund herein.*

*„Ich bin abgehauen! Du musst mich verstecken! Ich bin hundemüde! Hast du was zu fressen?"*

*Raub schloss sofort die Tür hinter Kaiser, brachte etwas zu Essen und Wein. Kaiser stopfte das Essen in sich hinein, schüttete Wein herunter und erzählte atemlos von seiner Flucht. Raub erzählte vom Lazarett, dem Tod seiner Eltern, dem Leben im Keller.*

*„Wenn die mich erwischen, erschießen die mich, und du bist mit dran, weil du mich gedeckt hast!"*

*„Mach der kä Gedange. Isch verschteckel disch hier, bis die Amis komme! Isch geb Dir Zuvilklamodde."*

*Kaiser atmete durch. Endlich ließ die Anspannung nach. Wenigstens vorläufig. Aber als Raub die nächste Flasche holte, fing Kaiser wieder an zu denken. Letzten Sommer waren sie auch fluchtartig aus Frankreich geflohen und hatten gedacht, dass der Krieg in ein paar Wochen vorbei wäre. Aber nix war. Im September hatten die*

*Amis kurz vor Trier gestanden und dann Monate gebraucht, um die Stadt zu erobern. Was würde geschehen, wenn es in Mainz ein paar Wochen dauerte? Oder Tage? Wie lange könnte Raub vor seinen Nachbarn einen Deserteur verstecken?*

*„Wo ist unser Kirchensilber?“, fragte Kaiser, um sich abzulenken.*

*„Hinne im annere Keller“, sagte Raub. „In dem alde Gang.“*

*Raub sagte nicht, dass er schon einen Teil Beute eingeschmolzen und als Schmuck verkauft hatte.*

*Kaiser musste pinkeln.*

*„Da schteht de Podeschambre“, sagte Raub, und deutete auf den Nachttopf neben der Matratze.*

*Als Kaiser im Halbdunkel der Karbidlampe in den Nachttopf pinkelte, fiel ihm etwas auf. Raub hatte gesagt, dass er alleine wohne. Warum lagen hier Frauenschuhe- und strümpfe?*

*Kaiser schnappte den Frauenschuh: „Raub! Wenn das Mädchen öfter kommt, dann kann ich mich hier nicht verstecken!“*

*Raub log: „Dess iss e Meenzer Meedsche, die saacht nix!“*

*„Dess iss kää Meenzer Meedsche“, brüllte Kaiser. „Das sind die französischen Schuhe, die ich meiner Frau 1943 zum Hochzeitstag geschenkt habe!“*

*Kaiser schnappte die Karbitlampe, ging zum Bett, schlug die Decke hoch und entdeckte viele dunkle Flecken auf dem Überzug.*

*„Du Sau!“, brüllte Kaiser und stürzte sich auf seinen Freund. Der einbeinige Raub hatte nicht den Hauch einer Chance gegen den StraßenschlägerKaiser. In einer Sekunde hatte ihn Kaiser am Hals gepackt, den Kopf gegen Raubs Nase, und das Knie in den Magen gerammt. Dann krallte er Raubs Kehlkopf mit der linken Hand fest, und mit der rechten Hand klatschte er immer wieder Raubs Kopf gegen die Kellerwand. Das alles geschah mit rasender Wucht und unglaublicher Geschwindigkeit ...*

Die alte Frau machte eine Pause, weil sie sich aufregte. Auch nach 65 Jahren. Ob das jemals vorbeiging?

## 14.30 Uhr: Blaue Lagune

„Angenomme, die alt Fraa saacht uns, wer den Soldat gekillt hot unn wo es Bernschteinzimmer iss. Was bassiert dann?“

„Nix passiert dann“, sagte der Kommissar.

„Wieso nix? Die ganz Welt sucht es Bernschteinzimmer!“

„Ich nicht!“

„Ja abber ...“

„Wenn uns die Frau sagt, wer den Soldaten getötet hat, dann haben wir nach 65 Jahren per Aussage einen Mord geklärt, aber keinen Beweis.“

„Schtimmt“, sagte Karl.

„Und wenn uns die Frau sagt, wohin das Bernsteinzimmer 1945 verschwunden ist, dann haben wir auch keinen Beweis, sondern die Aussage einer 88jährigen Frau.“

„Schtimmt aach widder“, stimmte Karl zu.

„Jedenfalls werde ich, egal, was sie sagt, nichts tun, gar nichts. Ich werde ihre Aussage auch nicht ans LKA oder sonstwohin weiterleiten. Das werde ich höchstens dann tun, wenn sie tot ist. Und auch nur dann, wenn mir das wichtig erscheint.“

„Warum?“

„Was passiert, wenn meine Kollegen eine 88jährige Frau in die Mangel nehmen und dann noch Hunderte Journalisten kommen, die ihr täglich auflauern. Was passiert dann?“

„Dann fallt die Fraa vor Uffreschung dot um.“

„Genau“, sagte der Kommissar.

„Jetzt verschteh isch, was de willst.“

„Uff“, stöhnte der Kommissar. „Das hat ja lange gedauert.“

„Isch bin de Karl.“

„Peter“, sagte Peter Mittelstädt erschöpft und ließ sich in den Sessel sinken. Um 16 Uhr wollte er mit Karl Napp nach Wiesbaden fahren, in die Seniorenresidenz Caligula. Mittelstädt hatte sich entschieden, den Detektiv mitzunehmen. Dafür hatte er einen ganz bestimmten Grund.

## Seniorenresidenz Caligula, 15 Uhr

*.... Das alles geschah mit rasender Wut und unglaublicher Geschwindigkeit.*

*Da stürzte Rose Kaiser aus dem anderen Kellerraum. „Hör auf!!", schrie sie, aber Kaiser hörte nicht auf. Da schnappte sie Kaisers Gewehr und schlug den Gewehrkolben auf den Kopf ihres Ehemannes, um das Leben ihres Liebhabers zu retten.*

*„Schlampe!!", brüllte Kaiser auf, ließ Raub los und wollte sich auf seine Frau stürzten.*

*Rose schlug ihm wieder den Gewehrkolben auf den Kopf.*

*Kaiser brach in die Knie. „Ich bring dich um!", schrie er wirr und versuchte sie zu schnappen.*

*Da schlug ihm Rose wieder auf den Schädel. Und noch einmal. Bis das Blut spritzte und Kaiser keinen Ton mehr von sich gab.*

*Danach lagen alle drei am Boden. Raub kam stöhnend zu sich, Rose hatte einen Weinkrampf, und Kaiser rührte sich nicht mehr. Rose zitterte am ganzen Körper, sie stand unter Schock. Raub hielt sich den dröhnenden Schädel und sagte: „Mer schmeißene in de Brunne unn mache Bedong drübber!"*

*Rose war unfähig, etwas zu sagen oder zu tun.*

*„Mehr müsse schnell mache", sagte Raub, aber er war vorläufig kaum in der Lage, aufzustehen, geschweige denn zu arbeiten. Eine Stunde lagen sie so neben der Leiche. Rose heulte und zitterte pausenlos, Raub plante. „Mir schmeißene in de Brunne unn behalde dess Kirchesilber fer uns", murmelte er immer wieder, bis er sich kräftig genug fühlte.*

*Zuerst nahmen sie die runde Eisenplatte von der Brunnenabdeckung und zogen mehrere Eimer Wasser hoch. Dann warfen sie den toten Kaiser samt Gewehr, Stahlhelm und Galama in den alten Kellerbrunnen. Dann klopften sie mit Hammer und Meißel den Brunnenrand ab. Die abgeschlagenen Steinbrocken und Mörtelreste warfen sie in den Schacht auf den Toten. Dann deckten sie den gemauerten Brunnenrand dreißig Zentimeter unter dem Bodenniveau mit der alten Metallplatte zu.*

*„Jetzt mache mer Bedong!“*

*Nach dem Brand vom 27. Februar hatte sich Raub Zement, Kalk, Sand und Rheinkies besorgt, um den Keller zur Notwohnung auszubauen. Zwei Kellerfenster hatte er zugemauert, damit es nicht überall hineinzog. Am 8. März war Rose Kaiser dazugekommen.*

*Jetzt rührten sie zusammen Beton an. Sie machten guten Beton, Verhältnis eins zu drei. Drei Schippen Rheinkies, eine Schippe Zement, mit Wasser verrühren. Dann kippten sie die Pampe auf die metallene Brunnenabdeckung und zogen den frischen Beton ebenerdig mit dem Fußboden glatt.*

*„Ferdisch!“, sagte Raub und nahm die heulende Rose Kaiser in den Arm. Es war die die Nacht vom 18. auf den 19. März 1945. Am 22. März wurde Mainz von den Amerikanern erobert.*

„Fertig. Jetzt können sie kommen“, murmelte die alte Frau. Um sich zu beruhigen, schob sie ihre Gehhilfe in den Park und setzte sich auf eine Bank. Das Wetter war angenehm warm.

### 16.30 Uhr: Wiesbaden, Seniorenresidenz Caligula

Der Kommissar kam mit einem Blumenstrauß an die Rezeption.

„Guten Tag. Ich heiße Peter Mittelstädt und möchte meine Tante, Frau Emma Schmidt, besuchen. Es ist ein Überraschungsbesuch.“

„Genau“, sagte Karl Napp. „Mir habbe unser Tante Emma schon seit zisch Jahr nit mehr gesehe, unn jetzt ...“

Die Frau an der Rezeption telefonierte, aber Emma Schmidt war nicht auf ihrem Zimmer. „Mittags ist sie gerne im Park.“

Sie gingen in den Park und fragten nach einer Ostpreußin. Dabei hatte Mittelstädt das Gefühl, dass die Altenheimbewohner nicht sehr gut auf diese Frau zu sprechen waren.

„Dess iss die do!“, sagte ein alter Mann und zeigte mit dem Gehstock in eine Richtung. Diedo saß allein auf einer Bank, neben sich die Gehhilfe, auf den Knien eine Zeitung.

„Guten Tag, Frau Schmidt“

Sie sah die beiden Männer an. Sie wirkte gefasst. Vor allem war sie hellwach. „Sind Sie von der Presse?“

„Nein, wir ...“

„Sind Sie vom Landeskriminalamt?“

„Nein“, sagte der Kommissar und zeigte seinen Dienstausweis.

„Wieso Kriminalpolizei Mainz? In der Zeitung stand heute morgen, dass das LKA die Ermittlungen übernommen hat.“

„Wir sind privat hier“, erklärte der Kommissar. „Ich bin ja von den Ermittlungen entbunden worden. Wenn Sie mir die Wahrheit sagen wollen, garantiere ich Ihnen, dass niemand, weder die Presse noch die Polizei, davon erfährt. “

„Ich habe nichts zu sagen. Ich habe einen Brief geschrieben, in dem alles steht, was ich weiß.“

„Ich habe den Brief gelesen. Aber ich glaube, dass sie etwas über den Tod von Jacob Kaiser, und das Bernsteinzimmer wissen. Ich glaube, dass Sie diesen Brief geschrieben haben, um Ihre Ruhe zu haben, was ich verstehen kann.“

„Isch verschteh dess aach“, behauptete Karl Napp.

„Wer sind Sie überhaupt?“

„Isch bin de Bub von de Annemie Napp, die wo 1946 fers Arschkrätzje, äh, de Goldschmied Raub, gebutzt unn gekocht hot.“

„Annemie“, sagte die alte Frau und erinnerte sich. „Mit der hatte ich mich gut verstanden. Lebt sie noch?“

„Unn wie die noch lebt!“

„Ich verstehe, dass Sie ...“ , begann der Kommissar.

„Was wollen Sie schon verstehen?“, fragte die alte Frau spöttisch. „Haben Sie auch alle Angehörigen verloren? Haben Sie schon einmal gehungert? Im feuchten Keller einer ausgebrannten Ruine gehaust? Einen Mann gehabt, der sich wie ein Arschloch benimmt? Einen Sohn, der genauso ist? Sie verstehen gar nichts! Sie kommen mit einem Blumenstrauß daher und denken, die Alte wird schon reden! So geht’s nicht, junger Mann!“

*Die iss wie moi Mudder*, dachte Karl Napp anerkennend. *E rischdisch alt Beißzang*.

„Fühlen Sie sich hier wohl?“, fragte Mittelstädt ruhig.

Die Frau sah ihn wütend an: „Fühlen Sie sich bei Kreppelkaffee und Roberto Blanco wohl?!"

„Wir wissen, dass sie im März 1945, als Kaiser umkam, in Mainz waren. Sie lebten schon mit Raub zusammen in der Gaustraße."

„Woher wollen Sie das wissen?"

„Vun moiner Mudder", sagte Karl Napp.

Die alte Frau zuckte mit den Mundwinkeln. Sie kämpfte mit sich. In dieser Situation half ihr, dass sie jahrelang für Raub Schmuck verkauft und jahrzehntelang im Antiquitätenhandel gearbeitet hatte.

„Was haben Sie denn zu bieten?"

„Ruhe", sagte der Kommissar. „Ich biete ihnen Ruhe vorm LKA und vor Reportern."

„Und wie?"

Er zog ein Schriftstück aus der Tasche. „Hiermit"

Sie nahm ihre Lesebrille und las. Es war ein psychologisches Gutachten, ausgestellt im Auftrag der Kriminalpolizei Mainz. In dem Gutachten stand, dass Frau Emma Schmidt wegen allgemeiner Altersgebrechen sowie „partieller Schübe von Altersdemenz" nicht vernehmungsfähig sei.

„Frechheit!", sagte Emma Schmidt und setzte ihre Lesebrille ab.

„Damit können Sie jeden Polizisten und jeden Reporter abwimmeln. Sie müssen nur ein bisschen schauspielern."

„Und was bieten Sie mir?" , fragte sie den kleinen dicken Mann.

Hausmeister Karl Napp: „Bei uns im Haus iss ä Wohnung frei. Inneschtadt Meenz, Erdgeschoss, ruhische Laache. Ess Bad wird grad rollschtuhlgerescht in die Reih geschafft. Oikaafe unn so kann isch odder moi Fraa, die Erna. Alles garandiert ohne Kreppelkaffee unn Roberto Blanco. Iss dess ä Wort?"

„Ich muss nachdenken", sagte sie. „Ich will jetzt alleine sein!"

Der Kommissar legte den Blumenstrauß in das Körbchen auf ihre Gehhilfe und seine Visitenkarte dazu. Dazu das falsche Gutachten mit dem falschen Datum und seine Notizen. Dann gingen sie.

„Meenste, dass die anruft?"

„Vielleicht", sagte der Kommissar und fuhr zurück nach Mainz.

## 19 Uhr: Abschlußbericht der SOKO Bernstein

„ ... vermute ich, dass Friedrich Raub und der 1945 zu Tode gekommene Jacob Kaiser Kriegskameraden waren. Vielleicht waren sie 1941 in Leningrad und 1944 in Dijon, womit die Herkunft aller in der Gaustraße aufgefundenen Teile als einzelne Kriegsbeutestücke erklärt werden könnte.

Zum Tod von J. Kaiser ist folgender Tathergang denkbar: Kaiser desertierte, um sich bei Raub zu verstecken. Es kam aber zum Streit mit Todesfolge. Sei es, weil sie sich um die Beute stritten, sei es, weil Raub Angst hatte, einen Deserteur zu decken. Um den Toten zu verstecken, wurde Kaiser von Raub einbetoniert.

Es gibt keine Beweise für diesen möglichen Tathergang. Es gibt auch keine lebenden Zeitzeugen. Zwar muss Raubs erste Ehefrau Emma Schmidt Kaiser gekannt haben, weil ihre Schwester Rose mit diesem verheiratet war. Aber Emma Schmidt kam erst im April 1945 nach Mainz. Bei meinem Besuch machte die an Altersdemenz leidende Frau (siehe Gutachten) einen verwirrten Eindruck. Offensichtlich hat sie erst kürzlich aus der Zeitung erfahren, dass sie von 1945 bis zu ihrer Scheidung von Raub im Jahr 1955 mit der Leiche ihres Schwagers im selben Haus wohnte. Anscheinend überfordert diese Tatsache völlig ihre geistigen Kräfte, was angesichts ihres Alters und Gesundheitszustandes wenig verwunderlich ist.

Ein Zusammenhang zwischen dem Tod Kaisers und dem seit 1945 verschollenen Bernsteinzimmer ist für mich nicht erkennbar.

Mit vorzüglicher Hochachtung, bla,bla,bla ...“

„So“, murmelte Mittelstädt zufrieden. „Fall abgeschlossen! LKA, übernehmen Sie!“ Am Bahnhof kaufte er eine Zeitung, und las:

**Russischer Politiker verlangt sofortige Rückgabe des Bernsteinzimmers und droht mit Drosselung der Gaslieferungen!**

Mittelstädt warf die Zeitung in den Mülleimer.

## „Werden Sie hier ja nicht frech!“

Im Flieger, irgendwo zwischen Dubei und Darressalam, warnte ein Mitarbeiter, dass die Hysterie um das Mainzer Bernsteinzimmers die deutsch-russischen Beziehungen belasten würde, und ...

„Mir doch egal “, sagte Fluido Gestergelle flapsig. Erstens wusste er kaum etwas über das Bernsteinzimmer, und zweitens war er hundemüde. Also zog er sich eine Schlafmaske über das Gesicht und versuchte, zwei Stunden zu pennen.

Gestergelle war der Superstar der bundesdeutschen Null-Bock-Generation. Seit seinem vierzehnten Lebensjahr tat er nichts, außer laut auf die politische Phrasenpauke zu hauen. Als sie hörten, dass er Parteivorsitzender wurde, drehten sich Frau Hamm-Brücher und Herr Heuss weinend im Grabe rum. Und Außenminister wurde er dann einfach, weil er Parteivorsitzender war.

„Aufwachen, Herr Außenminister!“

„Wo sind wir denn jetzt?“, fragte Fluido gähnend.

„Wir landen gleich in Tansania“, sagte der Mitarbeiter und wollte seinen Chef über Land und Leute informieren. Aber Fluido telefonierte lieber mit einem Medienberater, weil seine Umfragewerte schneller sanken als das Flugzeug im Landeanflug. Überhaupt hatte er Schwierigkeiten, sich auf den Job eines Außenministers zu konzentrieren. Viel lieber fuhr mit seinem kindischen Fluidomobil durch den Wahlkampf und klopfte nassforsche Sprüche.

„Wie heißt noch mal der Präsident von, äh, ...?“

„Tansania“, half der Mitarbeiter, als die Maschine aufsetzte.

Von Stylisten gepudert, schritt Fluido staatstragend über den roten Teppich. Ehrengarden standen stramm, eine Kapelle spielte die Nationalhymnen. Dann mit Staatskarossen in den Staatspalast. Dort mit schweißnassen Händen Hände schütteln, damit Fotografen das sinnlose Händeschütteln fotografieren konnten. Beim ersten Mal war das toll gewesen, aber jetzt war Fluido nur noch müde. Zehn Staatsbesuche in fünf Tagen, das schlauchte. Manchmal wusste er nicht, wo er gerade war.

Nach dem Staatsbankett chauffierte man Fluido zu irgendeinem Kriegerdenkmal. Hier wurde Fluido sauer, weil ihm sein Parteifreund, der deutsche Entwicklungsminister, die Show stahl. Der Reserveoffizier rannte mit einem Bundeswehrkäppi herum, trommelte die Nachfahren von Askaris zusammen und begrüßte den Außenminister mit dem zackigen Schlachtruf: „Deutsche Soldaten fürchten nur Gott, aber niemals den Tod!"

„Was soll das?", fragte Gestergelle irritiert.

„Tansania", erklärte der Mitarbeiter, „war bis 1918 eine deutsche Kolonie. Die Askaris waren afrikanische Soldaten, die im Ersten Weltkrieg für Deutschland kämpften. Deshalb zahlte die Bundesrepublik den überlebenden Askaris bis zu ihrem Tod eine Kriegsrente und engagiert sich bis heute mit Entwicklungshilfe."

„Davon hab ich noch nie was gehört", sagte Fluido verwundert.

*Das wundert mich nicht,* dachte der Mitarbeiter. Die Geschichtskenntnisse des Außenministers waren unter aller Sau. Neulich hatte er eine hirnrissige „Hartz-IV-Debatte" angezettelt und dabei etwas von „spätantiker Dekadenz" dahergefaselt. Anscheinend bezog Gestergelle sein historisches Wissen aus Hollywood-Filmen.

Inzwischen hatte Fluido einen ganz dicken Hals auf den Entwicklungsminister, der sich mit seiner Militärmütze zackig in Pose warf und vor die Kameras drängelte. Deshalb babbelte Fluido auf der anschließenden Pressekonferenz nur noch Blech und verwechselte Tansania mit dem ehemaligen Deutsch-Südwest-Afrika. Die mitreisenden Pressevertreter schüttelten ungläubig den Kopf.

Als ein Journalist fragte, was er von der russischen Haltung im Fall des Bernsteinzimmers halte, platzte Fluido der Kragen: „Ich bin Außenminister der Bundesrepublik Deutschland. Ich habe keine Zeit für historische Kinkerlitzchen von anno tobak! Die Russen sollen den Ball flachhalten und uns den Schatz des Priapus zurückgeben!"

Jetzt mussten alle Reporter lachen. „Heisst das nicht ‚Schatz des Priamos'?", fragte ein Journalist.

„Werden Sie hier ja nicht frech!" , bellte Fluido ins Mikrofon.

## Rose Kaiser alias Emma Raub

Mittelstädt kümmerte sich wieder um all das, was in den Tagen der SOKO Bernstein liegengeblieben war. Betrug, Sachbeschädigung, Diebstahl, Einbruch, Körperverletzung ...

Da klingelte sein Telefon. Aus dem Hörer kam die Stimme einer alten, aber energischen Frau. „Guten Tag, Herr Mittelstädt. Hier ist Emma Schmidt. Ich nehme Ihr Angebot an. Wann können Sie kommen?“

„Heute nach Dienstschluss.“

„Kommen Sie. Aber nicht erschrecken. Ich sehe furchtbar aus.“

Mittelstädt rief bei Karl Napp an, aber Karl hatte bis auf Weiteres Ausgangsverbot. Erna hatte mit den Handwerkern verhandelt, dass sie am Preis nachließen, wenn Hausmeister Karl bei der Renovierung „de Honjer“ machte, also Hilfsarbeiten erledigte.

*Vielleicht besser so*, dachte Mittelstädt und fuhr alleine.

„Ihre Tante verlässt kaum noch Ihr Zimmer, seit es Ihr schlechter geht“, sagte die Frau an der Rezeption.

Der Kommissar erschrak, als sie ihm die Tür öffnete. Sie hatte nicht übertrieben. Sie trug einen mit Essensklecksen versauten, ausgebeulten Trainingsanzug. Ihr Blick war stumpf, die Haare hingen wirr im Gesicht. Die Hände zitterten.

„Ist das überzeugend?“, fragte sie.

„Absolut“, staunte Mittelstädt.

„Als Sie und der kleine dicke Mainzer weg waren, habe ich sofort mit der Maskerade angefangen, inklusive Haare nicht mehr waschen. Das war auch gut so, weil gestern zwei Herren vom Landeskriminalamt und so ein Psychologenheini da waren.“

„Und?“

„Die kommen nie mehr wieder, hoffe ich. Was mir bei der Schauspielerei sehr geholfen hat, war ihr vorläufiger Abschlussbericht, den Sie mir zusammen mit dem Gutachten dagelassen haben.“

„Ich dachte, es kann nichts schaden, wenn Sie wissen, was das LKA weiss.“

„Was wissen Sie über mich, Herr Mittelstädt?“

„Sie sind nicht Emma, sondern Rose Schmidt. Sie waren von 1940 bis zu seinem Tod 1945 mit Jacob Kaiser verheiratet. Nach seinem Tod nahmen Sie den Namen Ihrer seit 1945 vermissten Zwillingsschwester Emma an.“

„Ja“, sagte Rose alias Emma Schmidt. „Und was möchten Sie noch von mir wissen?“

„Wird man in Mainz weitere Teile vom Bernsteinzimmer finden?“

„Nein. Kaiser und Raub waren 1941 in Leningrad. Dort hat Raub die beiden Bernsteinfiguren geklaut, und Kaiser hat sich die kleinen Brocken als Souvenirs eingesteckt. Sie waren auch 1944 in Dijon. Dort haben sie das Kirchensilber geklaut. Mehr gibt es in der Gaustraße nicht zu finden.“

Mittelstädt wollte nach der Wahrheit über das Bernsteinzimmer fragen, aber er beherrschte sich.

„Was möchten Sie noch wissen?“

„Alles, was sie mir erzählen wollen.“

„Die kleine Rose Schmidt, also ich, interessierte sich für viele Dinge, für die meine Eltern gar kein Verständnis hatten. Ich hätte gerne studiert, aber meine Eltern waren der Meinung, dass Mädchen sowieso heiraten und Kinder kriegen. Immerhin durfte ich - nach endlosem Gezeter - die Mädchenrealschule besuchen und bei der Reichsbahn als Schreibkraft arbeiten. Mit Siebzehn lernte ich in Königsberg auf der Kirmes Jacob kennen. Ich war jung, dumm, und sofort verliebt. Niemand durfte davon wissen. Nur mit meiner Zwillingsschwester Emma konnte ich darüber reden. 1940 heiratete ich ihn, weil er eingezogen wurde.

Das Geschrei zu Hause war unbeschreiblich, weil ich jetzt die Frau eines asozialen Schiffschaukelbremsers war. 1943 besuchte mich Jacob, zusammen mit seinem Kameraden Raub. Es war furchtbar. Jacob hatte sich durch den Krieg völlig verändert. Ich war froh, als er wieder verschwand. Ich ließ mich von der Reichsbahn nach Aachen versetzen, um Jacob und meine Eltern zu vergessen. Im Oktober 1944 wurde ich nach Köln versetzt, weil Aachen erobert wurde. Dort fing ich an, Briefe an Raub in Mainz zu schreiben. Raub war seit November 1944 zu Hause, weil man ihm in Frankreich einen Fuß abgeschossen hatte. Im Januar 1945 besuchte ich ihn. Ich verliebte mich. Als die Amerikaner Anfang März Köln eroberten, wollte ich nicht noch einmal versetzt werden. Ich schlug mich nach Mainz durch, und ging zu Raub. Wo hätte ich hingehen sollen? Königsberg wurde seit Januar von den Russen belagert, von meiner Familie hatte ich keine Nachricht.

Raub hauste unter katastrophalen Umständen alleine im Keller seines ausgebrannten Hauses. Seine Eltern waren kurz vorher bei dem Bombenangriff ums Leben gekommen. Da ...", stockte sie.

„Dann kam Kaiser, weil er desertiert war?", fragte Mittelstädt.

„Ja", sagte sie, und gab ihm ihren Bericht von Kaisers Flucht nach Mainz.

„Soll ich morgen wiederkommen?", fragte Mittelstädt, nachdem er gelesen hatte, wie Rose ihren Mann erschlagen hatte, um ihrem Liebhaber das Leben zu retten.

„Das wäre mir angenehm. Das Thema regt mich auch nach 65 Jahren auf. Immerhin habe ich deshalb meinen Namen geändert."

Auf dem Rückweg fuhr Mittelstädt bei dem Detektiv vorbei, um Emma Schmidts neue Wohnung zu begutachten. Aber der Zeitpunkt war denkbar ungünstig. Die Stimmung im Hause Napp war hochexplosiv. Karl und Herbert mussten unter Ernas Kommando in der Erdgeschosswohnung alte Tapetenschichten von der Wand rupfen. Rudi frass Tapetenfetzen und kotzte auf den Boden.

„Du Sauvieh!", schrie Herbert.

„Wenn die Handwerker alde Tapede abrobbe solle", erklärte Erna, „dann kannste dess gar nit bezahle."

„Als Hausbesitzer iss mer immer es Arschloch", maulte Karl.

„Babbel nit!", zischte Erna. „Schaff was!"

Mittelstädt schüttelte den Kopf und fuhr nach Hause. Dort kam ihm eine geniale Idee. Er würde der Vermieterin Erna Napp einfach Emma Schmidt als neue Mieterin nahelegen. Und dazu den dezenten Hinweis geben, dass er Karl und Herbert nicht anzeigen werde, wenn Erna die alte Frau als Mieterin akzeptieren würde.

## Berlin zu früher Stunde

Um 6 Uhr klingelte der Wecker. Die Kanzlerin erhob das müde Haupt und stellte überrascht fest, dass ihr Mann auch da war. „Hallo? Wann bist du nach Hause gekommen?"

„Weiß nicht", brummelte ihr Mann. „Kam heute Nacht irgendwann von einem Kongress in Edinborough. Und du?"

„Ach, was weiß ich", gähnte die Bundeskanzlerin. „Der übliche Parteischeiß bis mitten in die Nacht."

Immerhin, heute hatten sie Zeit für ein gemeinsames Frühstück. Das kam ungefähr einmal die Woche vor und war so etwas wie der Höhepunkt ihres Ehelebens. Mehr war nicht drin, weil er ein vielgefragter Wissenschaftler und sie die Chefin von 80 Millionen merkwürdigen Menschen war. Damit sie das werden konnte, hatten die beiden sogar offiziell geheiratet. Das verlangte die Partei.

„Ich weiß immer noch nicht, warum du diesen Blödsinn mitmachst.", sagte er kopfschüttelnd beim Frühstück.

„Ich auch nicht", murmelte sie, aber da war sie schon dabei, die Schlagzeilen der Zeitungen zu überfliegen.

Der Naturwissenschaftler grinste. „Du hast noch nicht einmal Zeit, um gründlich eine Zeitung zu lesen. Ich möchte mal wissen, aufgrund welcher Erkenntnislage Politiker Erklärungen abgeben und Entscheidungen treffen wollen?"

„Zum Beispiel so!", sagte die Kanzlerin wütend und zeigte ihrem Mann einen Zeitungsartikel.

„Was für ein Depp!", lachte der Gatte, als er den Artikel las.

Die Kanzlerin lachte nicht. Der Depp war ihr Außenminister. „So blöd können nur Wessis sein", sagte sie und simste ins Kanzleramt: „8 Uhr Krisensitzung! Alle kommen! Danke!"

Um 8.05 Uhr erklärte sie das Mainzer Bernsteinzimmer zur persönlichen Chefsache. Ab jetzt übernahm das BKA die Ermittlungen. Sie sorgte dafür, dass sowohl Ausgrabungen als auch Ermittlungen von russischen Experten begleitet wurden. Dann machte sie den Außenminister furchtbar rund. Aber da war das Kind schon in den Brunnen gefallen.

Das saudumme Geschwätz des Außenministers schlug in Russland ein wie eine Bombe. Die nationale Welle der russischen Empörung ging hoch wie eine Sojus-Rakete. Der deutsche Botschafter wurde in den Kreml bestellt, um eine offizielle Protestnote zu empfangen. Pudding sprach in einer Sonderansprache zu seinem Volk. Die deutsche Botschaft in Moskau musste durch Sondertruppen des Innenministeriums vor der erregten Menge geschützt werden. Deutsche Touristen und Geschäftsleute wurden angepöbelt. Auch die Schlagzeilen in Deutschland steigerten sich in den Irrsinn.

**Russland ist empört! Deutscher Außenminister hält das Bernsteinzimmer für ein „historisches Kinkerlitzchen"!**

**Dummheit oder Absicht? Hier die Aussagen des Außenministers im Wortlaut: ...**

**Kanzlerin! Stoppen Sie diesen Mann!**

**Ausschreitungen in Moskau! Droht eine deutsch-russische Krise? Russland fordert offizielle Entschuldigung!**

**Die Bernsteinzimmerkrise ist da!**

**Exkanzler und Exaußenminister warnen eindringlich vor Zuspitzung der Lage!**

**Deutsche Friedensunion ist empört über die Äußerungen des Außenministers! Bischofskonferenz äußert sich besorgt über die deutsch-russische Krise!**

**Gestergelle unbeliebtester Politiker Deutschlands! Umfragewerte der Partei fallen ins Bodenlose! Parteibasis verlangt sofortigen Rücktritt Gestergelles von allen Ämtern!**

**Panik an der Frankfurter Börse!**

**Dax fällt. Öl - und Gaspreise steigen!**

**Drehen uns die Russen den Gashahn ab?**

Tatsächlich hatten die hysterischen Hühner an der Frankfurter Börse nichts Besseres zu tun, als die Energiepreise hochzutreiben.

Einer der ersten Energieversorger, die mit einer saftigen Preiserhöhung reagierten, war die Mainzer Enteka.

## Die Wahrheit über das Bernsteinzimmer

Auf dem Weg ins Seniorenheim hörte Mittelstädt die neuesten Bernsteinzimmermeldungen im Autoradio. „Nicht zu fassen", brummelte er. Eigentlich war er froh, dass er nichts mehr damit zu tun hatte. Jedenfalls nicht mit dem offiziellen Teil davon. Der nichtoffizielle war auch viel interessanter.

„Guten Tag, Herr Mittelstädt"

„Hallo Frau Schmidt."

„Es tut mir gut, jemanden die Wahrheit zu erzählen. Das habe ich schon seit 65 Jahren nicht mehr getan. Ich kann sogar darüber reden, ohne meine Aufzeichnungen zu benutzen."

„Dann erzählen Sie weiter, wenn Sie möchten."

„Nachdem wir Jacob einbetoniert hatten, war ich tagelang wie betäubt. Ich hauste jetzt mit meinem Geliebten in einem Keller, zusammen mit der Leiche meines Mannes, den ich umgebracht hatte. Ich lag einfach da und konnte nichts tun. Ich konnte auch nicht mehr heulen. Ich starrte einfach an die Wand und wollte nicht mehr leben.

Aber dann stand ich auf, weil ich Hunger hatte. Es ist unglaublich, unter welchen Umständen Menschen essen können. Es gab aber nichts zu essen. Die Verwaltung war zusammengebrochen, das Verkehrswesen war zusammengebrochen, und Raub hatte keine Verwandten auf dem Land. Nur die amerikanischen Soldaten, die soeben Mainz erobert hatten, die hatten Essen.

Da sagte Raub zu mir: „Du kannst englisch. Verkaaf Schmuck!"

Raub bastelte schon seit November mit dem Kirchensilber, das er und Kaiser gestohlen hatten, Schmuck. Ich nahm ein wenig davon, stolperte durch die Trümmer und tauschte ihn gegen Essen bei einem amerikanischen Soldaten. Als ich zurückkam, konnten wir uns zum ersten Mal seit langem richtig sattessen. Wir aßen, bis wir uns vor Bauchschmerzen auf dem Boden wälzten.

Danach konnte ich wieder klar denken. Raub war Goldschmied. Er hatte Werkzeug und einen ganzen Sack voll Rohmaterial, das Kirchensilber. Ich konnte ein wenig Schulenglisch. Außerdem war ich eine gute Verkäuferin. Ich hatte schon als Kind im Obstladen meiner Eltern an der Theke gearbeitet. Und ich sah gar nicht schlecht aus. Ich war nur zu dürr. Aber das waren damals alle. In den nächsten Tagen schliefen wir kaum. Raub bastelte Tag und Nacht Schmuck. Tagsüber verkaufte ich ihn, abends und nachts half ich beim Schmuck herstellen. Einmal fiel ich einfach um. Erschöpfung. Aber es half mir dabei, nicht dauernd an Kaiser denken zu müssen. Wenn ich schlief, träumte ich sowieso davon. Wichtig war, dass ich beim Schmuck einhandeln halbwegs satt war. Dann hatte ich die Kraft, zu warten, bis ich einen fand, der mir mehr Essen gab.

In diesen Tagen fing ich an, mich Emma Schmidt zu nennen. Das geschah wie von selbst. Ich wollte nicht mehr Rose Kaiser sein, die Frau, die ihren Mann umgebracht hatte. Von meiner Zwillingsschwester Emma und von meinen Eltern hatte ich keine Nachrichten. Ich wusste nur, dass sie in Königsberg geblieben waren, weil mein Vater das Obstgeschäft nicht im Stich lassen wollte. Das sollte ihr Todesurteil sein, was ich Ende März 1945 noch nicht wissen konnte. Mein Namenswechsel fiel auch nicht auf. Die Leute um uns herum waren damit beschäftigt, zu überleben.

Raub kam schnell auf die Idee, Schmuck und Wertsachen von Mainzern in Kommission zu nehmen. Jetzt war der Keller nicht nur Kaisers Grab und unsere Wohnung, sondern auch unser Geschäft und Warenlager. Es ging zu wie auf einem Basar. Hungrige kamen und brachten Wertgegenstände. GIs kamen, um zu kaufen. Raub und ich feilschten um unser Leben.

In diesen Tagen, Ende März, hatten die Amerikaner auch das rechte Rheinufer erobert und bauten eine Pontonbrücke. Die richtige Brücke war ja gesprengt worden. Schon in der ersten Aprilwoche hörten wir von einem amerikanischen Offizier, der in der ehemaligen Pionierkaserne in Kastel saß und in großem Stil Wertsachen kaufte. Man muss sich das so vorstellen: Es gab nichts zu fressen, keine Wohnungen, keinen Strom und kein fließendes Wasser. Aber es gab eine rasende Mundpropaganda. Ich ging über die Pontonbrücke zur Pionierkaserne und lernte „King Kraut Mayer“ kennen; so nannte man den deutschstämmigen Offizier.

Mit ihm kam ich sofort ins Geschäft. Er nahm uns die Wertsachen in großen Mengen ab und brachte zentnerweise amerikanische Lebensmittel zu uns in den Keller. Irgendwelche militärischen Bestimmungen und Verbote gab es für ihn nicht.

Ende April bemerkte ich, dass ich schwanger war. Wir wollten heiraten. Ich war aber mit Kaiser verheiratet. Was sollte ich tun? Ich konnte ja schlecht sagen: Guten Tag, ich bin Rose Kaiser, geborene Schmidt aus Königsberg. Meinen Mann Jacob Kaiser habe ich vor ein paar Tagen umgebracht. Er liegt im Brunnen in der Gaustraße. Deshalb will ich jetzt sofort Raub heiraten.“

„Das leuchtet mir ein“, sagte Mittelstädt.

„Also gaben wir dem Verwaltungsmensch eine Dose Büchsenfleisch, damit er schnell ordentliche Papiere auf den Namen Emma Schmidt ausstellte. Für ein Päckchen amerikanische Zigaretten konnten wir am selben Tag standesamtlich heiraten. Jetzt hieß ich Emma Raub. Als wir in den Keller zurückkamen, stand da schon eine Schlange Menschen, die ihren Krempel eintauschen wollten. Das war meine Hochzeit mit Raub. Alles in vier Stunden: falscher Name, neuer Pass, Standesamt, fertig.“

Mittelstädt: „Brauchen Sie eine Pause?“

„Ja. Ich will aber nicht mein Zimmer verlassen. Da muss ich die Demenzkranke spielen. Das ist mir zu albern, solange Sie hier auf Besuch sind.“

Mittelstädt ging in die Cafeteria und holte zwei Kaffee. „Warum haben sie sich 1955 von Raub scheiden lassen?“

„Nachdem wir im Mai 1945 das Bernsteinzimmer verkauft hatten, waren wir über Nacht nicht nur wohlhabend, sondern geradezu reich geworden. Um uns herum hungerten alle. Besonders der Winter 1946/47 war schlimm. Manche legten sich abends hin und standen morgens nicht mehr auf. Unterernährung, Mangelkrankheiten, Kälte. Wir hatten das ausgebrannte Haus schon wieder aufgebaut und waren vom Keller nach oben gezogen. Raub richtete ein Atelier und eine Werkstatt im Erdgeschoss ein. Wir verkauften nicht nur an amerikanische, sondern auch an französische Offiziere Schmuck, weil Mainz ja inzwischen zur französischen Besatzungszone gehörte. Raub fing an, billig Trümmergrundstücke zu kaufen, um weitere Häuser zu bauen. Ich zog unseren Sohn auf, half im Verkauf, machte die Buchführung. Aber in Wirklichkeit ging es mir immer schlechter, je besser es uns ging. Ich hatte jetzt mehr Zeit. Jede Nacht träumte ich vom toten Kaiser im Brunnen. Dazu kam die Angst, dass meine Schwester Emma plötzlich lebend auftauchen könnte, die seit 1945 vermisst war. Meine Eltern ebenso. Ich bekam immer öfter Nervenzusammenbrüche. Ich musste Pillen schlucken, eine Zeitlang nahm ich sogar Morphium. Jedes Jahr um den März herum, verbrachte ich ganze Wochen in Nervenkliniken, aber es wurde nicht besser. Ich war kurz davor, wahnsinnig zu werden.

Dazu kam noch das Benehmen von Raub. Sein Mainzer Spitzname „Arschkrätzje“ kam ja nicht von ungefähr. Er legte reihenweise unsere Verkäuferinnen flach. Bei unserer Haushälterin Annemie Napp hat er es ja auch probiert. 1947 kostete eine halbe Stunde Frau eine Tafel Schokolade. 1949 tat es ein silberner Ohrring. Die Saufabende mit Geschäftsfreunden und ‚Fassenachtscomiteelern' endeten regelmäßig mit Helau in den Bars der Neutorstraße. Er benahm sich halt wie alle Ehemänner, die zur ‚Meenzer Hottwollee' gehörten, nur noch schlimmer.

1955 hielt ich das alles nicht mehr aus und ließ mich scheiden. Eine Scheidung in den fünfziger Jahren! Es war das Stadtgespräch. Raub machte mir die Hölle heiß. Ich lag am Boden und wollte nur noch weg. Deshalb unterschrieb ich einen hirnrissigen Scheidungsvertrag. Ich bekam ein bisschen Geld, und Raub bekam das Sorgerecht für unseren Sohn. Ich zog weg. Es gelang mir, wieder meinen Mädchennamen zu bekommen. Je länger ich von dem toten Kaiser und dem lebenden Raub weg war, desto besser ging es mir. Ich arbeitete dann jahrzehntelang in Frankfurt, im Antiquitätenhandel. Mit meinen Männern habe ich immer irgendwie Pech gehabt. Geheiratet habe ich nie mehr.

Vor drei Monaten habe ich mir beim Gardinenwechsel den Oberschenkel gebrochen und bin hier gelandet. Und dann ist in der Gaustraße der tote Kaiser wieder aufgetaucht! Wie ein Gespenst, das nach 65 Jahren aus dem Grab steigt."

Mittelstädt spürte, dass sie wieder eine Pause brauchte. Außerdem hatte er Hunger. „Wie wärs mit Essen?"

„Sehr gut, Mittelstädt! Den Kantinenfraß hier will ich aber nicht. Ich bestelle uns was." Sie telefonierte und verlangte „zweimal mein Leibgericht". Mittelstädt fuhr in ein gutbürgerliches Restaurant und holte die Portionen ab. Als er sie auf dem Zimmer auspackte, sah er die fettesten und dicksten panierten Koteletts mit Bratkartoffeln, die er je in seinem Leben gesehen hatte. Darüber: eine dicke, fette, hausgemachte Zwiebelsoße mit ungefähr 8000 Kalorien.

„Kriegsgeneration", erklärte sie. „Ich kann diesen fettarmen, geschmacklosen, neumodernen Diätfraß nicht essen."

Mittelstädt schaffte ein halbes Kotelett, dann konnte er nicht mehr. Und Rose Kaiser alias Emma Raub Schmidt erzählte die wahre Geschichte des Bernsteinzimmers.

„Am Tag nach meiner Hochzeit mit Raub kam ein merkwürdiger Vogel zu uns in den Keller. Mir war er schon vorher aufgefallen, weil er sich seit Tagen in der Straße herumdrückte und uns beobachtete. Er nannte sich Hans König und käme aus Königsberg. Aber er sprach Hessisch. Er sei zwar in Ostpreußen geboren, wegen geschiedenen Eltern aber in Hessen aufgewachsen, sagte er. Später habe er als Kraftfahrer bei der Stadtverwaltung Königsberg gearbeitet, von wo er aber geflohen sei. Jetzt lebte er in einer Mainzer Notunterkunft. Ich unterhielt mich etwas mit ihm und stellte fest, dass er sich tatsächlich in Königsberg gut auskannte.

‚Isch hab so alde Silberschmuck', sagte er. ‚Ganz alt.'

Raub: ‚Ei dann bring mer's. Wann isch's verquandele kann, mache mir fiffdie-fiffdie, äh halbe-halbe.'

Der Mann wollte am nächsten Tag wiederkommen.

‚Dem Babbelkopp glaab isch kä Wort', brummelte Raub noch. Ich stimmte ihm zu. An diesem ostpreußischen Hessen war eigentlich alles falsch. Aber an mir war ja auch alles falsch.

Am nächsten Tag hatte er wirklich uralten Schmuck dabei. An einem Inventarzettel konnten wir erkennen, dass er aus dem Königsberger Schlossmuseum stammte. In diesen Tagen war es nicht ungewöhnlich, dass geklaute Museumsstücke bei uns im Keller landeten. Aber wie immer in solchen Fällen taten wir sehr vorsichtig, um den Tauschwert zu drücken.

'Ui,ui,ui', sagte Raub. 'Heiße Ware. Dess wird schwer!'

'Dafür können wir ins Gefängnis kommen', sagte ich.

'Isch hab Hunger', sagte der ostpreußische Hesse.

Zur Sicherheit ließ ich mir seinen Pass zeigen. Der Pass war neu, ausgestellt von der Militärverwaltung Wiesbaden. Aber ich wusste nur zu gut, wie man damals zu neuen Pässen kam.

Als wir das Zeug zu King Kraut Mayer brachten, war er begeistert. Wir gaben dem Hessen Essen und Zigaretten. Da sagte der falsche Ostpreuße: 'Isch hab noch ganz annere Sache' Wieder öffnete er seinen Rucksack. Er zog Bernsteinstücke, Fotos und Unterlagen heraus. Alle stammten aus dem Königsberger Museum.

Raub und ich wussten sofort, was das war. Raub hatte das Bernsteinzimmer 1941 in Leningrad und 1943 in Königsberg gesehen. Ich hatte es auch 1943 gesehen, als Kaiser Heimaturlaub hatte.

'Isch will 20000 Dollar', sagte der Hesse.

In dieser Nacht taten wir kein Auge zu. Uns war klar, dass der Mann Dreck am Stecken haben musste. Aber das hatten wir auch. Ich hatte meinen Mann umgebracht, der zwei Meter unter uns lag, ich lebte unter falschem Namen, und wir beide verkauften gestohlenen Schmuck. Der ostpreußische Hesse war unsere Chance, dem Elend zu entkommen. Vor allem brauchte er uns. Wir kannten den einzigen Mann, der in der Lage war, das Bernsteinzimmer zu Geld zu machen: The Kraut Mayer."

„Was war dieser Mayer für ein Mann?" fragte Mittelstädt.

„Eigentlich war er nur ein kleiner US-Leutnant. Aber sein Rang hatte nichts zu bedeuten. Es gab Generäle, die nach seiner Pfeife tanzten.Verstehen Sie das? "

„Wie soll ich das verstehen?", fragte Mittelstädt.

„Lesen Sie das, junger Mann“, sagte die 88jährige Totschlägerin zu dem 58jährigen Kriminalbeamten.

*... Emma lief von der Gaustraße durch die Trümmer an das Rheinufer zur Pontonbrücke. „Eim going tu de Kraut“, sagte sie zu dem amerikanischen Posten. Als der Posten das Wort „Kraut“ hörte, hörte er sofort auf, auf ihre Brüste zu starren. Er ließ sie einfach über die Brücke gehen, ohne ihre Taschen zu kontrollieren oder sie unter sonst einem Vorwand anzugrapschen.*

*Es war früher Abend. Wie immer lungerten vor der ehemaligen Pionierkaserne in Kastel Deutsche herum. Magere Kinder, die hofften, dass Soldaten ein paar Kekse über den Zaun warfen. Fünfzigjährige Kettenraucher, die ihre Kriegsorden aus dem ersten Weltkrieg gegen Zigaretten tauschen wollten. Hungrige Kriegswitwen, die auf ein ganzes Brot für eine schnelle Nummer hofften, um sich und ihre Kinder zu füttern. Achzehnjährige „Meedscher“, die vom amerikanischen Prinzen träumten, der sie heiratete und aus dem Elend entführte.*

*„Eim going tu de Kraut“, sagte Emma, und der Posten ließ sie das Kasernentor passieren.*

*Nach dem Abendessen zeigte man im Offizierskasino einen Pornofilm. US-Leutnant Carl The Kraut Mayer hatte nichts gegen Pornos. Aber er mochte keine schlechten Pornos. Dieser Porno war saumiserabel. Da versuchte ein amerikanischer Armeeberichterstatter mit seiner Dienstkamera Geld zu verdienen. Der Büffel hatte seine Kumpels als ungeschickte Pornodarsteller engagiert und hungrige „Froileins“ mit Corned Beef bezahlt, damit sie sich vor laufender Kamera rammeln ließen. Es war nicht zum ansehen.*

*„That's Bullshit“, seufzte Mayer, setzte sich an die Theke, und bestellte einen Whiskey. Er sass alleine da, weil seine Offizierskollegen zuerst johlend den Porno ansahen und danach grölend eine Stripteasetänzerin bejubeln wollten, die sich für eine warme Mahlzeit ihre Seele aus dem Leib tanzte.*

*Mayer war der ungekrönte König der Pionierkaserne. Offiziell arbeitete er in der Militärverwaltung, weil er gut Deutsch sprach. In Wahrheit kaufte er in großem Stil Antiquitäten auf und verschob sie in die USA. Er schmierte seine Vorgesetzten, damit sie ihm nicht in die Quere kamen. Er nutzte die ganze Infrastruktur der US-Streitkräfte für seine Geschäfte. Sein Vater betrieb in New York einen Antiquitätenhandel, der sich in rasender Geschwindigkeit zu einem Imperium entwickelte, seit sein Sohn bei der Militärverwaltung in Deutschland war.*

*„Hello Froilein", lachte Mayer, als Emma kam.*

*Emma und der Goldschmied waren seine besten Mitarbeiter. Sie war die geborene Agentin, und ihr Mann konnte Nippes von Wertvollem unterscheiden. Einmal die Woche brachte Mayer Essen, Zigaretten und Whiskey in Gaustraße. Auf dem Rückweg nahm er Gemälde, Familiensilber und sonstiges mit, was sich im Keller angesammelt hatte. Größere Sachen, wie zum Beispiel eine ganze Garnitur Biedermeiermöbel, wurden extra beim Besitzer abgeholt. Wenn sie etwas Außergewöhnliches hatten, kam Emma in die Pionierkaserne. Ihr Mann konnte ja schlecht laufen. King Kraut hatte dafür gesorgt, dass sie Zugang hatte, was eigentlich verboten war. Er hatte auch dafür gesorgt, dass die Militärpolizei einen großen Bogen um den Keller in der Gaustraße machte.*

*„Was los?", fragte Mayer und gab ihr einen aus.*

*„Ei häv ä Big Diel for ju", sagte Emma in ihrem komischen Englisch, das sie auf der höheren Mädchenrealschule gelernt hatte.*

*„Schpreck deutsch mit mir", lachte Mayer und stieß mit ihr an.*

*Als er zuhörte, hörte er auf, zu lachen. Das, was Emma erzählte, war kein Geschäft, sondern ein richtiger „Big Deal". Vielleicht der größte, den Mayer je in seinem Leben abschließen konnte. Oder auch der letzte, weil er dabei im Militärgefängnis landen konnte. Mayer wusste, dass das Bernsteinzimmer auf der Liste stand, die von den Sowjets an die Amerikaner gegeben worden waren. Sobald das Bernsteinzimmer im Westen auftauchte, sollte es an die Sowjetunion zurückgegeben werden.*

*„Ick glaube das nickt!", sagte Mayer.*

*Da öffnete Emma einen Rucksack. Sie zeigte ihm Bernsteinteile, Fotos und Unterlagen aus dem Schlossmuseum in Königsberg.*

*Mayer prüfte ungläubig.*

*Emma: „Das ist das Bernsteinzimmer!"*

*„Was will der Mann dafür?"*

*„Er will 20000 Dollar. Ich nehme an, damit er schnell aus Deutschland verschwinden kann."*

*„Was ist das für ein Mann? Ein Drecknazi?"*

*Emma zuckte mit den Achseln. „Wahrscheinlich."*

*Der Krieg war so gut wie zu Ende. Die Sowjets hatten gerade Berlin erobert. Mayer wusste, dass viele Nazis vor den Russen nach Westen geflohen waren. Hier lebten sie als Hans Schmidt, Mayer und Müller getarnt unter amerikanischer und britischer Besatzung. Besonders viele kamen aus Breslau, weil das Breslauer Einwohnermelderegister bei einem Bombenangriff 1944 verbrannt war. Aber wie sollte man diese Verbrecher aus den Millionen Obdachlosen, Geflohenen und Verschleppten herausfiltern, die in Deutschland herumirrten?*

*Mayer: „Ick will den Mann sehen, und ick will das Bernsteinzimmer sehen." ...*

„Mittelstädt! Verstehen Sie jetzt, was Mayer für ein Mann war?"

„So wird das klar und deutlich. Wie ging es weiter?"

„Zwei Tage später holte mich Hans König in der Gaustraße ab. Ich lief mit ihm nach Kastel und wartete hinter der Pionierkaserne, bis uns Mayer mit dem Jeep abholte. Da wurde es schon langsam dunkel. Bei Igstadt war es ganz dunkel. Jetzt setzte sich König ans Steuer, und wir mussten geschwärzte Motorradbrillen aufsetzen. Er fuhr ich weiß nicht wie lange durch die Nacht, vielleicht auch im Kreis. Dann hielt er an und führte uns, den Tiergeräuschen nach zu urteilen, über einen Bauernhof. In einem Gebäude konnten wir die Brillen absetzen. Wir standen in einer Scheune. Im Schein einer Laterne scheuchten wir Hühner fort und räumten Strohbündel weg. Darunter lagen, an der Wand gestapelt, eine Unmenge teils riesiger Kisten, alle mit russischer Beschriftung. Wir öffneten die Kisten und leuchteten mit Taschenlampen hinein. Da lag also, unter Stroh und Hühnerscheiße: das Bernsteinzimmer.

König forderte 20000 Dollar. Ich forderte 10000 Dollar, weil ich das Geschäft vermittelt hatte. Mayer sagte, dass er nicht mehr als 15000 Dollar insgesamt zahlen könne.

Wir feilschten alle drei herum. Schließlich kamen wir zu einem Ergebnis. König sollte 13000 Dollar und freundliche Hilfe bei schneller Auswanderung bekommen. Ich und Raub 5000 Dollar in bar und amerikanische Lebensmittel im Wert von 1500 Dollar. Dann setzten wir wieder die Motorradbrillen auf. König fuhr uns nach Igstadt. Dort übernahm Mayer wieder das Steuer. Er setzte mich und König in Mainz ab. Deutsche hatten ja eigentlich nachts Ausgangsverbot."

„Und dann?", fragte Mittelstädt.

„Weiß ich nicht. Ab diesem Moment war ich draußen. Ich habe das Geschäft nur vermittelt und bestätigt, dass unter der Hühnerscheiße tatsächlich das Bernsteinzimmer lag. Mayer und König regelten alles weitere. Raub und ich hatten damit nichts zu tun, außer vier Wochen Angst. Ich träumte jede Nacht davon, dass amerikanische Militärpolizisten kamen, den Keller aufgruben, Kaiser fanden, mich festnahmen, dass mein Kind im Gefängnis zur Welt kommen würde. Vier Wochen später brachte uns Mayer 5000 Dollar in bar und Lebensmittel im Wert von 3000 Dollar. Er hatte aufgerundet. Und wir waren reich. Haben Sie eine Ahnung, wie viel 5000 Dollar im Juni 1945 wert waren?"

„Ich kann mich nur noch an die Zeiten erinnern, als ein Dollar vier D-Mark wert war."

„Lachhaft!", sagte die Frau, die das Bernsteinzimmer auf einem hessischen Bauernhof gesehen hatte, bevor es verschwand.

„Wie kann Mayer das alles organisiert haben?"

„Wenn damals jemand ganze Lastwagenladungen mit falschen Papieren in die USA verschiffen konnte, dann war es King Kraut Mayer. Er schmierte ja alles und jeden. Die Militärpolizei, die deutsche Verwaltung, die Militärverwaltung in Wiesbaden. Er hatte Dutzende Menschen, auf die er sich verlassen konnte. Oder meinen sie, dass es einen einfachen GI interessierte, was für Kisten er nachts auf einen Lastwagen lud, wenn er dafür 200 Dollar extra bekam?"

„Hm", sagte Mittelstädt und dachte daran, wie viele Kunstschätze in den letzten Kriegsmonaten und danach einfach spurlos verschwunden waren. Der berühmte Schatz von Quedlinburg zum Beispiel war ja nur zufällig Jahrzehnte später wieder aufgetaucht.

„Wieviel könnte Mayer dafür bekommen haben?"

„Ich weiß es nicht. Sicher ein Vielfaches von dem, was er an König und uns gezahlt hat. Vielleicht hat er noch ein paar tausend Dollar für falsche Papiere, für Helfer und Wegseher gezahlt. Mayer war niemand, der bei seinen Geschäften drauflegte. Das ist so sicher, wie ich nicht Emma heiße!"

„Wer könnte im Mai 1945 das Bernsteinzimmer gekauft haben? Damals waren die Sowjets hinter dem Ding her. Wer immer das Bernsteinzimmer gekauft hat, muss gewusst haben, was er da tut."

„Mittelstädt! Es gibt heute ja auch wahnsinnige Kunstsammler in den USA, die für eine Million Euro einen geklauten Picasso kaufen. Nur, damit sie für sich ganz allein einen Picasso haben."

„Was ist aus König und Mayer geworden?"

„König verschwand ganz schnell aus Mainz, und wie ich annehme, auch ganz schnell aus Deutschland."

„Und King Kraut Mayer?"

„Der verschwand auch. Für seine Art Geschäfte brauchte er das unmittelbare Nachkriegschaos. 1946 hat er sich von uns verabschiedet. Ich nehme an, dass er genug verdient hatte. Er ging zurück in die USA. Er kam ja aus New York."

Mittelstädt grübelte.

Die alte Frau sah ihm in die Augen und lachte. „Kommissar! Wollen Sie jetzt die Erzählungen einer verwirrten alten Frau nachprüfen? Wollen Sie in alten Militärakten prüfen, ob es 1945 in Kastel einen Leutnant Carl Mayer gab? Wollen Sie beim Suchdienst des Roten Kreuzes fragen, ob es einen Hans König, geboren in Allenstein, Ostpreußen gab?"

„Ich gebe zu, dass ich eben mit dem Gedanken gespielt habe", sagte Mittelstädt.

„Ich bin jetzt fertig. Mehr habe ich nicht zu sagen. Es hat mir gut getan, das zu erzählen, worüber ich 65 Jahre geschwiegen habe. Wie geht's jetzt weiter?"

„Sie müssen noch solange die demenzkranke Frau spielen, bis sich der Trubel um das Mainzer Bernsteinzimmer gelegt hat."

„Demenz! Wenn ich das Wort nur höre! Früher hat man gesagt: Die Alte ist verkalkt! Da wusste jeder, was damit gemeint ist!"

„Wie auch immer. Inzwischen hat das BKA den Fall übernommen. Es ist nicht auszuschliessen, dass Sie noch mal Besuch bekommen."

„Mittelstädt! Wissen Sie wie demütigend es ist, von halb so alten Menschen für plemplem erklärt zu werden? Menschen, die nie in ihrem Leben irgend etwas gesehen haben, außer Schule, Studium und Beruf? Deren größtes Problem Übergewicht ist? Menschen, die zum Psychiater rennen, weil ihre Katze gestorben ist? Männer, die sich beim Schönheitschirurgen Fett absaugen, Frauen, die Brüste vergrößern und Nasen verkleinern lassen! Haben Sie überhaupt eine Vorstellung davon, wie lächerlich man diese Gesellschaft findet, wenn man 88 Jahre alt ist?"

„Sie mussen Geduld bewahren", seufzte Mittelstädt. Er wollte ihr nicht sagen, dass er hundertprozentig ihrer Meinung war.

Im Büro stellte Mittelstädt doch ein paar Nachforschungen an. Beim Suchdienst des Roten Kreuzes stellte er eine Anfrage zu „König, Hans, geboren in Allenstein, Ostpreußen". Gleichzeitig erkundigte er sich nach einer Antiquitätenhandlung Mayer in New York. Es gab tatsächlich eine, in der 5th Street. „Carl Mayer & Sons" hieß die Firma. Mittelstädt rief an. Die Betreiber der Firma hießen nicht Mayer, sie hatten nur den guten Namen beibehalten. Aber sie hatten die Telefonnummer der Familie Mayer. Mittelstädt rief an. Eine nette Frau erklärte ihm, dass ihr Großvater ein deutscher Möbelschreiner gewesen sei, der 1930 nach New York ausgewandert und das Antiquitätengeschäft in der 5th Street gegründet habe. Mittelstädt fragte, ob ihr Vater vielleicht als Soldat in Deutschland gewesen sei.

„Oh yes. In 1945 he was in Germany. About 20 years ago, he took me to Europe. He showed me all the lovely towns, where he once worked as Soldier. We visited especially Wiesbaden and Mainz. Very nice towns. I love the Rhine and the wine."

Ob er ihren Vater sprechen könne?

„Sorry Sir. My father died in 1997."

Dann kam die Antwort vom Roten Kreuz. Hans König, geboren in Allenstein, Ostpreußen, arbeitete als Kraftfahrer bei der Stadtverwaltung Königsberg. Dort verschwand er spurlos im Februar 1945, um bei der Militärverwaltung Wiesbaden im April 1945 wieder aufzutauchen. Dann sei er kurz in Mainz wohnhaft gewesen. Danach sei er wieder verschwunden. Es gebe da noch einen Vermerk, dass ein Hans König von Hamburg nach Südamerika ausgewandert sei, wo sich seine Spur verliere, und überhaupt sei an der Sache einiges faul.

„Woher wissen Sie das so genau?", fragte Mittelstädt.

„Weil der Fall Hans König bei uns sehr gut dokumentiert ist. Seine Frau hat ihn nämlich jahrelang gesucht, Nachforschungen angestellt, Himmel, Hölle und Behörden in Bewegung gesetzt."

„Und wie kann man den Fall Hans König erklären?"

„Es ist nur so erklärbar, dass der echte Hans König unter ungeklärten Umständen umkam. Im April 1945 gab sich irgend jemand als Hans König aus, um dann auszuwandern."

„Kam so was oft vor?"

„Wir schätzen, dass nach 1945 etwa 100000 Menschen unter falschem Namen hier in Deutschland weiterlebten. Die meisten davon sind inzwischen gestorben. Wie viele unter falschem Namen Deutschland verließen, ist noch schwerer zu schätzen. Sie kennen ja sicher die Geschichten von Nazis, die jahrzehntelang fröhlich in Südamerika lebten."

„Danke", sagte Mittelstädt.

## Berlin - Moskau

Die Kanzlerin rief im Kreml an: „Nasdroffje, Gaspudding!“

„Gutän Tack!“, antwortete Pudding auf Deutsch. Pudding hatte Respekt vor der Kanzlerin. Im Gegensatz zu ihren männlichen Vorgängern suchte sie weder eine Saunafreundschaft mit ihm noch einen überbezahlten Posten im deutsch-russischen Gasgeschäft. Zudem sprach sie russisch. Und Pudding konnte Deutsch. Wenn beide langsam sprachen, kamen sie sogar ohne Dolmetscher aus.

Kanzlerin, in schlechtem Russisch: „Geht sich um Mainzer Bernsteinzimmer. Was soll Zirkus? Du Gaspreis machen teuer!“

Präsident, in schlechtem Deutsch: „Ich machen keinä Zirkus. Ich nix Zirkusdirektor. Dein dummes Aussenminister machen Zirkus.“

Kanzlerin: „Ich mir nix hab dummes Aussenminister ausgesucht. Demokratie so ist.“

„Demokratie nix gut. Alles babbelt, alles macht, was will!“

Kanzlerin: „Haha! Du immer erzählen, dass du Demokrat sein.“

Präsident: „Also was du will?“

Kanzlerin: „Warum du schicken Geheimdienst FSB nach Mainz?“

Präsident: „Weil sich Bernsteinzimmär ist russisches Heiligtum. Wir immer schicken Geheimdienst wegen Bernsteinzimmär seit 1945! Das nix böse Absicht ist, sondern normal.“

Kanzlerin: „Weil du schicken FSB nach Mainz, ich schicken BND nach Mainz!“

Präsident: „Wie in gutä altä Zeit! Hä, hä!“

Kanzlerin: „Also was wir machen soll?“

Pudding: „Ich haben gutä Idee. Ich machen großes Staatsbesuch bei dich. Wir beidä besuchen Bernsteinzimmär in Mainz und machen großes deutsch-russisches Freundschaft mit Friedä, Freudä, Eierkuchän. Dann Gaspreis wieder fällt. Und wir gut stehän in Presse da, wenn wir schütteln Händä und babbel.“

Kanzlerin: „Das nix schlechtäs Idee ist. “

Pudding: „So wir machen!“

Kanzlerin: „Doswidanje!“

Pudding: „Auf Wiedärsähän in Mainz!“

# Määnz bleibt Meenz

Obwohl in der Gaustraße und auf der Deponie jedes Sandkorn umgedreht wurde, fand man kein Stückchen Bernstein mehr. Dafür aber jede Menge Römerkram, was die Archäologen entzückte.

Weder das LKA noch das BKA, noch die russischen Experten kamen auch nur einen Furz weiter als die Mainzer SOKO Bernstein. Mittelstädts Abschlussbericht wurde fast wortwörtlich übernommen. Einzig neu: Anhand alter Wehrmachtsunterlagen konnte bestätigt werden, dass der Mainzer Goldschmied und der Königsberger Schiffschaukelbremser tatsächlich in denselben Einheiten gedient hatten, die 1941 in Leningrad und 1944 in Dijon waren.

Als Präsident Pudding und die Kanzlerin in Mainz eine gemeinsame Erklärung abgaben, normalisierte sich auch das deutsch-russische Verhältnis. Der Dax stieg wieder, und der Gaspreis sank. Nur die Enteka beharrte auf blödsinnig hohen Energiepreisen.

Damit war die Geschichte des Mainzer Bernsteinzimmers vorbei. Reporter und Politiker stürzten sich auf das nächste Sensationsthema: die Schweinegrippe. Journalisten und Politiker leben halt davon, dass sie jede Woche eine neue Sau durchs Dorf treiben.

„Die habbe all Wutzeschnuppe“, sagten die Mainzer und waren froh, dass alle überdrehten Journalisten, Geheimdienstler und Schatzgräber weg waren. Nur die Mainzer Hoteliers jammerten, weil sie wieder auf ihren leeren Gästebetten sitzenblieben.

Die sieben kleinen Bernsteinbrocken und die zwei Reliefs wurden vom Mainzer Oberbürgermeister, dem dicken Landesfürsten und dem deutschen Außenminister hochoffiziell in Sankt Petersburg an Russland übergeben. Es war aber peinlich, weil jeder der drei unbedingt eine große Rede halten wollte. Danach sprachen der russische Außenminister, der Kulturminister, der ...

„Idioti!“, dachte der russische Museumsdirektor von Zarskoje Selo und soff Wodka, um das unendliche Gebabbel zu ertragen.

Das französische Kirchensilber wurde ebenfalls offiziell zurückgegeben. Eine hochrangige Delegation unter Führung des dicken Landesfürsten flog in die Mainzer Partnerstadt Dijon, und drosch

Phrasen über die Deutsch-Französische Freundschaft, bis das Essen lauwarm war. Als auch noch der Mainzer Bürgermeister und der Kulturdezernent ihr Blech gebabbelt hatten, war das Essen ganz kalt. Aber dann babbelten auch noch der französische Bischof ...

„Idiotes“, dachte die Leiterin des Museums und soff Pernod, um das deutsch-französische Dummgeschwätz zu ertragen.

Die bankrotte rheinland-pfälzische Landeshauptstadt fiel wieder in ruhigen Trott. Vor lauter Bernsteinzimmer hatte sich kaum noch jemand um den eigentlichen Skandal gekümmert: die Meenzer Wohnklaugesellschaft. Um den Schein der Gerechtigkeit zu wahren, wurden der ehemalige Prokurist und der Exgeschäftsführer Lainer Raub ein bisschen angeklagt. Weil sie zum Beispiel Privatausgaben als Firmenkosten abgesetzt hatten. Vor Gericht erklärten sie: „Ei, dess mache mir in Meenz schon immer so.“

Das sah der Richter genauso und verdonnerte die beiden zu eher symbolischen Strafen. Zurück blieben wütende Wohnklau-Angestellte, denen gekündigt wurde, Tausende Mieter, die höhere Mieten bezahlen, und Zehntausende Steuerzahler, die 100 Jahre lang den Bockmist bezahlen mussten, den die Mainzer Handkäsmafia auf Kosten der Allgemeinheit gebaut hatte.

Ach ja: Kommissar Mittelstädt tat weiterhin seine Arbeit, bis er pensioniert wurde. Karl Napp spielte weiter den Hausmeister und Privatdetektiv. Rose Kaiser Emma Raub Schmidt hörte auf, die Demenzkranke zu spielen. Sie zog in Ernas Erdgeschosswohnung, wo sie noch zwei Jahre bei guter geistiger Gesundheit lebte. Das Geheimnis des Bernsteinzimmers nahm sie mit ins Grab. Eines Abends unterhielt sie sich mit Annemie, ging schlafen, und am nächsten Morgen war sie tot.

„Was fer en scheene Dod!“, sagte Annemie Napp.

## Ferdisch!

Wenn Ihnen dieser Karl-Napp-Krimi gefallen hat, dann lesen Sie weiter. Es gibt noch fünf von der Sorte.

**FSV oder FCK?**

Mainz: Beim FSV Meenz Nullfümf brennt der Kittel. Die Kasse vom Fassenachtssportverein ist ganz leer, das nagelneue Ernst-Neger-Stadion ist nur halbvoll, und die Mannschaft spielt wie besoffen. Da hat sogar der dicke Kardinal die Faxen dick: „Isch geh nit mehr enuff!“, verkündet er wütend von der Kanzel herunter.

Deshalb putscht die Meenzer Handkäsmafia. Obermafiosi Brezelmüller wird Präsident und Metzgermeister Fleischworschttoni wird Manager vom FSV. Jetzt weht den geföhnten Profis ein eisiger Wind ins Gesicht. „Ihr müsst Gras fresse!“ brüllt Toni die Spieler an. Und neue Verträge werden auf Bierdeckeln skizziert.

„Ich habe Vertrag!“, sagte der Mainzer Spieler Michi Raffzahn. Michi hat das gleiche Problem wie alle Fußballer. Er weiß nicht, wie er die Zeit totschlagen soll, wenn das bisschen Training vorbei ist. Was soll er tun? Stundenlang vorm Spiegel stehen und Gel in die Haare schmieren? Beim In-Italiener herumlungern? Playstation spielen und DVDs gucken? Oder soll er einen Ferrari kaufen?

Auf jeden Fall besteht der Verdacht, dass Michi heimlich mit Lautern verhandelt. Ausgerechnet mit dem Betze! Das ist Verrat!

„Dem Idiot dreh isch de Krotze rum!“, brüllt Toni und ruft Privatdetektiv Karl Napp. In Mainz und Lautern trifft Karl Napp alle Knallköpfe der Bundesliga: Strunzdumme Spieler, silikonbusige Spielerfrauen, widerliche Berater, dummbabbelnde Sportreporter, großkotzige Funktionäre und einen dicken Landesfürsten, der Millionen Steuergelder vernichtet, „weil der Fußball so wischdisch für die ganze Reschion ist“.

**Michi in Mainz:** Mainz ist ein Traum für mich. Super Fans, geile Atmosphäre und eine tolle sportliche Perspektive.

**Michi in Lautern:** Es war schon immer mein Traum, beim Betze zu spielen. Die tollen Fans! Die Atmosphäre im WM-Stadion!

**FSV oder FCK?** Mainzer Kriminalroman von Dieter Schmidt. Karl-Napp-Verlag 2008. EAN: 978-3-9809395-2-2

## Der Hund vom Lerchenberg

Mainz: Fiese Verbrecher entführen Ken, fordern Lösegeld und drohen, seinen Schwanz abzuschneiden. Ken ist ein Yorkshire-Terrier. Echte Meenzer nennen diese Sorte Hund „Fotzelecker“.

Der Köter gehört Doktor Neumüller und seiner Freundin Barbie. Neumüller ist ein hohes Tier beim Zweiten Fernsehen Deutschlands und sieht aus wie ein dicker Mops. Barbie ist ein silikonverstärktes Partyluder aus Wiesbaden mit riesigen Brüsten und Lippen so dick wie Fahrradschläuchen.

Neumüllers Ehefrau darf aber nicht wissen, dass es Barbie gibt. Deshalb gehen Herrchen und Frauchen nicht zur Polizei, sondern zum Privatdetektiv Karl Napp. Auf der Suche nach dem Hund schnüffelt Karl im Frankfurter Boxmilieu und stolpert in die Wiesbadener Pornobranche. Die Spur des Verbrechens führt in die hessisch besetzte Zone von Mainz.

**Pressesprecher der Mainzer Handkäsmafia:** Genau. Alle Hesse sinn Verbrescher, klaue AKK unn Aschebescher.

**Wiesbadener Literaturkurier:** Das ist richtig. Aber noch krimineller sind die Zustände in der irren Anstalt auf dem Mainzer Lerchenberg.

**Fernseh-Redakteurin in einer Mainzer Boutique:** Ich arbeite beim Fernsehen! In gehobener Position. Wieviel Rabatt bekomm ich hier?

**Aufnahmeleiter in einer Mainzer Kneipe:** Frollein, der Wein hat Kork!
**Kellnerin:** Du Depp! Dess iss ä Flasch Woi mit Schraubverschluß.

**Sportreporter Rolf T. im Puff:** Ich will eine Flasche Strohrum und einen Bewirtungsbeleg. Die Anstalt zahlt alle Spesen.

**Der Hund vom Lerchenberg.** Mainzer Kriminalroman von Dieter Schmidt. Karl-Napp-Verlag 2005. EAN: 978-3-9809395-1-5

**Ääner geht noch!**

Johannes Gutenberg ist der berühmteste Meenzer aller Zeiten, weil er angeblich den Buchdruck erfunden hat. In Wahrheit weiß man noch nicht einmal, wie er aussah. Alle Bilder, alle Denkmäler von ihm sind frei erfunden.

Als die Spur eines Gutenberg-Portraits aus dem Jahr 1454 auftaucht, gerät ganz Mainz aus dem Häuschen. Die Presse, die Handkäsmafia, die Hells Angels, ja sogar Wiesbadener jagen hinter dem alten Gutenberg her. Die Rheinhessische Befreiungsfront (RHF) ist auch dabei. Deshalb mischt der Verfassungsschutz mit. Zwischen allen Fronten: Privatdetektiv Karl Napp.

**Johannes Gutenberg +**

Ja gut, sischerlisch. Schtimmt alles, was übber misch in dem Buch schteht. Abber grad deshalb! Wenn isch den Audor verwisch, haach isch em uff die Fratz, dem Arschtörtsche! Dem Bibbeswackeler, dem ...

**Europäisches Institut für vergleichende Sexualforschung**

Sauwitzisch! Der Mainzer Dialekt hat einen unglaublichen sexuellen Wortschatz. Schon Carl Zuckmayer war begeistert von dieser saftigen Fleischwursterotik.

**Wiesbadener Literaturkurier**

Wie hier Wiesbadener dargestellt werden, ist empörend! Außerdem ist das Buch intellektuellenfeindlich.

**Rheinhessischer Metzgerverband**

Endlich ein Buch über Gutenberg, das nicht nur den Gutenberg-Marathon, sondern auch die Gutenberg-Metzgerei und die Gutenberg-Fleischworscht erwähnt.

**Ääner geht noch!** Mainzer Kriminalroman von Dieter Schmidt.
Karl-Napp-Verlag 2004. EAN: 978-3-9809395-0-8

**Der tote Kuttenbrunzer im Sado-Maso-Käfig**

Mainz. Ein katholischer Priester wird nackt und tot im Käfig eines Sado-Maso-Bordells aufgefunden. Vorläufige Todesursache: Zuviel Suff, zuviel Koks, zuviel Viagra, zuviel Puff.

Nachforschungen ergeben, dass der tote Pfaffe zu Lebzeiten ausschweifend der bisexuellen Fleischeslust frönte. Ausserdem war er tief in den Parteispendenskandal verwickelt. Wurde er vielleicht doch ermordet? Von der Kirche? Von der Partei? Von katholisch-fundamentalistischen Terroristen? Oder steckt die Mainzer Handkäsmafia dahinter? Privatdetektiv Karl Napp ermittelt.

**Johannes Gutenberg +**

In dem Krimi geht's um Geld, Sex, Politik und Religion. Geiles Buch, hätt isch aach gern gedruckt.

**Der sehr vornehme Wiesbadener Literaturkurier**

Widerlich! In diesem Krimi wird der Mainzer genau so beschrieben, wie er in Wirklichkeit ist. Laut, ordinär, schlecht angezogen und auch noch stolz darauf.

**MRR**

Diesäs Buch ist ein sähr gutäs Buch, weil der Autor sähr gut handfestä Sauereiän beschreiben kann

**Frau Dr. Babbisch, südwestdeutscher Literaturrundfunk**

Schpannend, witzschisch unn sorgfäldisch rescherschiert. Son Kokolores find isch immer gut.

**Ehemalige Nonne, heute Betreiberin eines Sexshops**

Genau so isses.

**Big Deal oder Der tote Kuttenbrunzer im Sado-Maso-Käfig**

Mainzer Kriminalroman von Dieter Schmidt. Karl-Napp-Verlag 2002

ISBN: 3-00-010351-1

## Big Deal oder Der Stecher von Mainz

Mainz: Hausmeister und Privatdetektiv Karl Napp erhält den Auftrag, die Frau eines stadtbekannten Unternehmers der ehelichen Untreue zu überführen. Karl Napp stößt bei seinen Nachforschungen auf einen Skandal, dass der Dom wackelt. Sex, Lügen, Videos, Korruption, erpressung.

Mittendrin: Die ehrenwerten Mitglieder der Mainzer Handkäsmafia. Unternehmer, Ärzte, Anwälte, Polizisten, Beamte, Lokalpolitiker, Fassenachter, Nullfümfer.

## Die Stimmen der Kritik

**Emma:** Sexistisch, vulgär, unterstes sprachliches Niveau!

**Mackenbacher Landbote:** Sehr gut. Schnell, spannend, witzig, Sex und Crime: so sollten Krimis sein!

**The Royal Litterature Observer:** We are not amused.

**Journal Litteraire Hebdomadaire:** Quel esprit!

**MRR an einem schlechten Tag:** Diesäs Buch ist ein schlächtäs Buch !

**MRR an einem guten Tag:** Diesäs Buch ist ein gutäs Buch!

**Anonymer Brief:** Mir sind empört, dass in diesem Buch der Meenzer an sisch als vorlaudes und agressifes Arschloch dargeschtellt wird. Wenn mir den Audor verwischen, hauen mir ihm uff die Fratz!

**Big Deal oder Der Stecher von Mainz** Kriminalroman von Dieter Schmidt. Karl-Napp-Verlag 2001. EAN: 978-3-9809395-3-9

Vorschau für den nächsten Karl-Napp-Krimi.

## Narhallamarsch!

Mainz. Dreiste Verbrecher haben aus dem Fassenachtsmuseum die Lederschürze von Ernst Neger geklaut. Die einzigartige Lederschürze von Ernst Neger! Die kostbare Geige des weltberühmten Mainzer Musikers Geigerfränzje ist auch weg! Außerdem wurden aus dem Tresor alle Fassenachtsorden seit 1819 gemopst.

Die Kripo gründet die SOKO Helau, tappt aber hilflos im Dunkeln. Wer ist so skrupellos und stiehlt das Mainzer Weltkulturerbe?

Vor allem die Meenzer Handkäsmafia ist betroffen und empört, erfüllt von Wut und Trauer. Im Tresor lagen nicht nur verstaubte Orden von anno Tobak, sondern auch 500000 Euro Schwarzgeld. Die Handkäsmafia setzt ein Kopfgeld aus und ruft einen Privatdetektiv. Karl Napp soll die Täter und das Geld finden.

**Pressesprecher der Mainzer Handkäsmafia**
Dess warn beschtimmt Wiesbadener! Wenn mir die Drecksäck verwische, dann schneide mir dene die Eier ab!

**Wiesbadener Literaturkurier**
Ein ekelhaftes Buch von geradezu widerlicher Realitätsnähe!

**Weisenauer Rheinzeitung**
Wir würden ja gerne etwas über dieses Buch schreiben. Aber der Chefredakteur hat es verboten.

**Vilzbächer Allgemeine Zeitung (VAZ)**
Kein Kommentar. Die Handkäsmafia hat eine Nachrichtensperre über diesen Fall verhängt.

**Narhallamarsch!** Mainzer Kriminalroman von Dieter Schmidt. Erscheint irgendwann im Karl-Napp-Verlag.